KB265302

오PD! 뭐하세요?

오PD! 뭐하세요?

국립중앙도서관 출판시도서목록(CIP)

오PD! 뭐하세요? / 오병종 지음. 서울: 미디어숲, 2005

권말부록으로 "여수MBC 창사 33주년 특집 다큐멘터리
우리의 소리 〈범종〉 '천년의 울림' 대본" 수록
표지잡정보: 현직 PD가 방송에서 만난 향기로운 사람들의 기록
ISBN 89-956833-7-6   03810   정가 13,000

326.704-KDC4
384.5402-DDC21   CIP2005001977

오PD! 뭐하세요?

글 · 오병종

미디어숲
Media Forest

오PD! 뭐하세요?

제1판 1쇄 인쇄 · 2005년 10월 15일
제1판 1쇄 발행 · 2005년 10월 22일

지은이 · 오병종
펴낸이 · 김영선
펴낸곳 · 미디어숲

등록 · 제315-2005-00022호
주소 · 서울 강서구 염창동 264-20번지
전화 · 02-2668-6684
팩스 · 02-2668-6685
전자우편 · book@davincihouse.net
홈페이지 · www.davincihouse.net

ISBN · 89-956833-7-6   03810

값 13,000원

이 책을 나를 존재하게 해준 두 분 여성에게 바칩니다.
그 두 분은 올해 84세이신 나의 어머니 **신남순 여사**와
사랑하는 아내 **고미경**입니다.

여수MBC에 입사한 지 20년이 되었습니다. 강산이 두 번 변할 만큼의 시간이 흘렀는데 내 눈에 보이는 강산은 20년 전과 별반 달라진 게 없어 보입니다. 첫 직장 생활을 이곳에서 시작한 이래 우직하게 한 우물을 파오는 동안 강산도 내 살처럼 익숙해진 탓인가 봅니다. 돌아보면 그 20년은 아쉬움과 자책으로 점철된 날들이 너무나 많음에도 불구하고 중년을 훌쩍 넘긴 내게 있어 내 인생의 전부라고 해도 부족함이 없을 만큼 열정을 불태운 시기였습니다.

지난 20년간 무엇을 했는가? 스스로에게 묻습니다. 부끄럽지만 그 답의 일부분이 바로 이 작은 한 권의 책입니다. 전문적 식견을 겸비한 글이 아님은 물론입니다. 또한 지역 방송 프로듀서로서 문화 지킴이 역할을 제대로 수행했는지 여부를 떠나 그저 평범한 개인 기록에 지나지 않는다는 말씀도 아울러 올립니다. 이 책을 내어놓음으로써 세상에 대한 나의 식견 없음은 더욱 명명백백해질 것입니다. 그럼에도 불구하고 이 기록들을 세상에 펼쳐 보이는 것은 지극히 소박한 마음의 발로에서입니다. 나는 이 작업을 거울을 닦는 행위라 생각합니다. 잘 닦인 거울을 통해서라야 나는 나를 똑바로 볼 수 있으며, 그때 비로소 나는 나 자신과의 진정한 소통의 길에 들어설 것이기 때문입니다.

현상에 비해 기록이 너무 미미하다는 말을 우리는 자주 듣곤 합니다. 특히 선조들의 혼이 고스란히 깃들어 있는 문화재의 경우, 그 제작 과정 등에 관한 상세한 기록은 거의 없다고 해도 과언이 아닐 정도입니다. 이런 기록 문화의 부재야말로 문화를 계승 발전시켜 보려는 후손들의 의욕을 꺾고 손발을 묶는 결과를 초래하곤 합니다. 우리의 범종과 고려청자, 거북선은 그 안타까움을 대변하는 좋은 예라 하겠습니다.

최근 재일 조선인이면서 무술인으로 활동했던 인물을 그린 영화 〈역도산〉을 볼 기회가 있었습니다. 일본에는 무려 500권이나 되는 역도산 관련 저서가 있다고 합니다. 그들의 철저한 기록 문화에 다시 한 번 놀라지 않을 수 없었습니다. '기록 문화 부재'라는 우리의 안타까운 현실은 지역방송 현장도 예외는 아닙니다. 방송 생활 20년의 흔적들을 묶어 과감히 책으로 엮어내기로 한 배경에는 이런 작은 바람도 함께 스며 있습니다.

이 책은 5부로 구성되어 있습니다.

먼저 1부와 2부는 각각 라디오와 텔레비전 특집 프로그램 제작기 형태의 글로, 대부분 방송 관련 잡지나 사보를 통해 이미 발표되었던 내용이 주를 이루고 있습니다.

3부는 정해진 인물을 탐구해 가는 텔레비전 인물 다큐멘터리입니다. 한 달에 한 편씩 제작 방송했으니 지금 생각해 보면 다소 무모해 보일 수도 있었던 방송이었는데 그 제작 후기입니다. 본격적인 인물 탐구를 해 보고 싶은 욕심에다 작은 평전을 꾸미고 싶은 바람까지 더해져 그 형식과 분량에 있어서 다른 글들과 많은 차이가 납니다.

4부는 〈섬, 섬사람〉 다큐멘터리 25부작 중에서 취재 노트가 확실하게 남아 있는 내용들만을 골랐습니다. 여수를 중심으로 바다에 떠 있는 섬들과 그 섬들을 오가는 섬사람들의 삶을 담았던 텔레비전 다큐멘터리입니다. 노력에 비해 큰 관심을 못받았다는 점은 아쉬움으로 남지만 동료들의 노고가 절절이 배어 있어 애착이 가는 작품이기도 합니다.

끝으로 5부는 개인적인 삶의 흔적입니다. '재미있게! 유익하게!' 처음 방송을 배울 때 선배들로부터 배운 구호입니다. 방송이 추구해야 할 목표인 동시에 궁극적 가치이니 나 또한 방송 프로듀서로서 그 구호를 지키려고 부단히 노력했습니다. 물론 지금도 나는 후배들 앞에 서면 같은 구호를 외칩니다. 이후 나는 여기에 건강과 소신을 더해 내 삶의 도토로 삼게 되었습니다. 그래서 '늘 건강하게, 재미있고 유익하게, 그리고 소신 있게'라는 내 삶의 구호를 제목으로 개인 에세이를 모아 봤습니다.

이 책이 나오기까지는 주 5일 근무제의 힘이 컸습니다. 주5일제 근무가 아니었으면 아직도 메모지 절반, 원고지 절반 사이에서 씨름하고 있을것이기 때문입니다.

지역에서 함께 작업하며 같이 활동해 온 동료 프로듀서는 물론 텔레비전과 라디오 프로그램 개편시나 특집 팀이 꾸려질 때마다 그성을 달리하면서 스탭으로 참여했던 모든 분들께도 고마움을 표시하지 않을 수 없습니다. 특히 방송작가로 함께 작업에 임해 주었던 소설가 설재록, 시인 장효문, 수필가 정숙씨에게 감사드리며, 그 분들 외에도 송은정, 윤선희, 이채인, 서은진, 이진숙, 채미란, 이경흐, 장희정, 김경희, 박성태, 최진희, 류수연, 윤세라, 최난화, 채의정, 박현주, 방송작가 분들께도 고마움을 전합니다. 취재에 협조해 준 시청취자와 방송 인터뷰에 응해주신 여러분께도 감사드립니다. 아울러 '미디어 숲' 편집진의 노력이 아니었으면 이만한 책으로 태어나기 어려웠을겁니다. 감사드립니다.

끝으로 내 작업의 흔적을 좇아 카메라에 담아준 아들 진웅이의 사진찍는 일에 격려와 박수를 보내며 그의 혼이 깃든 앞으로의 사진찍기를 기대하면서 나의 사랑을 전하고자 합니다. 곁에서 묵묵히 도와 준 아내에게도 사랑과 고마움을 전합니다.

방송생활 20년의 정리는 또 다른 미래를 여는 하나의 디딤돌이 될 것입니다.

2005년 10월

전남 여수 고락산 자락에서 **오병종**

제 1 부

소리와 함께

나마니 어르신 가라사대

라디오 실버기획 〈나마니 어르신〉
2004년 10월~현재

2000년 신년 초, 여수시민모임협의회 간부 연수에서 새로운 세기를 맞이하는 키워드를 발표하게 되었다. 자료를 조사하고 정리, 발표하는 과정을 거치는 동안 나는 한 가지 결심을 하게 되었다. 새해를 맞이할 때마다 그 해에 맞는 키워드를 찾아 정리해 보자는 것이었다. 이후 실제로 나는 해마다 그 해에 맞는 키워드들을 찾아내곤 했다. 그리고 내가 찾은 그 키워드들은 내게 있어 일 년 동안 어떤 좌표로서의 기능을 했다.

2003년도 초에는 '고령사회'라는 단어가 눈에 띄었다. 우리 나라의 노인 인구 비율이 크게 높아졌다는 보도와 함께 구체적인 수치들도 발표되었다. 65세 이상 노인 인구 비중이 총 인구의 7%를 넘어 유엔이 정하는 '고령화사회'에 들어간 것은 이미 2000년의 일이고, 2019년이 되면 14% 이상이 되어 고령사회가 된다는 예측도 있었다.

고령사회를 맞는 우리의 피할 수 없는 현실을 방송해 보면 좋겠다는 생각이 들었다. 마침 회사에서는 해외 연수 프로그램을 진행 중이었다. 나는

---

*CD에 작품 수록되어 있음. 방송대본은 책 뒤 부록으로 실림.

총무부 한상호 부장과 김면수 PD와 함께 〈일본남부 실버 대탐사〉라는 제목의 해외 연수 계획서를 제출하였다. 그리하여 2004년도 우리 세 사람은 일본의 노인 문제와 노인 복지 실태 등을 둘러보고 올 수 있었다. 당시 일본에서는 노인들을 위한 사회 제도나 복지가 월등히 발전해 있었다. 그럼에도 불구하고 의외로 큐수 후쿠오카 지역의 방송사에는 별도의 노인 대상 프로그램이 제작 방영되고 있지는 않았다.

연수 후 노년을 주제로 한 프로그램의 기획이 필요하다는 보고서를 냈다. 여수 지역 별도의 노인 프로그램이 과연 설득력을 가질 수 있을까? 라디오에서는 어떤 방식이어야 하는가? 고민 끝에 지역성을 내세울 수 있는 수치들을 동원하여 프로그램을 기획하게 되었다.

당시 우리 나라 65세 이상 노인 인구는 417만 명으로 전체 인구의 8.7%를 차지하고 있었다. '2004 고령자 통계 자료'에 따르면, 초고령사회로 정의되는 노인 인구 20% 이상의 경우는 30개 자치 단체가 해당되는데 특히 농어촌 지역의 고령화 추세는 심각한 수준에 이르고 있었다. 그 중에

도 전남 지역은 노인 인구가 29만 5천 5백 명으로 전국 평균을 훨씬 웃도는 14.9%를 차지해 전국에서 가장 '늙은 지역'이었다.

출연 성우는 '나마니'라는 할아버지 캐릭터로 정했다. 나마니 할아버지가 우리 시대의 노인 문제 전반에 관하여 자신의 의견이나 제안, 발언 등을 휴대 전화에 음성 메시지로 남겨 두면 방송에서는 그 전화 녹음된 음성 메시지를 청취자에게 전달해 주는 방식이었다. 청취자가 마치 자신에게 도착한 휴대 전화 음성 메시지를 듣는 분위기를 연출함으로써 친근감 있는

형식으로 라디오 청취자에게 노인 문제의 심각성을 공유하자는 의도였다.

여수 지방에서는 나이 드신 분들을 나마니라고 부른다. 나이는 전라도 방언으로 '나'라고도 하는데, 이를테면 노인정에 어르신이 여러 분 계실 경우, "여기, 동네 '나마니'들이 다 모였네!"라고 한다. 즉 나마니는 '나(이) 많이 든 사람' 즉, 나이 드신 분들을 지칭하는 통칭어로 쓰이고 있다.

우리는 누구나 나이를 먹는다. 따라서 누구나 나마니가 된다.

〈개미〉, 〈뇌〉 등의 저서로 우리에게 널리 알려진 프랑스의 천재 작가 베르나르 베르베르의 〈나무〉라는 책에는 작가가 어떤 양로원을 방문하고 나서 아이디어를 얻어 쓴 단편 '황혼의 반란'이 실려 있다. '황혼의 반란' 속으로 들어가 보자.

사회적으로 노인이 늘어나자 노인을 배척하는 분위기가 광범위하게 형성된다. 국가에서는 노인 복지 예산을 깎거나 노인들을 특별 수용소에 가두고 마침내는 주사로 살해까지 하는 심각한 지경에 이른다. 노인들은 잡혀가지 않으려고 도망을 치거나 죽음을 무릅쓰고 수용소를 탈출한다. 그리고 이들이 모여 '흰여우들'이라는 조직을 결성한다. 흰여우들은 정부군과 대결하고 저항한다. 정부에서는 흰여우들에게 투항을 유도할 목적으로 감기 바이러스를 살포하여 흰여우들을 무력화시킨다. 결국 주동자인 프레드는 끝까지 저항하다 체포되고 마침내 독극물 주사를 맞고 죽음을 맞이하게 된다. 죽기 전 프레드는 자신에게 주사를 놓아주는 젊은이에게 이렇게 말한다.

"너도 언젠가는 늙은이가 될 게다."

나마니 어르신의 말씀이기도 하다. 그렇다. 우리 모두는 늙는다. 어떻게 늙어야 하는가? 어떻게 노후를 맞아야 하는가? 현재의 나마니들을 위해

한국방송대상 시상식장에서 가족과 함께

그리고 언젠가는 나마니가 될 자신들을 위해 우리 모두는 무엇을 어떻게 해야 하는가? 라디오프로 〈나마니 어르신〉이 청취자들과 함께 생각해보고자 하는 물음이다.

실버기획 나마니 어르신 방송이 시작된 지 1년이 다가올 즈음 마침 한국 방송협회에서는 이 사회에 던지는 그러한 물음들이 필요하다는 것을 인정해주었다. 제 32회 한국 방송 대상을 이 프로그램에 수여해 준 것이다. 방송인으로서 영광이 아닐 수 없다. 지역에서 과감하게 편성해주고 오전 8:30분이라는 주요 시간대로 이동해준 데스크는 물론, 스탭으로 참여한 분들(배우 김효승, 방송작가 채의정, 류수연, 박현주)께도 고마움을 전하고 싶다.

우리의 소리 범종 '천 년의 울림'

여수MBC 창사33주년 라디오특집 〈우리의 소리 범종 '천년의 울림'〉
2003년 11월 7일 방송

해인사에 들른 적이 있다. 눈이 내려 예정된 시각에 도착하지 못하고 중도에 날이 저물고 말았다. 덕분에 고즈넉한 겨울 초저녁 은은한 종소리를 들으며 경내로 들어설 수 있었다. 그때 내가 느꼈던 저녁 산사의 종소리는 지금도 내 가슴에 울림으로 다가온다.

그 후 내가 경주 여행을 하게 되었을 때 나는 또 한 번 종소리에서 강한 감동을 받았다. 불국사와 석굴암, 남산을 둘러보고 국립경주박물관을 찾았다. 국립경주박물관 마당에 있는 성덕대왕신종(일명 에밀레종)을 구경하고 있을 때였다. 스피커를 통해서 에밀레 종소리가 울려 퍼지는 것이 아닌가. 신종을 보호하기 위하여 1년에 한 차례밖에 타종을 하지 않

---

*CD에 작품 수록되어 있음. 방송대본은 책 뒤 부록으로 실림.

는 대신 여행객들을 위해 녹음 테이프의 종소리를 들려준다고 했다(현재는 타종을 금지하고 있다). 스피커 종소리에 이끌려 박물관 기념품 가게에 들러 신종의 소리를 녹음한 테이프를 구입했다.

테이프를 사 가지고 온 그 날부터 나는 틈나는 대로 자주 종소리를 들었다. 집에서는 스피커의 음량을 최대한 올려놓고 들어보기도 하고, 출퇴근 길 차안에서도 그 그윽한 종소리에 취하곤 했다. 여수 흥국사 새벽 예불의 종소리, 화엄사나 송광사의 종소리를 들을 때도 그랬다. 아무리 자주 들어도 가슴 깊숙이 와 닿는 그 울림의 묘미를 어떻게 형용할 수가 없었다. 왜 우리의 종소리는 이렇게 가슴 저 밑바닥 닿을 수 있는 자리가 있다면 어디든 찾아들어 사람 마음을 울리는가? 나는 차츰 우리 종소리에 대해 깊이 빠져들고 있었다. 망설임 끝에 우리 종소리를 작품으로 구성해 보려고 마음먹기까지는 테이프를 구입한 후 무려 10년의 세월이 흐른 뒤였다.

우선 광주시립박물관의 학예 연구관인 친구 이정현에게 종소리 탐구에 대한 내 뜻을 알렸다. 그는 경주국립박물관에서 펴낸 성덕대왕신종 연구에 관한 종합 보고서를 대출하여 나에게 빌려주는 우정의 진수를 보여주었다. 나는 만만찮은 그 책 내용을 거의 복사하다시피 했다. 특히 보고서 발표자와 그들이 인용한 참고 도서 및 논문의 저자를 살펴보는 동안 종에 대한 각 분야별 전문가를 파악하는 데 큰 도움을 받았음은 물론이다. 자료와 책을 구해 보고 인터넷 검색 자료까지 더하니 내 작품에 대한 구도가 잡혔다.

한국의 범종은 국제적으로 '한국 종(Korean Bell)'이라는 고유한 이름을 부여받았다. 뿐만 아니라 예술적인 형태나 가슴을 울리는 장엄하고도 은은한 음향 면에서도 세계 최고라고 알려져 있다. 내 목표는 우리 종소리의 우수성은 어디서 기인한 것이며 한국의 정서를 대변한다 해도 부족하

〈천년의 울림〉으로 전국 MBC라디오 작품 경연대회 금상 수상

지 않을 우리 종소리의 미학을 라디오라는 오디오 매체를 통해서 접근해 보는 것이었다.

조각품으로서의 문양과 외형의 곡선미 또한 우리 범종의 뛰어난 예술적 특징의 하나다. 그러나 종의 우수성이 그 외형에만 치우친다면 그것은 소리를 생명으로 하는 종의 본질과는 거리가 멀다고 하겠다. 따라서 종의 우수성에 대한 접근은 그 소리에 대한 가치 부여가 핵심이라고 생각한다. 즉 공예품으로서의 종이 아닌 소리 도구인 음향 예술품으로서의 가치 말이다.

소리를 전달하기 위한 우리 종만이 지닌 특성은 종의 외형적 구조에 잘 나타나 있다. 그 외형적 구조의 특성은 설계 단계에서부터 본래 음향적 기능을 갖춘 계산된 소리 전달 시스템의 일부로 장착된 것으로 이에 아울러 예술적인 면까지 치밀하게 계산해 넣었다. 우리의 전통 사상인 하늘과 땅과 사람(天·地·人)과의 아우름이 바로 그것이다.

먼저 우리의 종소리는 하늘로 향하고자 하는 특징을 지녔다(天). 우리 종은 상부 덮개 부분에 용이 천판을 물고 네 발로 움켜쥔 채 용의 몸통 부분에서 구부리는 자세를 취하면서 생긴 공간으로 종의 고리가 형성된다. 용의 몸통 곁에는 피리 모양의 음통이 종의 상부 덮개 부분을 관통하여 꽂혀 있다. 이 음통은 음관(sound pipe)이라고도 하는 것으로 기능적으로는 탁한 파열음을 걸러주는 관 역할을 하며, 만파식적의 설화와 연결시켜 평화를 기원하는 상징으로도 설명한다. 이는 또한 종소리를 하늘로 전달하고자 하는 의도이기도 하다. 즉 종을 통한 신과의 교류이다.

우리의 종소리는 땅속 깊은 곳으로도 전해진다(地). 성덕대왕신종의 명문에는 '위로는 지극히 높은 하늘과 아래로는 지옥 세계에까지 막힘 없이 소리가 전달' 되어 듣는 모든 이는 복을 받을 것이라고 새겨져 있다. 지옥 중생에까지도 그 소리를 전달하려는 우리 범종의 구조는 종을 설치할 때 이미 나타난다. 우리의 종은 지면에서 높이 떨어져서 허공에 매다는 형식으로 걸지 않는다. 종구가 지면과 많이 떨어지지 않도록 할 뿐 아니라 종구 바로 밑에는 구덩이를 파 놓거나 큰 항아리를 묻어 땅속까지 그 소리를 전달하는 설치 방식을 택한다. 이 공간은 음통 또는 명동이라고 하는 곳으로 종의 여음과 울림을 오래도록 품고 아우르는 곳이다. 명동이 있는 종소리와 명동에 모래를 채우고 난 후의 종소리에 대한 음향 분석을 통해서 과학적으로도 증명이 되었다. 이는 종을 통한 자연과의 교류이다.

우리 종의 가장 큰 특징은 그 소리가 인간에게 가장 잘 전달하도록 설계되어 있다는 점이다(人). 우리 종은 쇠붙이로 만든 종 몸체를 나무로 만든 당목으로 쳐서 소리를 낸다. 이는 쇠와 쇠가 부딪히는 서양 종과의 차이이기도 하다. 당목으로 종을 칠 지점은 종의 옆부분에 무늬로 새겨져 있다.

이렇게 종의 타격 지점을 표시해 둔 곳을 당좌라고 한다. 어떤 종이든 그 당좌는 사람이 종을 치기 쉬운 높이에 지정이 된다.

종을 칠 부위에 단순히 무늬를 새겨 넣은 것처럼 보이지만 사실 이 당좌는 몸체의 중심과 중량의 중심 그리고 소리의 균형까지도 염두에 둔 치밀한 사전 계산에 의한 표시임은 말할 것도 없다. 전체 중량과 타격 시 충격을 최소화할 수 있는 설계여야만 걸려 있는 종이 천년 이상 매달린 채 지탱이 가능할 것이다. 균형 잡힌 지점의 타격만이 안정적인 소리를 구할 수 있는 최상의 방법이다. 이는 종을 통한 인간과의 교류이다.

세상은 하늘과 땅과 인간이 한데 어우러질 때 가장 세상다워진다. 우리의 종소리는 그 여운처럼 끊어질 듯 이어지며 천년의 울림으로 하늘과 땅을 울리며 우리에게 다가온다. 하늘로 땅으로 인간에게로 향하고자 하는 종소리는 단군 사상의 근원인 동시에 우리 전통 사상인 천지인 사상의 상징이다. 이는 신과 인간과 자연을 연결시켜 주고자 하는 소리 전달 시스템인 것이다. 그 시스템의 특성을 밝힘으로써 1천 년 넘은 국보급 문화재 중 유일한 소리 도구인 한국 범종의 문화재적 가치를 음향문화재라는 측면에서 재인식할 수 있었다.

이 프로그램을 제작하면서 우리의 범종을 만들려고 두드리고, 새기고, 붓는 천년의 소리를 이어가는 사람들인 주종 장인들을 만났다. 평생을 우리 범종 연구에 몸바친 노학자와 우리 종 설계와 종소리 음향 분석에 매진하는 연구실 학자들의 보이지 않는 노력들도 보았다. 반세기 넘게 전국 사찰과 박물관에 소장된 우리 종의 소리만을 채집하여 유산으로 남겨준 음향 전문가도 있었다. 종의 성분 분석, 문양 연구, 두께와 비중에 따른 소리 차이 연구, 종과 관련하여 정말 많은 분야에서 연구하고 있는 매니아들과 연구자들이 있다. 그 분들이 있는 한 우리의 종소리 계승은 걱정되지 않았다. 또한 방송사의 많은 라디오 프로듀서들도 우리 범종에 천착하여 우수한 작품들을 많이 남겼다.

우리의 범종은 단순한 공예품이 아니다. 우리 과학 기술의 집합체이고, 우리의 예술의 결정판이며, 우리 민족의 혼이 깃들어 있는 상징물이다. 우리 대한민국을 대표할 우리의 문화재 중 하나다. 이 위대한 민족혼이 깃든 보물을 접할 수 있었다는 것은 나에게 더없는 행운이다.

구성작가로 참여해준 정숙, 음악을 담당해 준 김현, 녹음과 음향을 맡아준 이준. 그분들과 함께 일할 수 있었던 것도 큰 행운이었다. 이 자리를 빌어 그 분들에게 고마움을 전하며, 한국 범종 제작과 관련한 민족혼이 깃든 일에 종사하시는 모든 분들에게도 감사를 드린다.

청석포를 찾아 개도를 가다

〈라디오 일요기행〉 '개도' 편
2003년 4월 방송

2003년도 6월 어느 날이었다. 회사 동료가 한 노인을 내게 안내해 주었다. 팔순이 넘은 그 분은 내 앞에서 큰 봉투를 열더니, 편지 한 통과 자신이 지은 몇 편의 시, 그리고 그 시에 곡을 붙인 악보와 노래 테이프를 내놓았다.

안녕하십니까? 편지 한 장 쓰는 데 50년, 60년이 걸렸다면 거짓말이라 할 것입니다. 그러나 이 편지가 바로 그런 편지입니다. (중략) 당시 화정 조합에 봉직하고 있던 소생은 정세진 씨와 함께 '청석포'를 초안하였습니다. 차일피일 미루어오다 점차 나이가 차면서 부족하나마 이 시를 보완 끝맺었습니다. (중략) 이것이 정세진 씨의 묘 앞에 새겨진다면 훗날 전설의 고향과 같은 한 예가 될 것입니다. (중략) 부족하나마 이것을 밑거름으로 지방 문예 활동에 많은 노력을 하여 주시기 바랍니다.

—여수시 경호동 779번지 윤형수 배상

일제 말엽 청년 윤형수와 정세진은 문학 청년이었다. 그들은 화정면 개도에서 어업 조합(수협의 전신) 직원들이었그, 그들은 자신들이 사는 개

도 중심지에 있는 화산 마을 이름을 따서 섬 청년들과 '화산문학회'를 조
직하여 활동하였다. 당시의 흔적을 담은 시와 노래는 테이프에 〈개도 기
행〉이라는 제목 아래 '우정' '청석포' '칠석 밤 시장(詩帳)' '추억의 애련
사' '늦은 가을 그리고 겨울' 이렇게 5편이 담겨 있었다.

정세진은 6.25 동란 중에 젊은 나이로 일찍 세상을 떠났다. 그 후 윤형
수도 개도를 떠났고, 1960년대에 어업 조합에서 은퇴했다. 당연히 화산문
학회도 사라졌다. 이제 그는 소경도에서 86세의 노구를 이끌고 홀로 살아
가고 있다. 그런 윤형수의 꿈에 어느 날부턴가 먼저 간 정세진이 나타나기
시작했다. 꿈에서 그들은 개도 이곳 저곳을 함께 거닐며 시를 읊조리고 끄
적이다 문학 집까지 만들어 냈다. 꿈에서 깨면 윤형수는 정세진과 같이 꿈
에서 읊조렸던 시구들을 복원해 냈다. 그리고 정세진은 그 시들을 세상에
꼭 내보이라고 부탁을 하기에 이른다.

시의 내력을 알게 된 당시 여수고 음악 교사 김성수는 여수에서 음악 활
동을 해온 작곡가 이종만 교수를 주선해 주었고, 여기에 바리톤 최승남,
소프라노 채미영 등 성악가들이 합세하여 〈개도기행〉이라는 음반이 제작
되었다. 또 같은 섬에서 윤 노인을 눈여겨 본 경호초등학교 교사 최양옥은
이 테이프 보급에 앞장서기도 했다.

윤 노인이 내 앞에 내 놓은 것은 바로 그렇게 탄생한 테이프였다. 나는
윤 노인에게 약속했다. 당장은 어렵겠지만 〈라디오 일요기행〉 프로그램에
서 개도를 안내하면서 어르신의 시와 가곡도 방송에 소개해 보겠노라고. 게
다가 13년 전쯤 텔레비전 다큐멘터리 〈섬, 섬사람〉을 취재할 때 빠뜨렸던 섬
들을 우선하여 안내하려던 참이기도 했는데, 개도가 그때 못가본 섬이었다.

그런데 〈라디오 일요기행〉이 가을 개편에서 사라지게 되었다. 조바심이
일었다. 스탭들과의 개도 취재 일정을 조정하여 어렵사리 시간을 낸 덕분

에 마지막회에 방송할 수 있었다..

개도 가는 길에 우연히 배에서 향토 사학자요 역사 교사인 김병호를 만나 '개도'란 섬 이름의 내력을 들을 수 있었다.

"개도의 '개'는 한문으로 '덮을 개' 자를 쓰는데요, '덮을 개'와는 전혀 상관없어요. 말 그대로 집에서 키우는 개란 뜻의 '개섬'이거든요. 전국의 지명들을 행정 처리하느라고 한문으르 서류에 적어 옮기는 과정에서 '개섬'이 '개도'로 바뀐 겁니다. 꼭 한문으로 표기해야 한다면 오히려 '개 견(犬)'자를 써서 '견도'라고 한다면 모를까. 개와는 전혀 상관없는 '덮을 개' 자를 쓰는 현재의 지명 '개도'는 생김새에서 유래한 이름에 비추어보면 잘못 된 거죠. 이유는 간단해요. 이 섬을 돌산에서 보면 꼭 개를 닮았어요. 개도에는 천제산과 봉화산 두 개의 산이 있는데, 이 두 산의 어우러진 모습이 마치 개의 쫑긋한 귀처럼 생겼거든요. 그래서 '개섬'이란 이름이 붙었던 겁니다"

개도는 다른 섬과 별다르게 느껴지지는 않았다. 다만 그렇게 바빠야 할 이유가 없어 보이는 섬은 10월인데도 트럭이 지나가고 경운기와 오토바이도 바삐 움직여 좀 부산한 느낌을 받았다. 이유는 태풍 매미 때문이었다. 화산 마을 김연봉 이장의 설명을 들으며 불쑥 청석포에서 돌을 캐냈다는 얘기에 놀라고 말았다.

"화산문학회라…. 어렸을 때 얘기는 들었지. 그런데 그 분들의 시라든가 이런 건 직접 본 적이 없어서 잘 몰라요. 기록된 게 안 남아 있어요. 하여간 화산문학회 얘기는 듣긴 들은 것 같은데, 지금 그 내용을 아실

만한 정세진 어르신과 비슷한 연배들이 다 돌아가셔서 알 길이 없어
요. '청석포' 노래를 들어보니 좋구먼요. 내가 청석포를 안내하지요.
그런데 옛날과는 많아 달라졌을 거요. 거기서 돌을 캐내고 그랬거든."

청석포 청석포 / 청룡백호 돌출하고 툭 터진 청석포 / 급뉘만 굼실굼
실 //청석포 청석포/ 남풍에 울었느냐 웅크렸느냐 / 청석은 층층 자개
돌 3층으로 진을 쳤는데 / 밀려드는 파도 끊임없이 밀려드는 파도/ 청
석에 부딪친 파도는 산산이 부서져 노호하며 치솟아 오르고 / 배성금
골짝엔 우거진 녹음이로다 // 청석포 청석포 개도의 청석포 / 수평선
에 띄운 배는 어데로 가나/ 가건 말건 크게 적게 파도소리만
—1944년 5월 정세진 · 윤형수

윤 노인과 그의 친구 고 정세진의 시 '청석포' 전문이다. 그들이 애써
찬사를 아끼지 않았던 그곳 청석포가 채석장이 되었다니.

청석포는 개도의 남서쪽에 위치해 있는데, 거기서 바라브는 남쪽 바다
는 막힘 없이 뚫려 있었다. 포구 양옆은 용과 호랑이가 튀어나올 것만 같
은 형상이었다. 군데군데 바위들은 구들장으로 많이 쓰였을 돌들이 층을
이루고 있었고, 해변에는 몽돌이 깔려 있었다. 그런데 그 청석포 왼쪽 산
등성이는 이미 허리가 잘려 없어졌고, 층을 이룬 바위들은 시루떡 떼어내
듯 떠가기가 쉬웠던지 여러 군데 바위들을 떼어내 간 흔적이 있었다.

더욱 기막힌 일은 그 돌들을 배로 실어내기 위해 도저히 길을 내서는 안
될 곳에 막무가내로 돌과 흙을 부어 길을 만든 것이었다. 방파제도 아닌
것이 길도 아닌 것이 해변 기암 괴석과 몽돌들을 덮고 있었다. 채석 작업
은 오래 전에 끝났고, 원상 복구하는 중이라는 몇 대의 대형 트럭과 중장

비가 휴식을 취하고 있었지만 완전한 복구를 기대하기는 어려워 보였다.

그럼에도 개도는 아름답지 않은 곳이 없었다. 앙증맞은 한 쌍의 돌 벅수가 나이든 느티나무와 함께 마을을 지켜 주고 있는 섬 북쪽의 여석 마을은 맞은 편의 한가한 섬 제도와 그들만의 파도 언어로 서로 얘기를 나누고 있었다. 그 옆 모전 마을은 방파제 공사 중이라 소란한 중에도 정면에 하화도와 우측으로 사도를 넓은 가슴으로 품고 있고, 그 두 섬 사이로 멀리 화양면 장등 해수욕장까지 품으려는 형상이었다.

이제는 멸치 작업을 하지 않는다는 모전마을에는 멸막 10여 채가 멸치를 삶아 냈던 가마솥의 붉은 녹물과 함께 청석포처럼 탁 트인 바다와 대면하고 있었다. 바다 한가운데 솟아난 도여에는 작은 등대가 홀로 이 마을의 쓸쓸함을 대변해 주고 있었다. 여석마을에서 꽹과리 소리가 들려왔다. 농악용의 쇳소리가 아닌 어렸을 때 흔히 들어왔던 무당의 중얼거림에 반주를 하는 그런 꽹과리 소리였다. 마을 입구 4백 년 이상 묵은 나무가 태풍 매미 때문에 이경순 할아버지 댁 지붕 위로 넘어졌는데, 이경순 할아버지가 그 나무에 톱질을 하다가 그만 부상을 입고 말았다는 것이다. 그래서 무당을 불러와 나무 신을 달래는 중이라고 했다.

"저렇게 나이 먹은 나무는 신령스럽제! 몇 백년 된 나무는 좀 두렵기도 하고, 신이 있게 보인다고 안. 그리고 내가 전에도 아파서 무당 덕을 본 적이 있어. 나무 쓰러진 것도 맘에 걸리고 해서 이참 저참 이렇게 굿을 한번 해 보는 거여. 나아질 거여!"

비과학적이니 미신이니 하는 것은 이런 경우 적용되기 어려울 것 같다. 종교 행위이든, 소박한 신앙행위이든 그것이 다른 사람에게 피해를 주지 않는다면 문제 될 게 없다고 본다. 현재 우리사회에서는 종교의 이름으로 다른 사람에게 얼마나 많은 피해를 주고 있는 일들이 벌어지고 있는가?

그 오래된 나무에 대한 위로는 그분들과 함께 해온 데 대한 배려이기도 하다. 이런 게 자연과 함께 하지 않으면 안 되는 어부나 농부에게는 자연스러운 일일 수밖에 없겠다는 생각을 했다.

점심 후에 지나온 면사무소 옆의 느티나무에는 개구쟁이 몇이서 나무를 올라탔다 내렸다 하기도 한다. 검게 그을린 건강한 이 아이들은 전교생이 51명인 이곳 화정 초등학교에 다닌다고 한다. 여수의 동시 작가인 교사 배승이 이곳에서 근무하던 6~7년 전에 그의 시 '화정 어린이 만세'에 '여기 / 백 하고도 다섯/ 섬 개구리들/ 꽃샘추위쯤/ 아랑곳 없이/ 오늘도 달리고 있다' 고 적었듯이 100명이 넘은 학생들이 벌써 그 절반으르 줄었다. 앞으로 10년 후 섬 학교들은 어떻게 변할까.

내리자마자 느꼈듯이 개도는 바빴다. 바쁜 이유는 태풍 때문이었다. 곳곳에서 2003년 여름 대한민국을 강타한 태풍 '매미'를 실감해야 했다.

"아이고, 뭣을 소개하겠다고? 개도가 뭣이 특별한 것이 있어야제? 잘 알려진 아주 멋있는 관광지도 없고… 예! 여보씨요. 그러지 말고, 이왕 MBC서 왔은께, 이번 태풍으로 양식장이 얼마나 엉망이 되었는지, 섬에서 살아 나가기가 얼마나 힘든지 그것이나 취재허씨요. 우리 인자 못살겄오 !"

바닷가 큰 길가는 가두리 양식장의 틀로 사용한 망가진 나무 토막들이 여기저기 쌓여 있고, 크고 작은 스치로폼 부표들이 흩어져 있어서 엉망이었다. 가두리는 망가져 고기들은 바다로 나가 버렸고, 부서진 양식장 시설들이 육지로 올려진 상태여서 그렇게 엉망일 수밖에 없었다.

"국가에서 보상은 해준다고 합니다. 보상조건이 말이 안되거든요. 먼저 복구를 해야 그것을 보고 나서 보상을 해 주겠다는 겁니다. 그래서 저도 돈을 끌어다가 원상 복구 작업을 하고 있는 중입니다. 그런데 없어진 고기들은 어떻게 합니까? 이건 복구 자체가 안되는 거거든요. 그래도 원상으로 해 놓으려면 다 큰 성어를 사서 수리한 가두리에 넣어 놓아야 하는데 비싼 고기들을 어떻게 사서 채우겠습니까? 그래서 치어를 사다 놓으면 치어 값으로만 보상을 한다는 겁니다. 우리 어민들은 선 지원을 해주면 좋겠습니다. 그 지원비로 복구를 해야 의미가 있지 돈 한푼 없는 어민들이 어떻게 하라는 겁니까? 그리고 시설은 그렇다 치더라도 고기는 원상 복구 안 해도 보상이 되었으면 합니다. 암튼 요번 일로 양식면허를 많이 반납할 겁니다." 개도 화산 마을 정성진 어촌 계장의 얘기다.

전국의 어느 농어촌을 들러도 늘 따라다니는 '희망이 보이지 않는다' 는 그들의 한탄. 나는 이번에도 개도를 떠나오면서 그들의 '한탄' 과 한숨을 어떻게 하지 못하고 그 곳에 두고만 왔다.

'안다니 양반'의 망원경

여수MBC 개편 특집 〈라디오전망대〉 '안다니 양반'
1997년~현재

2001년 4월 9일 봄 라디오 개편과 함께 아직 단장하지도 않은 '라디오전망대' 홈페이지에는 논쟁이 있었다. 스탭 구성의 문제점을 지적하며 흠집내기에 열을 올리는 내용이 주를 이루었다. 나는 프로그램 홍보로 좋은 기회다 싶어 성실하게 대해 주었다. 그랬더니 얼마 지나자 흠집내기 열기가 식었다. 따라서 나 또한 홍보판을 상실한 셈이 되었다.

나서기 좋아하고, 참견하고, 시시비비를 가린다면서 실은 사사건건 자기 의견이 옳다 주장하고…. 시골 어르신들 중에 이런 분이 마을마다 한 분씩은 계신다. 이런 분들을 전라도에서는 '안다니 박사'라거나 '안다니 양반'이라 하는데 때로는 '안다시'라고도 부른다. 사전에는 없지만, 그 어원이 '안다'에서 파생된 단어로, 아는 체 하는 게 안다니 양반의 특징이다. '안다시'는 부정적인 이미지가 더 많게 느껴져 '안다니 양반'으로 그를 부르기로 한다. 안다니 양반이 하는 말 중에는 푸념도 있고 정곡을 찌르는 내용도 있다.

〈안다니 양반에게 물어봅시다〉 코너를 이번 개편에 새로 신설했다. 지역의 여러 시사 문제에 대한 견해를 '안다니 양반'에게 전화를 걸어 물어

보면 안다니 양반이 아는 체하면서 대답해 주는 형식이다. 안다니의 목소리는 구수한 전라도 사투리를 구사하는 배우 윤회철에게 맡겼다. 풍자를 재미있게 해보자는 의도 외에 전라도 사투리를 캐릭터화하여 지역성을 살려보자는 의도였다.

전라도 사투리를 이용한 풍자 코너가 이번이 처음은 아니다. 몇 년 전 〈라디오전망대〉를 맡았을 때는 방송인의 이름을 따서 '박요안의 시사 망원경' '박정현의 시사 망원경' 이라는 풍자 코너를 운영한 적이 있다. 전망대에서 이 사회를 내려다보는데, 망원경을 통해 자세히 살피면서 우리 사회의 세태를 꼬집어도 보고, 보이는 그대로 풍자도 해 보자는 의도에서 코너 이름에 망원경을 붙였다.

이 코너의 정확한 자리매김은 앞으로 단독 프로로의 가능성도 있어 보인다. 이미 다른 지역 방송사에서도 자리잡았듯이 특정 캐릭터를 살려 풍자를 위한 미니 프로그램으로 여수MBC 라디오에서의 어떤 전형을 만들어 내는 것이 내 꿈이다.

끝으로 스탭 구성에 따른 외부 의견들은 작가로 참여하는 인터넷 신문의 편집장에 대한 반감에 따른 것이었는데, 이는 온라인이라는 매체의 실체를 인정하지 않은 데서 온 문제였다. 전통적인 기사 작성이 아닌 게릴라식의 기사 쓰기라는 새로운 방식에 대한 거부감 때문이 아닌가 싶다.

나는 그 분들에게 두 가지를 인정해줄 것을 당부한다. 새로운 방식의 기사 쓰기를 인정해야 할 것이며, 새롭게 등장한 온라인이라는 매체의 실체 또한 인정해야 한다는 점이다. 이 문제에 대하여는 네티즌과의 쌍방 소통을 포함하여 우리 방송사에서도 대비가 필요하다.

방송 시간의 확장이라는 양적인 보강에 못지 않게 내용의 질적 강화를 통해서, 회사에 제출하는 기획서의 하단에 구호처럼 적어놓은 '유익한 방송, 재미있는 방송, 많이 듣는 방송'을 지향하고자 한다. 청취자와 사 내외의 여러분께 많은 조언과 관심을 부탁드린다.

《여수 문화방송 사보 2002년 10월호》

나의 섬, 나의 수항도

전라남도에는 전국에서 가장 많은 섬이 있다. 우리 나라 전체의 섬 3,170개 중 62%인 1,970개가 전라남도에 위치하고 있다. 여수에는 317개의 섬이 있고. 그 중 유인도는 49개로 그 중 하나가 바로 수항도다.

수항도는 섬 둘레 2km의 초미니 섬이다. 라디오 특집 프로 대상으로 사람이 살고 있는 가장 작은 섬을 선정한 특별한 이유는 없다. 사람이 살고 있는 섬이라는 상징성이 있을 뿐이다.

수항도는 이번이 처음은 아니다. 8년 전 텔레비전 다큐멘터리 〈섬, 섬사람〉 프로그램을 제작할 때도 들렀던 섬이다. 당시 나는 수항도에 사는 사람들에게 그 섬은 '떠날 수 없는 섬'이라고 했고, 이번에도 같은 제목으로 라디오 작품을 제작했다.

제작을 위해 그곳으로 전화를 걸었다. 아직 네 분이 살고 있었다. 수항도 가는 길은 예나 지금이나 어렵긴 마찬가지다. 여객선이 수항도에 직접 닿지 않기 때문이다. 예전에는 '종선'이라는 작은 배가 있었다. 종선이란 여객선에 딸린 배란 뜻으로, 바다 가운데 여객선이 서 있으면 종선이 다가와 여객선 출구에 닿는다. 수항도로 갈 사람이 종선으로 옮겨 타면 종선은 그들을 수항도 선착장까지 실어다 주었다. 종선을 모는 사람을 '종선애

수항도. 어렴풋이 드러나는 밭과 집이 보인다

비'라 부른다. 이번 수항도 길에는 그 종선애비를 만날 수 없었다. 나이가 들어 세상을 뜬 것이었다.

종선이 없으니 일단 큰 섬 금오도 포구에서 내려 수항도로 갈 배를 찾았다. 할아버지 한 분이 나오신다. 휴어기라 작은 배를 수항도까지 운행하신단다. 엎드리면 코 닿을 듯 눈앞에 떠 있는 섬, 겨우 1km밖에 안 되는 저 섬까지 뱃삯이 2만원이라니 만만찮다.

수항도는 8년 전 그대로였다. 방치해 둘 수밖에 없는 경작지가 여느 시골 마을처럼 묵정밭이 되어 있는 것이 예전과 달라진 모습이었다. 전기도 들어오지 않고, 지하수나 수돗물이 없어 빗물을 받아 식수로 사용하는 섬. 이후로는 마이크와 녹음기를 들고 언제나 그런 방식으로 수항도에 가곤 했다. 유속이 빠른 그곳을 수영으로 헤엄쳐 건너기도 했다. 도회지 생활에 익숙한 동료 작가 박성태가 불편하기 짝이 없는 수항도 취재에 묵묵히 참여하고 제작에 정열을 쏟아준 데 대하여 이 자리를 빌어 고마움을 전한다.

섬 둘레 2km의 초미니 섬, 수항도

음향 믹싱을 맡아 준 기술부 이준 사원과 출품을 배려해준 분들께도 감사 드린다.

이번 제작에서 느낀 점은 이제 향토성 있는 아이템을 그대로 적용하는 시기는 막을 내릴 때가 되었다는 사실이다. 향토성에 만족하는 그런 편안한 제작은 경쟁력을 갖기가 어렵다. 향토성의 기초 위에 또 다른 응용이 분명 필요한 것이다. 그런 점에서 진주문화방송의 수상작품 〈아직 끝나지 않는 길 – 짜빈둥을 찾아서〉는 시사하는 바가 크다고 본다.

이번 프로그램에서 인상적인 말이 있다.

"섬도 국토다."

목포대 도서문화연구소 나승만 소장의 말이 가슴을 울린다.

《여수 문화방송 사보 2002년 1월호》

섬진강 6백 리, 그 소리 6백 리

라디오특집 〈섬진강 6백 리, 그 소리 6백 리〉
1997년 8월 27일 방송

전라도 PD들에게는 꼭 한 번 해보고 싶은 프로그램이 있다. 라디오 특집으로 오디오의 특성을 살려 우리의 판소리를 한 번 올려보는 것이다. 판소리에 대해서는 그 동안 라디오에서도 다양한 실험과 시도가 많았고 우수 작품들도 많이 쏟아져 나왔지만 나는 한번도 판소리를 통한 라디오 작품을 시도하지 못했다. 구체적인 탐구와 모색이 부족한 탓이었다.

판소리는 그 창법에 따라 동편제와 서편제로 나뉘는데 그 기준점이 바로 섬진강이다. '판소리와 섬진강. 바로 여기다' 이렇게 단순한 시각에서 이번 작품은 출발했다.

섬진강 상류에서부터 그 강물이 하동 백사장을 거쳐 남해 바다에 들기까지 섬진강과 함께 살아가는 사람들의 삶의 노래에는 어떤 것들이 있을까? 있다면 마이크에 채록할 수 있을까? 채록하는 것만으로도 뭔가 이룰 수 있을 거라고 나는 확신했다.

우선 섬진강 주변 사람들의 소리를 찾아 나섰다. 상류인 전북 장수와 진안의 문화원 관계자의 도움으로 섬진강을 소재로 한 민요 채록에 나섰다. 그러나 민요의 내용은 섬진강과 연결되는 게 없었다. 할 수 없이 섬진강변

섬진강 발원지 마이산에서 진성스님과의 인터뷰

사람들을 만나면서 민요보다는 이야기를 더 많이 마이크에 담게 되었다.

어느 강이나 그 발원지는 도랑이다. 그 도랑의 시원은 옹달샘이기도 하다. 강이 도랑이고 개울일 때는 이름이 없다. 흘러가면서 이름을 갖는 것이 강의 특성이다.

전북 장수에 '수분치'라는 고개가 있다. 물을 나누는 고개라는 의미로서 서해로 흘러가는 금강과 남해로 흘러가는 섬진강으로 나뉜다고 해서 그렇게 불린다. 수분치는 그러니까 금강과 섬진강의 발원지인 셈이다. 마이산에서 만난 진성스님은 마이산이 섬진강의 또다른 발원지라고 주장한다.

　　장수 외에 진안에서도 시작되는 섬진강은 사람 사는 동네 앞을 지날 때마다 그 동네 이름의 강이 된다. 임실군 관촌 사선대 부근에서는 오온천, 운암면에 이르러서는 운암호 또는 옥정 저수지라고 부르지만 섬진강 댐 부근에서는 운암강이라고 부른다. 이 호수를 내려다보고 있는 작은 학교의 교사인 섬진강 시인 김용택이 노래하는 섬진강 이야기는 끝이 없다.

　　순창군 적성 지역 사람들은 이 강을 적성강이라고 부른다. 지역 향토사와 우리 판소리 연구에 조예가 깊은 순창고교 교사 양병완의 적성강 사랑 또한 물처럼 끝이 없다. 옥과천이 되는 곡성의 옥과에서는 곡성을 지키는 문화 예술인 안태봉의 섬진강 예찬과 고향을 지키는 자부심이 또한 대단하다.

　　한편 장수 쪽의 섬진강은 남원에 이르면 요천이 된다. 젊은 소리꾼 전인삼과 한국 판소리의 자존심 안숙선은 요천과 함께 하면서 목청을 가다듬었다고 한다. 요천변에서는 정기적으로 남원국립국악원의 공연이 펼쳐진다.

　　곡성 고달에서 요천과 옥과천이 만나 순자강이 된다. 이제 섬진강은 압록에서 보성강과 만나고 다시 구례를 비껴 흐르며 지리산을 크게 감고 돌아간다. 여기서 나는 화엄사의 사물을 다스리는 진조스님과 구례향제 줄풍류 명인 이철호를 만났으며, 지리산과 섬진강 보호를 위해 노력하는 구례의 우종수를 만났다.

　　화개나루를 지나 악양에 이르면 악양강이 되는 섬진강. 화개장터 사람들과 긴 줄을 잡고 배를 건너는 사람들도 만났다. 악양강 근처의 지리산 계곡에는 불락사가 있다. 부처님 음악이 있는 사찰이란 의미로 나는 해석한다. 대웅전에 해당하는 법고전이라는 본당 이름도 의미심장하다. 사시사철 불교 음악이 끊이지 않는 사찰에는 석상훈 스님이 계셨다. 그는 불교

섬진강

전통 음악 범패의 시원인 진감국사의 전통을 이으려 하고 있다.

하동포구 80리 백사장이 펼쳐지는 곳에서 하동의 문인 이명화를 만났다. 그는 대중가요 '섬진강 탄곡'의 작곡자로서 '하동포구 8십 리' '상사의 내 하동' 노랫말 채보자이기도 한 칠순의 은퇴 노인이시다. 아들 이승룡은 가수이고, 자전거 타고 다니는 가수로 유명한 김세환이 사위이니 대중 가요와 퍽이나 가까운 분이다. 이런 배경에는 구 한말부터 제법 큰 부자인 아버지가 천하의 소리꾼들을 사랑에 거처하게 하고 후원해 주는 동안 명창들의 소리가 그칠 줄 몰랐던 집안 분위기가 큰 영향을 미쳤다고 한다.

백사장에서는 갱조개라는 재첩 잡는 어부들을 만났다. 갱조개잡이 노동요는 채록이 전혀 불가능할 정도로 개인적인 작업이었다. 갱조개잡이가 단체로 무리 지어 할 성질의 노동이 아니어서 노동요가 싹트지 않은 것인지, 예전에는 있었던 노래를 부를 여유가 없어진 바람에 안 부르게 된 것인지 알 수 없었다.

유장하게 흐르는 섬진강의 누르스름한 색은 오후가 되면서 푸르름을 더했고 석양녘에는 붉은색으로 물들더니 검붉은 색을 띠다가 이내 검어지고 말았다. 그렇다. 섬진강은 노랬다. 섬진강은 파랬다. 섬진강은 붉게 물들었다. 그러다가 섬진강은 검기도 했다.

이번 작품을 위해 모아 둔 채록물들이 쌓이면서 다시 한번 나는 우리 소리에 대한 이해 부족을 제대로 실감했다. 원래 의도했던 판소리 관련 오디오 작품에는 한계를 드러내고 말았다. 다만 섬진강 6백 리를 따라 흘러내려 오면서 그 강과 함께 살아가는 사람들을 만났고 그들의 여러 소리를 담았다. 그대로 연결해 나가기로 했다. 판소리 운운은 온 데 간 데 없고 〈섬진강 6백 리, 그 소리 6백 리〉로 축소되었으며 그 방향으로 편집이 이뤄졌다.

원래 기획에서 벗어난 이 라디오 다큐멘터리는 큰 주목을 받지 못한 실패작이 되고 말았다. 후에 말없이 흐르는 섬진강을 만날 때면 그때마다 이 작품이 생각났으며 부끄러웠다. 언젠가 기회가 주어진다면 본래 의도를 살린 작품에 다시 도전해 보고 싶다.

해설 없이 '소리'로 구성한 전라선

여수MBC라디오 〈전라선〉
1996년 8월 27일 방송

전남 동부 지역. 광양만을 끼고 광양, 순천, 여수, 여천 등 네 개의 시가 있는 곳. 제품의 생산량이나 시설 규모 면에서 세계적인 광양제철공단과 여천석유화학공단이 이미 자리잡고 있고 앞으로 율촌공단과 콘테이너 부두가 자리하게 될 지역. 이른바 이 지역은 '스노벨트'가 아닌 떠오르는 '선벨트'에 해당한다.

이처럼 광양만 권에는 이미 세계적인 공단이 자리잡고 있고, 세계적인 광양 콘테이너 부두가 조성 중에 있다. 그럼에도 불구하고 주변 시설에 대한 투자는 세계적인 수준과는 거리가 먼 실정이다. 세계적인 공단과 그에 따른 세계적인 콘테이너 부두가 들어선다면, 세계적인 SOC(사회간접자본시설)가 뒤따라야 하는 것은 기본이다. 국제적인 규모의 공항은 말할 것도 없고, 세계적 규모의 항만과 도로, 철도가 따라야 한다. 그러나 현재 광양만 권 SOC 투자는 세계적인 수준으로 이뤄진 것이 하나도 없다.

여수문화방송은 창사 기념일 등 특집 편성 기회가 있을 때마다 SOC 투

---

*CD에 작품이 수록되어 있음.

자에 대한 점검을 하고 외국의 사례에 비춰 대안을 제시하는 등의 아이템을 집중적으로 다뤄 왔다. 외국의 항만과 공항, 뱃길은 물론 도로와 철도도 그 대상이 되었다.

그렇다면 '소리'를 담아야 하는 라디오식 접근은 과연 어떤 소재여야 하는가? 달리는 철마의 기적 소리가 연상되어 나는 쉽게 철도라고 생각했다. 철도를 목표로 하여 조사에 나섰다. 그런데 해방 이전에 놓여진 전라선의 직선화 공사가 최근에야 이뤄지고 있음을 알게 되었다.

앞서 지적했듯이 이 지역에는 세계적인 수준의 공단들이 들어서 있다. 그리고 철길 전라선은 이 지역의 가장 중요한 교통 수단이다. 그럼에도 불구하고 전라선에 대한 투자는 방치 수준에 머물고 있었다. 그것도 해방 후 50년 동안이나 말이다. 이 지역의 철도 이용률은 다른 지역에 비해 3급이나 4급 수준에 머물고 있다면 이해할 수 있을 것인가. 예컨대 전라선 철도 이용객은 호남선에 비해 약 30% 수준, 경부선에 견준다면 6% 수준이었다.

착잡한 마음을 가다듬으며 지금까지와는 다른 제작 방식을 택하기로 했다. 해설이 전혀 없는 프로그램을 만들어 보는 것이다. 전달하고자 하는 어떤 대상 소리만으로 연결하는 일이야말로 가장 라디오적이지 않겠는가?

여수에서 익산까지 무궁화호, 새마을호, 통일호, 비둘기호까지 무작정 타 보았다. 왠지 마음이 끌리는 비둘기호는 몇 차례 더 타봤다. 해설이 전혀 들어가지 않아야 한다는 내 나름의 제작 방식을 지키기 위하여, 익산에서 출발한 열차가 전라선 구간을 거치면서 종착역인 여수까지 프로그램이 전개되도록 틀을 잡았다.

문제는 그 동안의 인터뷰 내용이 쓸모없게 되었다는 점이다. 무엇보다 자연스런 흐름을 유지하는 데 도움이 되지 않아 어쩔 수 없이 다시 인터뷰를 시도해야 했다. 두 번째 인터뷰 시에는 뒤에 연결될 내용을 유도하는

전라선 취재 길에 나선 필자

문구로 시작하되, 앞의 내용을 참고해 달라고 주문했다. 또 하나, 해설이 들어가지 않으므로 본인 스스로 누구인지 밝히도록 요청했다. 그런데 제작 중에 보니 신분을 밝히지 않은 부분이 나온다. 이런 부분은 인터뷰 중간에 '지금 얘기해 주신 분은 철도청 김 아무개 씨입니다' 는 식으로 내용을 삽입했다.

익산에서 여수로 내려오는 과정이므로, 하나의 주제가 끝나면 자연스럽게 '이번 정차할 역은 구례역입니다' 라든가, 들판을 가로지르는 철길 소리와 기적 소리로 다음 주제를 연결시켰다. 노래 자료도 찾아보았다. '비내리는 호남선' '대전 발 영 시 오십 분' '부산 정거장' '남행 열차' 등. 그러나 그 어떤 노래도 열차나 역을 노래하고 있지는 않았다. 철도 1백 년을 맞아 철도청에서 발간한 노래집에 실려 있는 노래도 모두가 사랑 타령일 뿐이다. 어렵사리 한 곡을 찾았다. 이규석의 '기차와 소나무'란 노래다. 분위기에 맞는 역을 찾아 기차가 그 역을 지날 때 가요 중 유일하게 역을 노래한 '기차와 소나무'를 연결시켰다.

열차를 타고 오는 동안 열차를 이용하는 사람들과 철도 종사자들을 만났을 뿐, 어떤 큰 목소리도 담지 않았다. 그들이 하는 소리를, 철마와 함께 하는 그들의 소리를 담았다. 동시에 과거의 철도, 오늘의 전라선을 통해 전남 동부 지역에서 전라선의 역할을 재인식하는 계기를 마련했다고 본다.

전라선을 타고 〈전라선〉을 제작하면서 전라도 예술인 두 분을 만났다. 한국화가 혜동 최종민과 시인 임용백이다.

청취자의 한 사람일 뿐이라는 화가 최종민은 아름다운 전라선 예찬론자다. 그는 전라선 5백 리 탐사 기념 '귀향'이라는 귀한 그림 한 점을 보내 왔다. 철도의 날을 맞아 김경회 철도청장으로부터 받은 감사패만큼이나 값진 선물이었다. 시인 임용백은 전철역을 포함한 전국의 철도역 737개를 손수 답사한 후 각 역마다 시를 써서 〈철마의 꿈〉이라는 시집을 펴냈다. 그에게서 많은 조언과 도움을 받았다. 시인 임용백의 말이다.

"전라선과 같은 구불구불한 철길 그리고 판소리. 이 두 가지는 '삼풍
백화점'과 '성수대교'로 대변되는 한국인의 '빨리빨리병'을 치료하는
약이 될 수 있습니다."

나는 형편없는 철도, 3~4급 수준밖에 안 되는 전라선에 대해 분노한다. 그러나 임용백은 '더 느려야' 전라선답다고 주장한다. 시인답다.

《문화방송 사보 1996년 10월호》

제 2 부

빛과 함께

'의승수군'을 아십니까?

부처님오신날 TV 특집 방송 〈흥국사 의승수군〉
1994년 5월 20일 방영

여수MBC 입사 초기 라디오 프로그램을 담당하고 있을 때였다. 불교 문화 관련 인터뷰를 할 때면 흥국사를 찾곤 했다. 훤칠한 키에 맑은 목소리를 지닌 젊은 승려 진옥스님을 인터뷰하기 위해서였다. 인터뷰할 때마다 명쾌하고 자상하게 응해 준 진옥스님을 통해서 나는 여수 문화에 대해 많은 것을 배울 수 있었다.

스님을 만났을 때의 첫 인상도 오래 남는다. 조용하고 차분한 대화 속에서도 그는 일반 사회 현실에 관하여 당당한 자기 입장을 견지했던 것으로 기억된다. 20대 후반의 당당함과 열정을 그대로 유지하면서 지금도 진옥스님은 지역 사회에서 상당한 역할을 하고 계시다.

스님은 불교와 관련된 여수 지역 문화와 지역 불교 역사에 대해서 그 누구보다도 정통한 학자 같은 승려다. 1989년도에는 흥국사의 여러 사료를 모아 흥국사 800년 역사와 문화재들을 정리한 흥국사 사적기라고 볼 수 있는 〈흥국사〉라는 책을 펴내기도 했다.

내가 다시 진옥스님을 찾았을 때 스님은 석천사 주지로 가 있었다. 그때 스님은 석천사가 보통의 사찰이 아니며, 곁에 있는 충민사와는 따로 떼어 생각할 수 없게 된 배경에 대해 설명해 주었다. 더불어 석천사 경내에 의승당을 지어 그 내력을 담아둘 것이란 얘기도 들려주었다. 그러나 나는 금시초문인 의승당에 대해서는 대충 흘려듣고 말았다.

그 후 의승당이 다 지어졌을 무렵 홍국사에서 발견된 여러 자료에 관한 인터뷰 차 석천사에 들렀다. TV 프로그램 〈목요광장〉에서 '퀴즈! 향토기행' 코너를 촬영하러 갔던 것이다. 스님은 홍국사와 승병에 관해 거의 강의에 가까울 정도의 상세한 설명을 해주었다. 홍국사에 의승수군이 주둔했던 기록과 수군 편제에 관한 사료들이라며 몇 년 전에 홍국사의 경내 건물 보수 과정에서 나온 각종 상량문, 중수기 같은 한문으로 된 문서들을 보여 주었다. 스님의 설명을 듣고서야 그 자료들의 소중함을 알게 되었다.

1992년도에 여수의 각 단체에서는 임진왜란 400주년을 기념하는 학술발표와 400주년 의미를 새기려는 일들이 꼬리를 물고 이어졌다. 물론 여

진옥스님과의 대화

수MBC도 그 분위기에서 벗어나지 못했다. 그러나 텔레비전 다큐멘터리 25부 작 〈섬, 섬사람〉 기획서에 매달려 있던 나는 1992년도에 제대로 된 임란 400주년 기획서를 제출하지 못했다.

강연이나 특집 방송 외에도 1992년 당시 임란 발발 400주년을 맞아 관련 각종 자료들도 제법 나왔다. 그 중 논문으로 인용한 참고 문헌 목록에 등장하는 〈임진왜란과 불교 의승수군〉이라는 책이 눈길을 끌었다. 이 책을 읽는 중에 여수 출신 원광대 교수인 양은용 박사의 논문 '전라좌수영 의승수군에 관한 연구'에 관심을 갖게 되었다. 그는 학계에 최초로 의승수군을 알린 학자다.

나는 임란 400주년에서 2년이 지난 1994년도 초에 〈홍국사 의승수군〉 기획서를 그 해 부처님오신날 특집 안으로 제출하였고 임란 400주년에 관한 프로 제작 기회가 내게 주어졌다. 양 교수의 논문과 진옥스님의 〈홍국사〉가 프로그램 기획서의 시발이 된 셈이다. 임란 400주년을 기리는 프로그램을 제작할 수 있어 전라좌수영민의 후예로서 긍지를 느꼈다.

기획서에서 주목할 점은 진옥스님이 주요 전달자 역할을 한다는 점이다. 교양 다큐멘터리에 리포터가 프로그램 내에 존재하는 형식이 된 것이다. 홍국사 의승수군의 존재에 대한 자문을 받기 위해서는 학계에 최초로 의승수군을 알린 양 교수나, 이를 처음 발견하고 해석해 낸 진옥 스님 외에는 인터뷰에 응해 줄 전문가가 없었기 때문이다. 자주 인터뷰해야 할 전문가에게 중요 부분에서 등장하여 해당 프로그램을 이끌어 가도록 한 셈이다.

임진왜란 발발 400주년의 시제와 홍국사의 창건 연기를 설명하고, 프로그램의 의도를 알리는 프롤로그에 이어서 전반부 광고가 끝나자, 바로 홍국사의 전경과 함께 진옥스님이 등장하는 것으로 본론이 시작되었다. 과감한 첫 도입부였다. 그의 식견을 바탕으로 한 전문가 인터뷰이기도 하고 전달자인 동시에 해설자이기도 한 이중의 효과였는데 나로서는 다큐멘터리에서 처음 시도하는 것이어서 걱정이 되기도 했다.

홍국사 대웅전 곁 심검당에서의 첫 장면을 시작으로 모두 다섯 장면에 진옥스님이 등장한다. 두 번째는 지리산 실상사 뒤꼍 야트막한 산자락의 부도 옆에서 의승수군의 지도자 중 한 분인 자운 스님에 관한 내용을 언급한다. 그리고 홍국사 원통전과 대웅전 법당 안, 마지막으로 충민사를 배경으로 하는 장면에 각각 스님이 등장했다. 이렇게 구분이 되어 각 장면에 어울리는 설명을 하는 것으로 촬영을 진행했다.

진옥스님과의 촬영이 예정대로 순조로운 것만은 아니었다. 실상사 부도 곁에서는 키가 큰 스님과 부도의 크기가 균형을 이루지 못해 부도 탑 주변을 좀 파내야 했다.

진옥스님과 양은용 교수 외에도 학자들과 전문가들의 도움이 컸다. 순천대 조원래 교수는 〈이순신 장군 전서〉라든가 〈난중일기 장계〉에 나온 문헌의 실증을 통해서 홍국사 의승수군들의 활동과 그들의 실재를 확인해 주었고, 지역의 향토사학자들도 향토지와 각종 비석의 비문에 나타난 사료들을 인용하여 인터뷰에 응해 주었다.

〈홍국사 의승수군〉 프로그램에서는 임진왜란 당시 홍국사에는 승병들이 주둔해 있었고, 조직과 체계를 갖춘 승병들은 이순신 장군이 지휘하는 전라좌수영 수군으로 활동했으며, 임란 후에도 계속 홍국사에 주둔하면서 다양한 형태로 나라를 위하여 일했다는 점을 소개했다. 무엇보다도 텔레비전 매체를 통해서 '의승수군' 의 존재를 알렸다는 점에서 의의가 있다.

특히 자운스님과 옥형스님은 임란 당시 수군의 수장으로서 직접 이순신 장군을 보좌했으며, 이순신 장군 사후에는 이 공을 기리는 사당(현 충민사) 옆 샘이 있는 곳에서 이 장군을 추모했는데 이 사찰이 바로 석천사다.

흥국사 경내에 있는 의승수군 유둘전시관

석천사 주지인 진옥스님이 의승당을 지어 자운, 옥형 두 스님을 기리고 있는 이유이다.

일반 의병 활동이나 승병 활동에 관한 연구는 자료도 충분하고 연구 활동도 활발하다. 그러나 승병 중에 수군으로 전라좌수영에서 활동한 의승수군에 관한 자료는 이 프로에서 소개한 것이 전부다. 이 분야에 대한 학자들의 연구가 더 많이 이뤄져야 할 것이다.

이 프로그램은 시민들의 큰 관심을 끌었다. 방송 직후 당시 여천시 관계 부서와 협의를 거쳐 '의승수군 박물관' 건립 논의가 시작되었고, 마침내 2003년도에는 흥국사 경내에 '의승수군 유물전시관' 준공을 보게 되었다. 이 특집 프로그램의 작은 성과이기도 하다.

거문도 뱃노래

창사 25주년 TV특집 〈삶의 노래 우리의 노래 '거문도 뱃노래'〉
1995년 8월 26일 방영

1967년 정부에서는 전국의 사라져 가는 민속을 보존하기 위하여 우리 민속을 대대적으로 조사하도록 한다. 전남의 해안과 섬의 민속 조사가 1차로 조사 대상이 되었고 그때 거문도에도 조사단이 들어가게 된다.

조사단에는 당시 민속 분야에서 발군의 실력을 발휘하고 있던 전남대학교 지춘상 교수와 우리 나라 민요 채집 1세대라고 볼 수 있는 서울대학교 임석재 교수가 포함되어 있었다.

이들이 거문도에 들렀을 때 거문도에는 무대에 서도 손색이 없는 어부이면서 특출한 소리꾼인 김창옥이 있었다. 선소리꾼 김창옥과 그곳 어부들이 함께 부르는 거문도 뱃노래는 조사단에게는 지금까지 접해 보지 못했던 전혀 색다른 소리였다. 사실 그 즈음까지 일반인들에기 세상에 알려진 뱃노래로는 심청가에 등장하는 뱃노래 외에는 별로 없었다.

조사 후 임석재는 릴테이프로 녹음한 거문도 뱃노래를 세상에 알렸고, 지춘상은 전라남도에 건의하여 1972년도에 거문도 뱃노래가 전라남도 무형문화재 제1호가 되도록 하는데 일조를 하였다. 거문도의 불세출의 명창 김창옥은 얼마 지나지 않아 세상을 뜨고 말았지만, 거문도 뱃노래야말로 김창옥에 의해 섬 지역의 노동요로서 세상에 처음 빛을 본 것이다.

거문도 뱃노래가 전남 무형문화재 제1호라는 데 의미를 두고, 지역의 향토 문화 전승과 보존이라는 사명감으로 이 프로그램을 접근하기로 했다.

여수에서는 48마일, 제주도에서는 50마일 떨어져 여수와 제주도 중간에 위치한 외딴 지역 거문도는 세 개의 섬으로 둘러싸여 있고 섬들이 막아둔 바다 1백만 평 정도가 호수처럼 펼쳐 있는 천혜의 항만이다. 남해안 어업전진기지 역할을 해 온 섬 거문도에는 해마다 음력 4월 보름이면 이들만의 의식인 풍어제가 2백 년 동안 이어져 오고 있다. 전남 무형문화재 제1호가 된 이후로 거문도 뱃노래는 어김없이 풍어를 기원하는 거문도 사람들의 축제의 시작과 말미를 장식한다.

음력 4월 보름 풍어제를 기해서 공연장면을 취재했다. 여수 '별빛 미디어' 김정헌 카메라팀과 제휴, 수협 지붕에서의 풀샷을 담당하기도 하고 밀착하면서 동적인 화면을 잡기도 하는 등 위치를 달리한 그림들은 촬영 후에 서로 공유하기로 했다.

풍어제 행사 후에 거문도 뱃노래 팀과 별도의 촬영 일정을 논의했다. 갈치잡이 철이 되면 40명이나 되는 팀원들은 모일 수가 없어서, 갈치철이 되기 이전에 초여름 한가한 날을 택했다.

거문도 서도리 앞바다에서 작업하면서 뱃노래를 재현하는 과정을 촬영하는데 하루를 배정했고, 뱃노래에 별도로 포함된 '술비 소리'는 고기잡이 준비하려고 휴어기에 칡넝쿨로 닻을 만들면서 부르는 노래여서 그 과정 촬영에 또 하루를 배정했다.

대규모 인원이 함께 움직이는 일이어서 전체 마을 주민들이 큰 공사에 공동참여하듯이 촬영이 이루어졌다.

거문도 뱃노래는 작업에 따라 다양하게 노래소리가 이어지는데, 그 작업 과정별로 배 위에서 촬영이 이루어졌다. 카메라 위치는 공연이 펼쳐진

음력 4월 보름 거문도풍어제에 맞춰 공연하는 거문도뱃노래

같은 배에서 촬영용 임대선박인 다른 배로 컷의 변화를 주기 위해 카메라 위치를 옮겨가며 몇차례 반복하지 않을 수 없었다. 베테랑 카메라맨 양장완이 예의 깔끔한 솜씨로 작업완성도를 높여주었다.

40명 이상의 대규모 인원이 등장하는 거문도 뱃노래는 조업을 떠나기 전에 배의 안전을 기원하는 고사를 지내며 부르는 고사소리부터 시작한다. 바다는 생산의 현장이지만 하늘의 뜻에 따르지 않을 수 없는 두렵고 불안한 곳이기도 하다. 고사를 지내고 술과 음식을 나눠먹고 바다로 간다. 일할 분위기를 조성하고 작업의 효율성을 높이기 위한 협동심을 유도하려면 먹고 마시는 일이 매우 중요하다. 축문 비나리 형태로 가다가 바로 판소리 가락처럼 이어진다. 중앙대학교 권오성 교수의 말이다.

 오 PD! 뭐하세요?

"축문 비나리 형태에서 바로 판소리 가락처럼 이어지는 이 부분을 고형의 고사소리라고 합니다. 고사소리는 원래 '배치기'라고 해서 일종의 풍어를 기원하는 소리입니다. 그래서 서해안에서 황해도는 황해도 고사굿소리를 하고, 남해안 전라도는 전라도 굿에서 나오는 소리를 하기 십상인데, 거문도 뱃노래 고사소리는 전혀 다른 옛 고형의 고사소리를 보여주고 있습니다. 아마도 고립되어 있는 섬이기 때문일 겁니다."

이제 노를 저어야 한다. 어장으로 향하면서 노 젓는 속도에 맞춰 놋소리를 부른다. 놋소리는 노 젓는 사람에게 신바람을 부여한다. 비교적 멀리 떠나는 거문도의 어로 작업은 놋소리가 힘이 넘치고 역동적이다. 이는 가까운 앞바다에서 천천히 유람하듯이 바다에 나가도 되는 서해안의 놋소리와는 차이가 있다. 진도의 닻배노래 역시 힘들게 노를 젓는 가락이라기보다는 흥겹게 노는 듯한 가락이 주를 이룬다. 망망대해 거문도의 어장은 힘든 작업을 예고한다. 한 순간의 여유도 없다. 이런 연유로 거문도 뱃노래에는 거문도 뱃사람들의 강한 기질이 스며 있는 것이다. 민속학자 지춘상의 설명이다.

"서해안 가거도뱃노래는 진양조나 삼중창이 들어 있어 남도 무가의 창법이 내재된 데 반해, 거문도 뱃노래는 순수하게 중모리나 중중모리도 실려지고 자진모리도 있어 구성지면서도 씩씩한 남도 가락을 그대로 깔고 있지요. 파도를 이겨내고 앞으로 나아가는 뱃사람들의 기개가 들어 있는 노래입니다. 그런 면에서 거문도 뱃노래를 높이 평가하지요."

어장에서 그물을 펼치고 그 그물을 끌어올릴 때 부르는 힘있는 '올려소리' 가 있고, 그물에 들어온 고기를 가래에 퍼담으면서 즐거움이 넘치는 흥겨운 '가래소리' 가 이어지며, 만선으로 귀가하면서 피로를 풀며 천천히 진양조 가락으로 귀향하는 '썰소리' 에 이어, 모든 작업을 마무리하고 항구에 도착하여 재담과 해학이 담긴 뒤풀이 격인 '어영차소리' 로 거문도 뱃노래는 마무리된다.

대부분의 뱃노래는 바다에서의 작업 중에 부르는 노래로 끝나는데, 거문도 뱃노래에는 별도의 '술비소리' 가 있다. 휴어기에 어구를 준비하려고 칡넝쿨로 동아줄을 꼬면서 부르는 노래가 술비소리다. 고기잡이 과정만을 뱃노래라고도 하지만 거문도 뱃노래는 이 술비소리까지 포함시켜 뱃노래라고 한다. 바다가 훤히 내려다보이는 경치 좋은 언덕에서 칡넝쿨 채취하는 장면을 촬영했다. 또한 생 칡넝쿨로는 동아줄 작업을 할 수 없으므로 이미 말린 칡넝쿨도 준비해 두었다. 거문도 절경을 배경으로 칡넝쿨을 채취하고 그것으로 작업하면서 흥겨운 노랫가락과 함께 그들의 삶을 앵글에 담았다.

거문도 뱃노래는 현재 보존 대상 문화재이다. 노동요인 거문도 뱃노래는 이제 뱃사람들이 작업하면서 부르지는 않는다. 어업 형태가 바뀌어 바다에서 노래 부를 상황이 사라진 것이다. 그러니 거문도에서도 거문도 뱃노래를 일상적으로 듣기는 어렵다. 무형문화재가 된 이후로는 공연에 초청되거나 의무적으로 시연을 할 경우에나 거문도 뱃노래를 만날 수 있다.

전국 각지의 민요를 채집하여 해석, 분류한 CD를 발간하기도 한 학계에서도 알아주는 전문가인 〈한국민요대전〉의 최상일 MBC 민요전문 PD의 평가다.

"거문도 뱃노래는 전통적인 어로 방식으로 노래가 유지되어 왔습니다. 동해안 뱃노래는 말할 것도 없고 인근의 여수 금오도 뱃노래나 완도의 뱃노래는 일제 시대를 거치면서 어로 형태가 일본 어로 방식으로 바뀌면서 일본 어로요의 영향을 받았습니다. 그러나 거문도 뱃노래는 우리의 전통 어로요가 그대로 유지되어 온 노래입니다."

전라남도 무형문화재 제1호의 자부심은 바로 여기에서 기인한다.

〈문화가 보인다〉에서 '배려' 도 함께 보자

엑스포기획 〈문화가 보인다〉
2000년 4월~10월

2천 년 봄 개편을 여수문화방송으로서는 별 준비 없이 맞았다. 적은 인원의 프로듀서 중에 두 명이나 병원에 입원해 있는 상황인데다 또 일부는 특집 준비중이어서 프로그램 개편을 앞두고 획기적인 기획이나 특별한 변화를 기대하는 분위기가 아니었다.

하지만 TV 제작팀 내부에서는 나름대로 지역과의 밀착성 강조와 함께 향토문화에 대한 접근이 필요하다는 공감대가 형성돼 있었고, 여기에 회사는 이미 밀레니엄에 발맞춰 10대 기획의 하나로 향토 문화 전반에 대한 영상 데이터베이스화라는 거대한 프로젝트를 추진하려는 상황이었다. 개편과 함께 자연스럽게 '문화' 가 큰 비중을 차지하게 되었다.

김면수 PD와 함께 담당한 〈문화가 보인다〉는 먼저 재미와 감동이 있는 오락프로를 표방한다. 그 전달 방식으로 외국인과 장애인의 등장을 특색으로 내세운다. 외국인의 등장은 우리 문화의 세계화, 전통과 향토문화의 세계화로 연결되었다. 때마침 10년 후의 가시청 구역인 광양만 권을 포함한 여수가 세계박람회(EXPO) 개최 후보지라는 점을 고려할 수밖에 없었는데 발빠른 캠페인성 구호라는 비난을 감수하면서까지 '엑스포기획' 이란 말을 제목 앞에 붙이게 되었다.

먼저 중요 코너인 우리문화 체험 팀은 외국인 2명과 현장에서의 의사소통의 원활을 기하기 위하여 미국에서 오랜 생활을 하고 온 한국계 미국인 한 명, 개그맨 수준의 연극인 한 명 등 4명으로 구성되었다. 그들은 우리의 전통 문화에 대한 체험과 우리 문화 유적의 탐사 등을 주로 맡는다. 그 과정을 즐기면서 문화적 차이에 대한 이해를 높이며, 우리 것을 전혀 다른 시각에서 다시 보는 기회를 마련해 본다는 의도에서였다.

다음은 휠체어 장애인 리포터 박훈 씨의 실명이 들어가는 코너 '박훈의 세상보기'다. 다른 장애인을 동행하면서 장애인의 일상이 얼마나 힘든 과정인가를 알아보고, 소외된 곳에서 남모르게 이웃과 사랑을 나누는 사람과 단체를 만나보는 것이다. 우리는 모두 장애인이 될 가능성을 가지고 있다. 그런 의미에서 우리 사회는 장애인들에게 또는 우리 자신에게 어떻게 대하고 있는지를 알아보자는 의도였다.

〈문화가 보인다〉는 엑스포기획이라는 특명에 맞게 우리 지역에 사는 한국말에 서툰 외국인을 그때 그때 선정하여 어떤 과제를 주고 그것을 해결해 가는 과정을 여과 없이 전해주었다. 우리 나라 사람이 아닌 외국인에 대한 배려의 정도를 알아봄으로써 10년 후의 우리를 대비하기 위한 것이었다.

또 한 가지, 제작 과정에서 채택한 부정기적인 코너가 있다. 현장 촬영에서 등장하는 일반 시민들 중에 특별히 친절했거나 남에게 헌신적인 봉사를 하는 사람이 발견되면 '이 주일의 문화 시민'으로 선정하여 선물을 전달하고 그 사실을 다음 주에 방영하기로 한 점이다. 그밖에도 기획 단계에서 스탭끼리 논의된 6mm카메라의 적극적인 활용과 함께 몇 가지 준비된 코너들은 시청자의 반응에 따라 앞으로 신축적으로 기존 코너에 대체할 계획을 세웠다.

　〈문화가 보인다〉는 전반적으로 우리의 타인에 대한 배려가 어느 정도인지를 점검하는 프로다.

　외국인 중에는 우리의 아픈 점을 꼬집는 분들이 있었다. 우리 나라 사람은 면식이 있거나 잘 알고 있는 사람을 대할 때는 단순히 알고 있다는 그 사실에 치우쳐 지나치게 친근감을 표시하지만 모르는 사람을 대할 때는 냉혹하리만치 배타적으로 대한다는 것이다. 외지에서 처음 만난 사람에게, 다른 나라에서 온 외국인에게, 신체적으로 불편한 이웃에게, 조금이라도 나보다 어려운 이웃에게, 내가 아닌 남에게 나는 어떻게 대하고 있는지 한 번쯤은 스스로를 돌아볼 수 있어야겠다.

　친절이나 봉사, 더불어 사는 지혜와 같은 것들은 결국 다른 사람에 대한 배려에서 나온다. 〈문화가 보인다〉에서는 우리 모두의 다른 사람에 대한 '배려'를 보고자 한다.

《여수 문화방송 사보 2000년 7월호》

10년 후만이 아닌 100년 후 200년 후를!

신년 특집 엑스포기획 〈하노버에서 여수로〉
2001년 1월 10일 방영

2000년 10월 나는 조바심이 났다. 밀레니엄. 새 천년. 요란하게 맞이한 한 해가 곧 훌쩍 넘어가리라는 생각 때문이 아니었다. 독일에서 6월에 시작한 '하노버 2000 세계박람회'가 10월 31일이면 문을 닫게 된 때문이었다.

여수 세계박람회 유치는 국가 시책 사업이 되었고, 신항 쪽 얘기는 나오지 않았지만 여수에서는 이미 광활한 갯벌 지역을 개최 장소 후보지로 내세우고 있었다. 더구나 내가 담당하고 있던 정규 프로그램에서도 '엑스포기획'이라는 별칭을 붙여 놓고 있는 입장이고 보면 나로서는 조바심이 날 밖에 없는 일이었다. '하노버 2000 세계박람회'는 여수에서의 세계박람회 유치 결정이 되기 전에 내가 관람할 수 있는 유일한 EXPO였던 것이다. 나는 바삐 하노버를 향해 날아갔다.

하노버는 유럽의 여느 중심 도시와 마찬가지로 계획과 준비가 무엇인지를 보여주는 도시였다. 도시 전체의 설계와 구도가 그랬고, 세계 행사에 대비하는 그 사회의 시스템도 그랬다. 적어도 계획이 무엇인지를 하노버는 얄미울 정도로 잘 보여주고 있었다.

나는 여수 엑스포 개최와 상관없이 하노버에서 유럽 사람들의 건축물에 대한 사랑과 먼 미래를 내다보는 도시 구조의 틀을 짜나가는 노력을 볼 수 있었다. 단적인 예로 1901년부터 13년간 지었다는 시 청사 건물은 시내 중심에 위치하고 있는데 청사 꼭대기에 올라서면 하노버 시가지가 한눈에 내려다보이는 것이었다. 시 청사로서 1백 년씩이나 유지해 온 것은 말할 것도 없고 관공서 건물이 관광 명소가 될 수 있다는 사실은 시사하는 바가 컸다.

우리 여수도 미래를 생각하지 않으면 안 되겠다는 생각을 할 수 있는 좋은 기회였다. 사실 지난 1996년부터 여수는 세계박람회 유치를 논의해 왔으니 이는 결국 10년 이상의 먼 미래를 내다본다는 의미이기도 했다. 언제 우리가 여수에서 이렇게까지 구체적으로 미래를 구상하며 계획을 이끌어내려 노력했던 적이 있었던가? 통합을 가로막는 역사를 지닌 게 우리 지역의 현실이다. 이는 미래 예측은커녕 지역 주민이 주인 의식을 가지고 자발적 참여를 하 수 있는 기회가 원천 차단되었음을 의미한다.

세계박람회 개최 후보 도시 여수! 이는 바로 늦었지만 우리에게도 우리의 미래를 스스로 생각해 볼 수 있는 기회의 장이 마련됐다는 점에서 대단한 사건이다. 해방 후 처음으로 자신들의 미래에 영향을 미칠 수 있는 일에 대하여 고민하고 대안을 찾고 자발적 참여를 구하고 있는 것이다. 국제 무대를 생각하고, 미래를 위해 구체적인 계획을 갖는 도시가 되기 위해 팔을 걷어 부쳤다. 대립의 소용돌이 속에 지내온 여수의 최근 100년 역사를 돌아본다면, 세계박람회 유치 사실은 실로 대단한 사건인 것이다. 과거 '여순사건'이 아닌 새로운 '여순사건'이 펼쳐지고 있다.

2005년 세계박람회를 개최할 나고야를 살펴보기로 하자. 1970년대 오사카에서 세계적인 행사를 개최한다고 했을 때, 나고야에서는 나고야를 세계에 홍보하고 알릴 수 있는 뭔가를 준비했다. 그것은 88올림픽 유치였다. 그런데 아쉽게도 올림픽 유치 경쟁에서 서울에게 지고 말았다. 이들은 다시 준비를 했다. 이때 내건 것이 바로 세계박람회였다. 그들은 88올림 픽 유치 패배를 거울삼아 철저하게 준비했다. 그 중 하나가 세계박람회와 관련된 국제 규정과 규약에 대한 철저한 이해였다. 나고야에서는 이를 바 탕으로 득표 전략을 세웠다. 우호적인 나라들을 대거 BIE(세계박람회 사 무국)에 가입시켰으며, 유치를 성사시켰음은 물론이다.

여수도 확실한 전략을 세워 유치를 반드시 성사시켜야 한다고 본다.

아울러 보다 중요한 것은 유치 성공에 못지 않게 우리가 우리의 미래를 내다보며 머리를 맞대고 여수를 설계하고, 바람직한 미래의 도시 모델을 그려보는 것이다. 그리하여 1백 년 후 세계 어느 도시와 견주어도 뒤쳐지 지 않을 아름답고 살기 좋은 도시 여수를 꿈꾸는 것이다.

개최 성공 여부와는 별개로, 그런 생각의 일단을 모든 시민들에게 심어 주고 있다는 것이 이번에 여수 세계박람회 유치 과정에서의 큰 소득이 되 어야 한다. 앞으로도 여수는 설령 세계박람회를 개최하지 않더라도 꾸준 히 국제적인 구도 속에서의 여수가 되어야 하기 때문이다. 1백 년 후, 2백 년 후의 여수를 잊지 말아야 한다.

《여수 문화방송 사보 2001년 1월호》

섬, 섬사람 그리고 나

〈섬, 섬사람〉
1992년 10월~1993년 4월

1992년 여름은 내게는 특별히 기억에 남는 여름이다. 나는 소풍 전야의 어린아이처럼 기쁨에 들떠 있었다. 여수를 기점으로 한 남해안 일대의 섬과 그곳에 살고 있는 섬사람들의 삶을 다큐멘터리로 엮어 보고 싶다는 오래 전부터의 소망을 드디어 실행에 옮기게 된 것이었다. 1992년 가을부터 1993년 봄까지, 이른바 한 학기 동안 우리가 만들어내야 할 다큐멘터리의 제목은 〈섬, 섬사람〉이었다.

지방 방송사라는 불리한 여건 속에서 본다면 우리의 인적 구성은 보기 드문 일이었다. 단일 프로그램에 연출자가 두 명이니 번갈아 가며 현장 취재를 할 수 있어 시간적 여유가 있음은 물론 구성작가가 두 사람이나 투입된 것도 여수MBC에서는 전에 없던 일이었다.

그럼에도 불구하고 걱정이 앞서지 않는 건 아니었다. 육지라면 어떠한 악천후라도 이기고 취재를 감행할 수 있지만 바다는 육지와는 그 기본 환경부터가 다르다. 태풍주의보라도 내리는 날이면 바닷길은 막혀 버리고 말기 때문이다. 그런 점을 예상하고 가을 개편보다 2개월 던저 사전 제작에 들어갔다. 물론 2개월이 빠르다는 건 아니다. 하나의 프로그램을 제작하기 위해 적게는 1년, 많게는 3~4년씩 사전 답사를 한다는 이야기는 우리에겐 아직 요원한 현실이니 말이다.

　어쩌면 나는 일본 다큐멘터리 계의 거목 우시야마 준이찌를 꿈꾸는 우를 범하고 있었는지도 모른다. 일본 TV다큐멘터리 계에서 외곬 인생을 걸어온 지 올해로 만 40년을 맞는 예순 세 살의 우시야마는 일본 방송계에서 자부하는 TV다큐멘터리의 원조이며 현역 프로듀서로서 세계적 인물이다. 3년 전엔 암 수술도 받았다. 그런데도 그는 오늘도 여전히 현장인, 현역인으로 활약하고 있다. 다큐멘터리의 기본 정신은 '인간탐구'에 있다는 것이 우시야마의 지론이다. 그는 말한다. '인간에게 다가가라'고. 나 또한 그의 지론에 동의한다.

　〈섬, 섬사람〉을 끝내고 나니 첫 번째 방영 프로그램 '떠날 수 없는 수항

〈섬, 섬사람〉 스탭진 (왼쪽부터 박수석 PD, 전명환 카메라 보조, 설재록 작가, 오병종 PD, 박승만 카메라맨)

도'에서부터 마지막 프로그램인 여천군 삼산면 초도리 진막마을의 〈잠녀(해녀)들의 이야기〉까지 그들 모두가 내 가슴속에 한 자리씩을 차지하고 있는 느낌이다. 문어단지배를 부리는 송안옥 씨 부부, 화정면 월포리의 보건진료소 소장님, 망망대해의 뱃길을 지켜 주는 거문도의 등대지기들, 벌교 장도갯벌에서 뻘 배를 타고 꼬막을 잡는 아낙네들, 30여m 물속으로 들어가 키조개를 캐내는 잠수부들, 소록도 나환자의 벗이 되어 살아가는 간호사들, 일제의 강압 속에서도 끝내 우리 것을 지켜 왔던 섬 지방의 풍물패들, 그런가 하면 가난 때문에 도망치듯 고향을 떠났지만 금의환향하여 고향에 봉사하는 삶을 꾸려 가는 어느 독지가, 그리고 글 읽는 소리 끊기고 이제 덩그렇게 건물만 남은 폐쇄된 학교 등…. 모두가 그리운 것들뿐이다. 이제 내가 맞닥뜨리고 있는 현실을 이야기하면서 〈섬, 섬사람〉을 마무리 지어야겠다.

지방화 시대가 열렸다고 한다. 지방자치, 지방문화, 지역경제 등 모든 것이 제자리 찾기에 열을 올리고 있다. 이제 '방송의 지방화 시대'가 열릴 날을 기대해 본다.

《『방송과 문화』 1993년 4월호》

드라마적 요소를 삽입한 인물 다큐

여수MBC 창사 24주년 특별기획 〈산돌 손양원〉
1994년 8월 27일 방영

어떤 표현이 적절했을까? 통상 삼복 더위를 불볕 혹은 가마솥이라고 말하는데 이번 더위에 대해서는 분명 다른 표현이 필요했다. 용광로 더위쯤해두면 어떨까.

여수 비행장 옆 율촌면 신풍리 1번지 '신풍애양원'에서는 매일 수백 마리의 돼지와 수천 마리의 닭들이 더위를 이기지 못하고 죽어 나갔다. 나환자들의 정성이 물거품이 되는 순간들이었다.

애양원은 여러 의미로 받아들여지는 말이다. 나환자들이 입원하고 치료받는 병원, 나환자가 수용된 양로원, 또한 나환자들이 함께 모여 사는 마을을 모두 애양원이라고 부른다. 해방 전후, 이곳에서 병원 애양원의 원장을 지냈고 마을 애양원의 교회를 이끌어갔던 분이 바로 손양원 목사다.

손 목사는 일그러진 나환자의 이마에 얼굴을 맞대는가 하면 뭉개진 손을 덥석덥석 잡아주며 그의 사랑을 전해 주었다. 이런 일은 처음에는 대단한 충격이었다. 그러나 그 충격은 곧 신뢰가 되고 결국은 사랑이 되었다.

나환자 마을 애양원도 여순사건의 그늘에서 벗어날 수 없었다. 여순 사건 때 손양원은 두 아들을 잃고 한 아들을 얻었다. 원수를 사랑하라는 성경 말씀을 좇아 혼란기 때 아들을 살해한 젊은 학생을 양자로 맞았던 것이다. 이런 사랑의 실천은 원자탄에 비유된다. 사랑의 원자탄! 그러기에 손양원은 이 지역에서 알 만한 사람에게는 〈사랑의 원자탄〉이란 책으로도 또 동명의 영화로도 이미 너무도 잘 알려진 인물이다.

5월 중순, 손양원을 탐구해 보라는 데스크로부터의 주문을 받았다.

기획을 마치고 관계자를 만나면서 본격적인 제작에 임했을 때 뜻하지 않는 분위기가 조성되었다. 북의 김일성 주석이 사망했고 메카시 선풍이 전국을 강타했다. 조바심이 생겼다. 그렇잖아도 그 동안 지나치게 반공주의적 시각에서 조명되어 온 손 목사였으므로 시청자들이 전국적인 그런 메카시즘적 흐름의 일부로 이 프로그램을 받아들이지 않을까 하는 우려

였다. 그러나 이 프로그램은 김일성 주석 사망 훨씬 이전에 기획된 일로, 이데올로기를 배제한 인물 다큐멘터리를 제작한다는 원래 의도가 있었으므로 우리의 우려는 오래 가지 않았다.

이 프로그램의 특이한 점은 다큐멘터리에 드라마적 요소를 삽입했다는 점으로 여러 여건을 수용하여 연극으로 대체했다. 극적인 효과를 살리고 동

적인 사실감을 표현하기 위한 수단이었다. 이런 시도에 대한 평가와 함께 다양한 TV적 표현 방식에 대하여 내부 토론이 충분하게 이뤄지는 계기가 되기를 희망한다.

언제나 그렇듯 이번에도 아쉬움과 부끄러움이 남는다. 이번 특별 기획은 기독교 지도자인 한 목사의 삶이 담겨 있다. 전체적으로 기독교 분위기가 배제될 수 없는 프로다. 따라서 기독교인들에게는 또 다른 사명이 더해졌으리라. 자신이 믿는 종교 관계자가 주인공이 되었다는 데 대한 자부심과 그와 비례하여 증가되는 종교를 믿는 사람들의 사회적 책무 같은 것 말이다.

《여수 문화방송 사보 1994년 8월호》

인터뷰

손양원 목사 일대기 1994년 8월 18일자 한려신문. 이공원 편집국장

참 신앙인이자 참사랑의 실천자로 널리 알려진 손양원 목사의 일대기가 여수문화방송에 의해 재조명된다. 여수MBC 창사 24주년 특별 기획 프로그램으로 19일 저녁 8시부터 1시간 동안 진행될 손 목사의 삶은 무뎌져 가는 현대 종교인들에게는 자성을, 물질에 얽매여 살아가는 현대인들에게는 신선한 충격을 줄 것으로 보인다. 이번 프로그램의 연출을 담당한 여수MBC의 오병종 PD를 만났다.

Q 창사 24주년 특별 기획 프로그램의 주인공으로 손 목사를 선택한 특별한 이유는 무엇인가?

A 창사 기념 특집을 구상하면서 우리 지역의 학문, 교육, 의료, 경제, 종교 등의 분야에서 뛰어난 업적을 남긴 인물들을 찾았다. 손 목사의 숭고한 정신이 워낙 돋보였기 때문에 선택에 주저하지 않았다.

Q 〈산돌 손양원〉을 제작, 연출하기 위하여 약 4개월에 걸친 준비와 노력이 있었다고 하는데 담당 PD로서 손 목사에 대한 평가는 어떠한가?

A 5월에 이 프로그램에 대한 기획이 이뤄졌다. 1개월간은 자료 조사, 다음 1개월은 관계자 면담으로 진행됐다. TV 촬영의 주무대가 손 목사가 생활했던 신풍애양원이었는데, 카메라가 녹아 내릴 정도의 무더위 때문에 제작진이 애를 먹었다. 나환자들이 모여 사는 신풍애양원에서 펼쳐진 손양원 목사의 언행은 기독교 신앙인들이 갖춰야 할 모범이었다. 기독교 관계자들의 말을 빌리자면 '하나님에 대한 굳은 신뢰'라든가 '성경 말씀에 대한 절대적인 순종'으로 일관된 점을 꼽았다.

인간에 대한 하느님의 무한한 사랑처럼, 손 목사는 소외되고 버림받은 나환자들의 친구이자 정신적 육체적 보호자였다. 생전의 손 목사와 함께 애양원에서 생활했던 나환자들은 뚜렷한 기억으로 손 목사를 떠올리고 있었다. 그들이 하나같이 손 목사에 대해 "나환자들의 몸에서 흘러내리는 고름을 손수 닦아주거나 심한 상처에는 입술을 대고 빨아주기까지 했다." "나환자들은 손 목사의 목소리를 듣고 얼굴만 보고도 기쁨을 느낄 정도였다"고 말한다. 손 목사는 이른바 '여순사건' 당시 두 아들을 잃었다. 그러나 그는 자신의 아들을 죽음에 이르게 한 살인자를 양아들로 받아들였다.

지금까지는 손 목사에 대해 반공주의자로만 평가되어 온 듯한 아쉬움이 있다. 이번 제작 과정을 통해 손 목사야말로 훌륭한 인격의 기독교 지도자임을 확인할 수 있었다.

Q 이번 프로그램의 특징은 무엇인가?

A 인물 다큐멘터리의 획일성과 고답적인 면을 극복하기 위해서 다큐 드라마로 제작했다는 점이다. 순천에서 활동중인 한 극단의 도움을 얻어 드라마적 요소를 연극 형태로 삽입했다. 드라마로 나오는 장면은 손 목사의 나환자들에 대한 헌신적인 사랑, 친아들을 죽인 살인자를 양자로 삼는 과정, 일제하에서 신사 참배를 과감하게 거부하는 민족주의자의 모습 등이다.

Q 〈산돌 손양원〉을 마치면서 느끼는 점이 있다면?

A 현대사의 질곡 속에서 자식을 잃은 부모로서 한 인간의 좌절과 변화를 깊이 생각할 수 있는 계기였다. 이는 손 목사에게만 국한된 것이 아니고, 굴곡의 근대사를 살아온 숨겨진 이 지역의 많은 분들의 모습이기도 하다. 특히 해방 이후 이데올로기의 편협성에 휘말려 역사적 사건에서 발생한 개인적 분노가 지역 갈등의 극한 상황으로 표출되었고, 이는 지역의 통합을 가로막는 동시에 화해하기 어려운 적대적 관계가 지속되는 어처구니없는 현실을 낳았다. 이런 상황이 이 지역에서는 지금도 전개되고 있다는 점이다.

손양원 목사는 지금 이 세상에 없다. 하지만 그를 추모하는 발길은 전국 각지에서 끊임없이 이어지고 있다. 이는 손 목사가 격동기를 살아온 종교 지도자로서 종교인에게 던지는 메시지를 온몸으로 쓰다 간 때문이 아닐까 생각한다.

제3부

시대와 인물

전라도 사나이 박노식

〈시대와 인물〉
2000년 3월 12일 방영

프로듀서 출신 오명환 사장이 내게 했던 말이 떠오른다. 〈시대와 인물〉이 '지나친 엄숙주의'에 빠져 있다는 뼈아픈 말이었다. 엄숙주의의 배제야말로 제작기법상의 문제이니 그 문제는 숙저로 남겨 둔 채 우선 소재에서부터 이를 극복하기로 했다.

〈시대와 인물〉 주인공으로 지역 출신 명사나 역사 인물들 중에서 '엄숙하지 않은' 인물로 대중 예술인 박노식을 찾았다.

"야, 이 새끼야. 말끝마다 요놈의 새끼가 '농사꾼' '촌놈' 하고 그러네이. 요놈의 새끼가 요! 콱! 이걸… 서울 놈의 새끼들은 다 겁쟁이여 새끼야."

— 영화 〈5인의 해병〉 —

"응~ 용숙이냐? 엉·나여! 오빠! 엉. 나가 무슨 일이 쪼까 있어 갖고 못 내려간다. 응~ 나 낼 아침에 내려 갈꺼인게 그리 알고 있거라이! 니, 오빠 보고 싶지야? 엉. 그래야? 어쩌먼 쓰까이? 나도 니가 보고 싶어 환장하겄다, 참말로! 나가 자다가 세 번씩 깨뿌냐, 나가! 잉. 그래

그래, 알았제이."

— 영화 〈돌아온 용팔이〉 —

"전부 무시(무우) 빼묵다 들킨 놈맨키로 생겨부렸다 요! 왔따! 아우
야, 저 놈이 숭악한 그놈 아니냐? 저 놈이!"

— 영화 〈돌아온 용팔이〉 —

"거 자네네 산을 삥 돌아서 길을 낸다고 해놓고서 십중팔구 똑바로 뚫
어뿔 꺼이시. 음마, 음마! 이 사람 보소이! 손톱 밑 곪은 것은 알고, 염
통 곪아터진 것은 모르고 있네 요! 어이! 도, 도(청)에다가 진정을 내뿌
렀다네! 어! 고렇고 된 거여 시방! 홍분 말어, 홍분 말어! 몸에 해롱께."

— MBC TV 드라마 〈까치골의 봄〉 —

독일 문호 괴테는 '배우의 인생은 대중이 만들고, 배우의 예술은 자신
이 만든다'고 했다. 박노식이 한창 활동하던 시절 신문사 문화부 기자였
던 영화 평론가 김화 씨의 평가다.

"박노식 씨가 인기 스타의 반열에 올라 선 데는 남도 특유의 진하고 걸
쭉한 전라도 사투리가 큰 몫을 했습니다. 편거영 감독의 〈돌아온 팔도
사나이〉에서 전라도 사투리로 영화의 흥을 자아냈죠. 사투리가 감초
역할을 한 거지요. 어떻게 말하면 '남도 풍물의 영화를 통한 전수자'
역할을 이 영화에서 선보였고, 그 이후 다른 영화나 브라운관까지 연
결시켜 전라도 사투리를 전국화시킨 장본인입니다."

박노식은 대중 연예인의 기질을 타고 났다. 이른바 '끼'가 있었다. 그

의 자서전 〈뻥까오리 백작〉은 자못 흥미로운 제목인데 어릴 때부터 배우로서 그의 끼가 어떠했는지를 단적으로 보여주는 제목이다. 중학생인 그가 멋을 부리고 싶어서 어른들이 쓰고 다니는 중절모를 샀다. 당시 중절모는 일본말로 '나까오리'라고 했다. 지나가던 사람들이 그를 보고 한 마디씩 했다.

"쪼끄만 게 폼잡고 나까오리나 쓰고 다니네. 순전히 뻥까는 폼 아녀? 어린 녀석이! 별 놈 다 보겠네. 저건 나까오리가 아니고 뻥이나 까고, 그래 뻥까오리시! 뻥까오리여!"

거기다 그는 폼 잡고 사복을 입을 따는 하얀 옷에 하얀 구두를 신고 다니면서 스스로 '백작'이라고 불렀다. 이런 연유로 그에게 '뻥까오리 백작'이란 칭호가 붙었고, 편집자는 사후에 펴낸 그의 자서전 제목을 〈뻥까오리 백작〉으로 뽑았다.

뻥까오리 백작은 여수 수산 중학에서 퇴학당하고 순천사범으로 학교를 옮긴다. 운동 소질이 다분했던 그는 순천사범에서도 인기가 대단했는데, 배구 선수로서도 이름을 날리고 권투도 아주 잘 했다고 한다.

박노식이 순천사범 5학년 2학기 때 여순사건이 발생한다. 군인들이 총을 쏘고 경찰들도 총을 쐈다. 이 사건은 엄청난 비극의 역사적 사건이지만 박노식에게는 특별한 계기를 제공해 준다. 박노식의 동생 박노형의 얘기다.

"지금 순천 성동초등학교 자리에 없어진 순천사범학교가 있었습니다. 어느 날 가을에 학교에 가보니 교실이 불이 나서 타버리고 없는 겁니다. 우리는 그때는 자세히 모르고 반란사건으로만 들었죠. 학교가 불이 나서 학교를 다시 지어야 할 일이 생긴 겁니다. 그래서 기부금을 마련해야 했죠. 형님은 연극을 하면서 학교 기부금의 필요성도 홍보하고 전남 동부 6개 군을 순회하며 공연했습니다. 순회 공연 연극 제목이 〈안중근 사기〉였는데, 그 때 형님이 안중근 배역을 맡았습니다. 6학년 선배들도 있었는데 주인공을 맡았던 거죠."

6.25 동란은 순천사범을 막 졸업하고 여수 소라초등학교로 발령 받은 박노식에게 학교 대신 전 가족이 떠나는 부산 피난길로 가도록 했다. 군대를 가야 할 나이가 된 박노식은 부산 피난길에 육군본부에서 모집하는 선무공작대에 입대한다. 요즘으로 치면 위문 공연도 하는 정훈부 소속 군인이 된 것이다. 동료로 오랫동안 활동을 같이 한 영화 배우 독고성 씨와는 군대 시절을 함께 보냈다.

이후 제대는 했지만 교사 발령도 쉽지 않았고, 그렇다고 악극단 자리도 쉽게 나오지 않아 실업자 생활이 이어졌다. 영화 〈격퇴〉에 출연하기 전까지 그는 배우가 아니었다. 이때 아버지의 적극적인 후원이 그를 배우의 길로 들어서게 한다. 다시 박노형의 얘기다.

"아버님은 노식이 형님이 남부끄럽고 창피하다 하셨습니다. 그러던 어느 날 노식이 형의 의지를 확인한 아버님이 큰 형님에게 전화를 하더군요. 큰 형님은 산업은행 전신인 식산은행에 근무했습니다. '기왕에 그 길로 들어섰으니까, 제대로 가도록 해줘라' 라고 하시더군요."

아버지의 이해, 형제들의 도움과 안내, 본인의 기질과 노력이 합해져 배우 박노식이 탄생한 것이다. 독고성 씨의 증언처럼 1954년 이강천 감독의 〈격퇴〉로 대뷔하여 그의 배우 생활이 시작된다. 주연 영화 300여 편에 단역 출연까지 하면 그의 모습이 담긴 영화는 900여 편이나 된다. 후에 그는 직접 영화를 제작 감독함은 물론 주연까지 맡는 등 영화에 대한 열정을 온몸으로 표현했다. 그의 자서전과 한국영상자료원을 비롯한 자료에는 박노식에 대해 이렇게 적고 있다.

영화 배우 박노식은 1930년 순천에서 태어나 7세 때 여수로 이사. 여수서교, 여수 수산중학을 다니다 순천사범으로 옮겨 49년 순천사범을 졸업하였고, 50년 여수소라초등학교 교사를 거쳐 51년 수도사단 선무 공작대에 입대 후 54년 군사 영화 〈격퇴〉로 본격적인 배우의 길에 들어섰다. 57년 극영화 〈나는 너를 싫어한다〉 주연 외 1980년까지 약 900편의 영화에서 주연과 조연으로 활약했으며, 주연으로 출연한 영화만 298편이다. 1995년 4월 타계하였다. 제3회 아시아 영화제 최우수 남우주연상, 제17회 아시아 영화제 남우주연상, 제2, 4, 6, 7회 대종상, 61, 64, 65, 67, 72년 청룡상 남우주연상을 수상하였다.

그러나 그가 배우로 들어서자마자 '전라도 사나이'가 된 것은 아니었다. 그는 영화판에서 처음에는 전라도 사투리로는 명함도 못 꺼냈다. 그의 수기를 보면 전라도 사투리 전도사가 되겠다며 다짐하는 대목이 나온다. 동시 녹음을 할 수 없었던 초창기에 섭외가 들어온 권영순 감독의 〈나는 너를 싫어한다〉에 출연하여 혼신의 힘을 다해 연기를 했다. 그러나 녹음 담당 음향 기사 자신은 심한 평안도 사투리를 쓰면서도 유독 박노식에게만은 전라도 사투리를 써서 안 되겠다는 것이다. 그 바람에 박노식은 멸시에 가까운 모멸감을 느껴야 했다.

"결국 녹음실에서 쫓겨 나왔다. 그만 울음이 왈칵 쏟아져 나왔다. 녹음을 못하면 절름발이 배우가 아닌가. 그래, 내 이름 석 자를 빨리 알리자. 내 이름 석 자가 알려지기만 해봐라. 그때는 내 맘대로 내가 하는 말을 그대로 영화에 나오게 할 것이다. 그래서 전라도 사투리를 영화로 전국에 퍼뜨리겠다."

전라도 사투리와 관련한 영화 평론가 변인식씨의 해석이다.

"1970년 설태우 감독의 〈남대문 출신 용팔이〉가 소위 대박을 터뜨립니다. '용팔이 시리즈'의 서막을 알린 거죠. 이미 유명 배우가 된 박노식은 전라도 사투리를 영화에서 일상적으로 사용하게 됩니다. 사실 어느 정도 배우가 되면 누구나 방언을 구사합니다. 그러나 어색해서 서툴게 표현되고 아무나 되는 게 아니거든요. 박노식 선생은 그야말로 체취에서 묻어 나오는 그런 방언을 구사하기 때문에 사투리가 정겹게 받아들여지고 그것이 그 분 연기를 뒷받침해 주는 어떤 강점입니다."

그의 전라도 사투리는 막힘 없는 자연스러움이요 꾸밈없는 진실함이다. 긴장감 속에서도 여유가 묻어 나는 유머가 있다. 박노식의 전라도 사투리에는 위기에도 흔들리지 않는 거드름이 있다. 그 거드름은 거만이기보다는 자신감의 간접 표현이다. 포효하며 외치는 동작이 아니다. 그 거드름은 훨씬 강한 그의 내면 의지이다. 그의 사투리는 무겁지 않다. 그 흔한 예의만을 좇지 않는다. 예의가 있으되 온화하고, 욕설이 있으되 정이 있고 웃음이 있다. 영화 평론가 김화 씨의 말이다.

"이율배반적인 배역을 한국 영화 배우 중 가장 잘 소화해낸 연기자였
습니다. 그의 액션 연기 중에 악역의 경우를 보면, 악역으로서 일관됐
다기보다는 악역이면서도 밉지 않는 악역, 겉으로 표출하는 악역 속에
서도 선한 인간의 본성이 잠재되어 있는 관객으로부터 외면 당하지 않
는 악역이었죠."

미망인 김용숙의 말을 들으면 박노식의 인간미를 한층 더 느낄 수 있다.

"가족을 사랑했던 분입니다. 사실 정이 많고 세심하고 내성적이세요.
집에서는 영화에서처럼 웃기거나 터프가이드 아니었어요. 전에 살던
집은 그 분이 직접 설계한 집이었는데, 집에서 이것 저것 기르고, 가꾸
고 했던 것을 보면 그 분이 어떤 분인지 알 수 있지요. 최선을 다한 남편
이었어요."

박노식의 전성기에 한국 영화는 문제 의식이나 리얼리즘의 미학을 추구
한 작품들이 많이 선보인 것은 아니었다. 사회성을 담은 작품 대신 최루성
멜러물이, 영상 미학을 담은 작품보다는 저속한 희극물이나 액션물이 범
람했다는 평을 받고 있다. 거기다 텔레비전 수상기 보급이 점차 늘어가고
있었다. 설상가상으로 가혹한 검열과 사전 대본 심사 등의 제약이 따르는
유신 정권이 들어섰다. 또 하나 영화계는 서서히 세대 교체를 준비하고 있
었다. 이 한복판에 그는 주연 배우 대신 감독으로, 영화 제작자로 나서지
만 결과는 참혹했다. 은막에서는 다시 그를 부르지 않았다. 그에게는 탈출

구가 필요했다.

탈출구는 이민이었다. 그러나 그의 미국 생활에 대하여는 누구도 쉽게 증언해 주지 않는다. 그의 아들 박준규의 회고로 짐작할 뿐이다.

"미국에서의 생활은 좋은 기억이 많지 않습니다. 제가 어려서도 그랬겠지만 많이 힘들었던 때로 기억됩니다."

서울 피카디리 극장 앞 광장에는 한국 명배우들의 손도장이 서명과 함께 찍혀 있는데 거기 박노식의 손도장이 있다. 우리는 이제 그를 손도장으로 만난다.

영화 배우 박노식의 자료를 조사하면서 한국 영화 자료 보관이 잘 안되고 있음을 느꼈다. 박노식 일가가 미국으로 가고 오는 동안 개인적으로 소장하고 있는 자료들마저 많이 분실했다고 한다. 뒤늦게 자료 수집에 나선 영상자료원에 일부 자료가 있다. 기록성이 강한 필름 영상 자료들이 제대로 보관되지 않은 점은 큰 손실이다. 영화 제작사가 개별적으로 보관해오다 영화 산업의 부침 속에 사라져 가는 영화사들과 함께 필름들도 사라졌기 때문이다.

21세기를 문화 콘텐츠 시대라고 한다. 구체적으로 영상 혁명 시대라고도 한다. 최근 한국은 영화 산업에서 국제적으로 주목받고 있다. 시대의 영상 문화를 주름잡던 구성원이라면 누구라도 역시 이에 한몫을 했다고 본다. 그러한 토대들이 〈쉬리〉로 〈실미도〉로 그리고 〈태극기 휘날리며〉에 이어 국제적 명성을 이어가는 감독들에게까지 연결되었으리라.

박노식을 취재하고 나서 내게는 한 가지 버릇이 생겼다. 그의 고향이라고 하는 여수나 순천 어디에서도 그를 만날 수가 없기 때문인 듯하다. 여수의 한적한 바닷가 어귀 어디쯤, 순천 주암호 주변이나 조계산 어디쯤에 그가 출연했던 영화들이 상영되는 공간이 마련되어 있어 그 곳을 찾아가는 상상 말이다. 그를 만나고 싶다고 요청간 하면 언제든 어느 작품이든 영사기에 걸려 '전라도 사나이 박노식'을 만날 수 있기를 간절히 소망한다.

아버지와 아들 – 로버트 김 父子

〈시대와 인물〉
2000년 1월 17일 방영

1999년을 넘기면서 새 천년을 맞아 〈시대와 인물〉 첫 등장 인물로 누구를 선택할지 고민 중이었다. 그때 로버트 김 석방위원회 여수 관계자로부터 전화가 왔다. 내년(2000년) 1월 21일이 로버트 김의 회갑이니 방송 시기를 그 무렵으로 맞췄으면 좋을 것 같다는 내용이다.

로버트 김. 미국인. 한국 이름 김채곤. 미국의 국가 기관에 근무하면서 한국에 정보를 제공해 준 혐의로 체포되어 기밀 누설죄로 현재 미국에서 복역중인 인물이다. 여수에는 물론 전국적으로 그의 석방을 위한 노력이 한창이다. 새 천년을 맞아 새로운 시각에서 한미 관계를 조명해 보는 의미로 로버트 김을 첫 인물로 꼽았다.

미국에 있는 주인공을 촬영하지 않고 텔레비전 프로그램에서 충실히 표현하기에는 한계가 있었다. 그렇다고 그를 취재하러 미국까지 출장을 가는 일도 쉬운 일이 아니며, 미국에 간다 하더라도 감옥에 있는 그를 충분하게 취재하기란 몹시 어려운 상황이었다. 그리하여 우선 취재가 가능한 그의 부친인 김상영 옹부터 취재하기로 했다.

김상영 옹은 여수에서 8~9대 국회의원을 지낸 정치인이며 한국은행 부총재 출신이어서 1960년대와 1970년대 한국 경제의 산증인이기도 하다. 은퇴를 한 그는 서울 광진구 광장동에서 〈한국산업정책연구소〉를 운영하고 있었다. 그는 이 연구소 설립자이면서 이사장이었는데 경제정책 전문잡지를 발간하고 있었다.

한국산업연구소 신영길 이사의 증언에 의하면, 김상영 옹은 당시 수재들이 들어가던 조선 식산은행을 마다하고 앞으로 한국의 중앙은행이 될 조선은행을 선택했다고 한다. 조선인으로서는 최초로 북경지점장을 했고, 해방후 중앙은행인 한국은행에서 조사부장을 하면서 제 1차 화폐개혁을 주도하였다. 또 오늘날 발간되는 한국경제연감 제 1호를 발간하는 등 우리 경제의 산증인이라고 할 만한 분이다.

김상영 옹의 증언을 보태면, 국회의원 시절 한국은행 부총재 출신 덕에 국가의 경제관련 주요 의사 결정과정에 적극 개입하게 되었다고 한다. 그러다보니 좀더 체계적으로 이론을 뒷받침할 수 있는 씽크탱크의 필요성을 느꼈고, 그 결과 만든 것이 〈한국산업정책연구소〉라는 것이다.

이런 그의 사무실 벽에 김 옹이 썼다는 '선공후사(先共後私)' 라는 편액이 걸려 있다.

> "제 좌우명입니다. 큰 아들 채곤이가 개인의 이익보다는 한국의 공공이익을 위해 애쓰다 이국 땅에서 감옥에 가게 된 데는 이 좌우명도 한몫 하지 않았나 생각합니다. 막내아들 성곤이도 이 좌우명 때문에 고려대 사학과를 다닐 때 데모하다 감옥에 갔었습니다. 그 일로 나는 여당 국회의원 공천에서 밀려났지요."

1996년 9월 24일 저녁 8시. 미 해군 정보국 소속 컴퓨터 분석관인 로버트 김은 워싱턴 주재 한국대사관 무관부가 주최하는 워싱턴 근교 포츠마이어스 장교 클럽에서 국군의 날 기념 리셉션을 마치고 나오다 FBI 정보

조국 '한국'을 위해 일하다 형을 치른 로버트 김과 가족들

요원들에게 체포당했다. 체포 이유는 그가 미 연방법 제 50조 '기밀누설죄'를 위반했다는 것이다.

여수에서 태어난 김채곤은 경기고와 한양대를 졸업하고, 1966년에 미국으로 건너가 듀퍼대학에서 공부한 후, 미 항공우주국(NASA)을 거쳐 미 해군 정보국에서 기밀 문서를 취급하는 컴퓨터 분석관으로 19년간 근무한 모범 공무원이다. 그 사이 미국 국적도 취득했다. 그런 그가 한국 관련 기밀 문건 7건을 한국에 전달했다고 하여 미국 당국에 의해 기밀누설죄를 적용 받게 된 것이었다. 미 검찰은 수사를 하는 동안 로버트 김에게 범죄를 추가하여 기소했고, 1997년 3월 연방 법원은 미 형법 제 794조 '국방기밀 취득공모죄'를 적용하여 그 죄 값으로 징역 9년과 보호 감찰 3년이라는 중형을 선고했다.

사건 초기 그의 변호사였던 미국인 긴스 버그는 '로버트 김이 한국에 제공했다는 정보들은 상식적으로는 우방간에 공유될 수 있는 내용이었고, 한국 이외의 다른 나라에는 이미 제공된 것도 포함된 내용이다'고 증언하였다. 마침 미국에서는 조국 이스라엘에 정보를 제공한 '조나단 폴라드 사건'이 있었는데, 그는 이스라엘로부터 5만 달러를 받고 기밀을 팔았던 인물이다. 그는 이스라엘 정부의 끊임없는 노력으로 풀려났음은 물론 조국으로부터 영웅 대접까지 받고 있었다. 이 사건과 비교해 로버트 김의 형량은 지나치게 무거운 것이었다.

로버트 김을 다룬 기사를 검색하면서 그가 구속된 지 3년이 지났는데도 국내에서 의외로 많이 다뤄지지 않았다는 것을 알게 되었다. 정치적으로는 한국의 1997년 대선과 경제적으로는 뒤이어 나타난 아이엠에프 때문이었다. 유독 한 월간지에서 이에 대해 상세히 다룬 기사를 발견했다. 중앙 일간지에서 증권거래소로 자리를 옮긴 최보식이 쓴 기사였다. 최보식의 말이다.

"로버트 김의 구속에 관해서는 당시 단신 기사만 나오고 잊혀져 갔는데 아마도 1997년 아이엠에프 탓이었을 거예요. 당시 미국에서 특파원으로 있을 때 저는 그의 짤막한 기사를 보고 기자로서 그를 만나고 싶은 충동을 느꼈습니다. 먼저 가족들을 만나고 펜실베이니아 연방교도소로 가서 그를 직접 만나곤 했죠. 우리와 달리 미국에서는 수감자를 만나기가 쉽습니다. 저도 대선 국면이라서 기사 작성에 있어서 어떤 시각을 견지할지 고민을 많이 했지요."

그의 고민은 다름 아닌 한미 관계에서의 외교적 마찰이 가져올 파장이었다. 그의 기사는 아주 상세하게 월간지에 보고되었고 다른 어느 기사보다 질적으로나 양적으로 로버트 김의 실상을 알리는 데 손색이 없었다. 로버트 김을 알리고 석방 노력이 필요하다는 기사가 그 신문에 자주 실리곤 했는데, 그 기사 말미에는 어김없이 최보식이라는 이름이 적혀 있었다.

로버트 김의 부인 장명희 여사가 입국하여 로버트 김 관련 행사들이 연이어 펼쳐졌다. 지금까지 구명위원회라는 이름으로 소극적으로 움직이던 후원 모임이 구체적인 활동을 명시하는 '석방위원회' 로 바뀌었다. 사무실도 새로 내고 현판식과 함께 기자회견을 열었다. 장 여사가 전해 준 당시 로버트 김의 근황이다.

"남편은 자유 없는 몸으로 지내지만 그 안에서 독서와 운등으로 심신을 단련하고 있습니다. 그리고 뒤에 남은 가족들도 남편 없이, 아버지 없이 열심히 살아가고 있습니다. 그가 빨리 정상적인 활동을 할 수 있기를 바랄 뿐입니다."

석방위원회 고문을 맡고 있는 김수환 추기경 또한 로버트 김 가족에게 큰 힘이 되어 주었다. 그는 정확히 사건의 본질을 꿰고 있었다. 김 추기경의 위로의 말이다.

"제 생각에 로버트 김 그 분이 미국을 배반할 의도는 없었다고 봅니다. 중요 기밀을 다룬 분인데 그럴 리가 없지요. 그 분 판단으로 한국과는 동맹국이고 또 미국에 대한 직접 정보가 아니고 북한 정브니까 전해 준 것인데, 미국 법 상으로는 위반을 했을지 몰라도 우리로서는 무죄라고 봐요. 미국 실정법에 걸리니까 국가나 우리가 일단 노력을 해야지요. 그 분의 조국에 대한 사랑은 대단한 것 아닌가요? 로버트 김의 문제에 대해서는 조국이 더 관심을 가져야 한다고 봐요."

이번에는 국회가 있는 여의도로 발걸음을 옮겼다. 김 옹은 한때 같이 의원 생활을 한 적이 있는 한영수 의원을 먼저 만나고, 국회 로버트 김 석방 위원회 위원장인 류재건 의원도 만났다. 정치적 입장에서는 미국 국적을 가진 로버트 김의 문제에 대해 한국이 미국의 국내 문제에 간섭한다는 인상이 없도록 일을 처리해야 한다는 것이었다. 여의도에 온 김에 미국에서 변호사 활동을 한 적이 있는 방송인 박경재 변호사를 만났다. 그의 말은 냉정하고 거침이 없었다.

"미국에서 '사면'은 상당히 어렵습니다. 사법부에 대한 권위가 대단해서인지 관행인지 몰라도 사법부가 내린 판결을 번복하고 사면하는 경우는 아주 드뭅니다. 로버트 김 사면 운동은 그래서 별 효과가 없다고 봐야 하구요. 혹자는 한국 정부가 나서면 어떨까 하는데 '기밀누설죄'의 당사자 중 하나의 국가가 바로 한국 정부 아닙니까? 그래서 정부 차원에서 나서기가 매우 어려운 상황입니다. 국가개입이 외교적 문제를 발생시킬 수가 있습니다. 이런 얘기도 합니다. 예전에 김대중 대통령을 감형하는데 미국 정부가 한국 정부에 일정 역할을 했듯이 한국이 나선다면 되는 것 아니냐고. 그러나 사실 두 건은 다릅니다. 김대중 사건은 그게 정치범이어서 개입이 가능하지만, 로버트 김 사건은 일단 일반 형사범이라고 봐야 합니다. 그래서 정부 차원의 노력이 어렵지요. 민간 차원에서 시민들이 청원을 통해서 가석방 운동을 하는 게 현실성이 있습니다."

석방위원회에서는 로버트 김이 작성한 탄원서를 비롯한 편지와 자신의
사건 관련 진술 등을 모아 책을 펴냈다. 〈나는 한국인입니까? 미국인입니
까?〉. 이 책의 출판 기념회 역시 장 여사의 귀국에 맞춰 준비가 되었다. 그
리고 1999년 12월 17일 세종문화회관에서 출판 기념회가 열렸다. 미국에
서 로버트 김을 최근에 만나고 온 한국기독교교회협의회 인권위원회 김
동완 목사도 로버트 김 석방위원회 공동 대표인 오세중 변호사도 같은 맥
락의 말을 했다. 현재 그에게 내려진 형량은 부당하며 우리 국민이 그를
도와야 한다고 말이다. 식이 끝나자 세종문화회관 앞 광장으로 나가 로버
트 김 가석방탄원서명운동과 모금 운동을 펼쳤다.

맞은편 미국 대사관 건물에는 성조기가 나부끼고 있다. 서명대 곁에 앉
아 있는 김상영 옹 부부는 피켓을 들고 있다.

어머니가 들고 있는 팻말에 적힌 글이 아들의 상황을 대변하고 있다.
"조국을 사랑했기에 로버트 김은 갇혀 있습니다" 아버지의 가슴 앞에는
영어로 된 피켓이다. "Mr. President ! My Son Is not Spy" 두 군데 대통령
을 다 지칭하나보다. 미 대사관이 바라다 보이는 이곳의 바람도 차기는 마
찬가지다. 여수에서 같이 성장한 김광현 전 여수시장 등을 만나 어린 시절
의 김채곤을 취재하고, 여수의 석방위원회 관계자들의 활동과 여수시에
서 로버트 김에게 명예 시민증을 장여사를 통하여 전달하는 화면을 준비
하여 마무리 편집을 했다.

편집한 후 그림을 보면서 음악을 담당하는 FM 음악 DJ 박종일과 배경
음악을 상의했는데, 주제와 전체 컨셉에 대한 나의 설명을 듣고 그는 이번

에 전 과정을 존 레논의 음악으로 통일하고 싶다고 했다. 가사가 있는 음악을 잘 사용하지 않음에도 음악이 필요한 전 부분을 존 레논으로 하려는 데는 가사의 의미와 장면을 연결시키고자 하는 그의 의도였다. .

로버트 김은 자신의 조국인 한국을 도와주려고 하다가 구속을 당하고, 자신의 단란한 가정에 엄청난 변화를 가져다 주었으며, 많은 정신적 경제적 피해를 입었다. 시간이 지나면 그는 자유의 몸이 될 것이다. 언젠가 우리 곁에도 올 것이다. 그러나 가장 큰 문제는 그는 이미 은퇴할 나이에 이르렀으며, 은퇴 후 어떠한 노후 보장도 받을 수 없다는 사실이다. 유죄로 인해 퇴직 공무원으로 누려야 할 노후 복지의 혜택에서 그는 제외된다. 자신의 조국은 한국이지만 여전히 그는 전과가 있는 미국인이다. 어쩌면 석방위원회에서 펴낸 〈나는 한국인입니까? 미국인입니까?〉의 책 제목처럼 그는 미국에서는 어정쩡한 한국인이고, 법적으로 확고한 미국인이라는 그런 위치에 있는지도 모른다. 그는 석방되었다. 안타깝게도 김상영 옹은 석방된 아들을 보지 못하고 고인이 되었다. 명복을 빈다.

그동안 그의 조국은 무관심했으나, 시민들은 나서서 로버트 김 후원회를 조직하였고, 버지니아 인근에 단독주택 거처를 마련하도록 도와주고는 그 후원회를 공식 해산했다.
우리가 알아야 할 분명한 사실은 그의 조국이 한국이라는 점이고, 그는 조국을 도우려고 했었다는 사실이다.

지리산 사랑 30년 피아골 산장지기 함태식

〈시대와 인물〉
2000년 3월 12일 방영

〈시대와 인물〉과 같은 인물 다큐멘터리 텔레비전 프로그램은 기획 단계부터 호남과 제주 지역 문화방송 5군데서 협력 제작하여 동시 방영을 하기로 하는 공동 제작 형태로 시작한다. 공동 제작과 동시 방영의 커다란 장점 중 하나는 인접한 두 지방 문화방송사의 경계 지역에 대한 방송이 가능하다는 점이다.

예컨대 구례 지역은 여수MBC의 방송 지역이지만, 지역 특성과 전파의 성격상 광주MBC의 가시청 구역이다. 이런 경우 여수와 광주 두 방송사에서 동시에 방영하게 되면 여수MBC의 전파는 미치지 않을지라도 광주MBC 수신은 가능하다. 따라서 협업 체제일 때 경계 구역에 대한 서비스를 더욱 강화된다. 고흥 일부와 보성 일부 지역도 이와 비슷한 상황이다.

이러한 공동 방영의 장점을 살려 구례의 지리산을 제작 방영하고 싶은 욕심이 생겼다. 아직 봄이 이른 2월이니 활동적인 그림들이 잘 잡히지 않는 게 흠이다. 또한 자료와 시간이 부족하여 구상했던 내용과 화면에 담을 현실적인 문제와는 차이가 있었다. 사전 취재를 계속하면서 관계자들을 만났다. 구례의 국립공원관리공단 남부 지역 관리사무소 박영덕 소장의 말이다.

"지리산에는 연간 300만 명의 탐방객이 찾아옵니다. 굉장하죠? 이 분들이 지리산을 찾아오면 가볍게 산책 정도 하다가 일정 범위만 둘러보고 가는 분도 있지만, 등산을 한다면 조난도 예방해야 하고 여러 사고에도 대비해야 하기 때문에 지리산 국립공원 지역의 산에는 대피소가 있습니다. 통상 '산장'이라고 불리는 대피소가 지리산에는 9군데 있습니다. 공단에서 직접 관리하는 곳이 노고단, 제석, 벽소령, 장터목 이렇게 4군데 대피소가 있구요. 임대인을 둬서 관리하는 곳은 피아골이나 뱀사골 대피소 등등 해서 5군데입니다.

유명한 함태식 씨 모르세요? 피아골은 그 분이 지키고 있습니다. 키도 크시고 털보세요. 수염을 멋있게 길러서 화면에도 멋있게 나올 겁니다. 촬영하면 내용도 아주 좋을 거구요."

이렇게 해서 함태식 씨 취재에 나섰다. 글을 쓰다 보니 쉽게 어르신 이름을 마구 부르는 것일 뿐, 만나고 보니 함태식 옹(당시 73세)이라고 불러야 마땅할 분이었다. 큰 키에 목소리도 쩌렁쩌렁 했으며, 말의 흐름도 거침이 없었다. 홀로 산 속에서 살아온 도인적인 풍모에다 거리낌없이 생각을 술술 말하는 그에게 나는 압도되고 있었다. 마흔 넷에 산으로 들 결심을 했다는 함태식의 말이다.

"마흔 넷에 산에 갔지. 구례에서 나고 자랐는데, 결혼하고 서울에서 살다가 어느 날 노고단으로 갔던 거야. 산이 좋아서 그냥 노고단으로 혼자 가 버린 거지. 문제야 왜 없었겠어? 어린아이들과 아내가 살아나가야 하는데. 어렵게 아내를 설득했지. 산신령님 탓이라고… 첫 해 월동 준비를 제대로 못해서 아주 혼났어. 단단히 신고식을 치렀지. 내가 건장했었거든. 그때만 해도 아직은 젊다고 자만한 탓도 있었지만 말이

야. 첫 겨울 노고단의 혹독한 추위에 폐가 터지고 말았어. 지금 폐가
반쪽인데 그때 한 쪽을 잘라내야 했거든."

1972년 처음에는 노고단에서 산장지기를 했다. 그런 결심을 한 데는 계
기가 있었다. 자주 다니는 고향의 지리산에서 한차례 조난을 당하고 나서
였다. 그때 산장이 있기는 있었는데 무인 산장이어서 도움을 받을 수 없었
던 그는 기회가 되면 조난 당한 사람을 구하고 그들을 도와주는 역할을 꼭
자신이 해야겠다고 결심을 했단다. 객지에 있는 동안에도 그는 구례의 지
리산 산악회 회원들과 고향의 지리산 산행을 꾸준히 해오고 있었다.
　그는 순천중학과 연희전문을 졸업한 인텔리였고, 그의 선친은 함 아무
개 하면 다 알아주는 구례 부자였다. 수염이 인상적이라는 내 말에 그는

피아골 산장에서 함태식 옹과 함께

바로 수염 얘기로 들어간다.

"수염에는 종류가 있어요. 남미 혁명가 체 게바라 알지요? 전형적인 무관들의 수염인데, 호반수라고 하지. 호반수는 위엄은 있지만 체신이 없어. 수염 중에 제일 위엄 있는 수염이 선비 수야. 호반수가 발전하면 선비수가 되지. 바로 내 수염이 선비수야. 이 지폐 한번 보라고(5천원권을 보여주며). 경박하지도 않으면서 세련되고, 힘이 없는 것 같으면서도 은근한 선비의 품위가 있지. 바로 이 율곡 수염이야. 좀 비슷하지만 채플린이나 히틀러 수염이 코 밖으로 나가지 않는 수염이야. 그리고 특이한 스타일로는 카이저 수염과 스탈린 수염이 있는데, 철사처럼 꼬인 채 턱 밖으로까지 뻗어 있지."

빨치산에 대해서는 다음 기회에 소개하기로 하고, 함태식과 함께 그의 산장 생활을 촬영하러 피아골 산장으로 간다. 노인이지만 역시 산사람이다. 일흔 셋의 나이에도 버스가 닿는 직전마을에서 산장까지 한 시간이면 거뜬하단다. 직전마을 마지막 음식점 '산아래 첫 집'에서부터는 포장도로가 끝나고 숲이 제법 우거진 500m 정도의 비포장 길을 산책하듯 걷다 선유교를 지나면 바야흐로 산에 들어온 느낌이 든다. 이제부터는 산책이 아니고 산행이다. 계곡의 소와 담을 지나고 나면 삼홍교가 나타나고 이어서 구계포교가 나타난다. 다리를 건너 잠시 짐을 풀었다. 촬영 장비가 만만치 않은 무게인데다 모처럼 움직이는 몸이니 산행이 쉬울 수가 없었다.

노고단에서 시작한 산장지기의 삶이 왜 피아골로 이어졌을까? 푸른 계곡 물을 내려다보며 묻는 내게 그가 말한다.

"국립공원관리공단이란 게 나중에 생기게 됩니다. 그때까지 노고단 산장은 산악회 명의로 빌려서 제가 관리비를 내고 관리를 해왔는데, 노고단 같은 목도 좋고 공단직원이 출퇴근할 수 있는 곳은 공단 직영 체제로 간다는 겁니다. 그래서 16년 노고단 생활을 마무리하고 그곳을 공단에 넘겼죠. 공단 측에서 피아골 산장 관리인은 가능하다고 해서 1988년 1월부터 이곳 피아골로 오게 되었지요."

노고단을 떠나게 된 아쉬움이 그에게 물씬 묻어 있다. 다시 가방을 짊어지고 피아골 산장을 향해 다리를 건너 계곡 왼쪽을 타고서 산행을 계속 해나갔다. 마을에서 1.5km 지나자 대피소가 나타났다. 입구에 신선교가 있는데 그 다리를 건넌 사람에게는 그때부터 지리산 신선이 되라는 뜻이란다. 피아골 산장 표고 850m 표지판이 눈에 띈다.

중대 규모 군인이 주둔할 정도의 군 막사처럼 보이는 시멘트 건물이 한 채 있고, 그 곁에는 야전 텐트 비슷한 형태의 간이 건물이 나란히 서 있다. 좀 떨어진 곳에 화장실이 있는데 이것이 산장시설의 전부다. 막사는 2층의 내무반 형태였는데 약 80명까지 대피할 수 있는 시설이었다. 함 옹이 기거하는 두 평쯤 되는 온돌방이 하나 딸려 있었으며 불을 지필 수 있게 아궁이도 설치되어 있었다. 막사 옆의 텐트처럼 보이는 간이 건물은 거실이거나 부엌 등 다용도로 사용하고 있었다.

간이 건물 입구에 붙어 있는 간판이 '무애막(無碍幕)'이다.

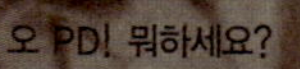

"일체무애인(一切無碍人)이면 일도출생사(一道出生死)라. 원효의 얘기예요. '모든 것에 거리낌없는 사람은 삶과 죽음이 하나' 란 뜻이지. 나는 무애의 삶을 살다간 대자유인 원효대사를 평소 소원해 왔지. 노고단에서 이곳 피아골로 옮겨오면서 바로 이 무애막 현판을 만들어서 달아 놓았어. 몸은 비록 인간 속세를 떠나지 못한 일개 속인이지만, 대자연을 벗삼아 거리낌없이 살고 싶어서 이 혼판을 달아 놓은 거야. 그럴 듯하죠?"

무언가를 이룩한 사람들, 어느 경지에 이른 사람들, 사회적 흠모와 존경을 받는 사람들… 그 분들을 취재하고 인터뷰하면서 느끼는 공통점 중의 하나는 뚜렷한 목표와 주관을 갖고 있으며 정해진 자신의 일에 몰두한다는 사실이다. 선택과 집중이 정확한 사람들이라고 볼 수 있다. 함 옹도 예외는 아니었다. 현판 하나에도 그의 철학이 묻어 있다.

산장지기로 피아골에서 홀로 살아가는 산중의 일상적인 삶을 촬영하였다. 저녁 생활까지 촬영하고 우리는 무대막에서 잤다. 무애막의 바닥은 맨땅이다. 걸터앉을 수 있는 평상이 하나 있고, 식사하는 등의 용도로 사용하는 식탁이 두 개 있었다. 그리고 중앙쯤에 초등학교 교실에서 사용했던 추억이 묻어 있는 장작용 주철 난로가 하나 있었다. 한쪽으로 주방과 찬장이 있는데, 바람막이는 되어 있지만 보온은 장작 난로에 의지해야 했다.

지리산의 겨울밤은 아무렇게나 잠을 자려는 사람들을 용납해 주지 않았다. 장작을 넣어 불을 지피고 잠을 청했다 다시 일어나기를 몇 번, 피아골의 2월 밤하늘에서는 눈이 펑펑 쏟아지고 있었다.

함 옹의 딸은 아버지의 수도승 같은 분위기와 도회지 교회에서 기도를 해오신 어머니 영향을 받아 수녀가 되었다고 한다. 마리 카타리나 수녀가 말한다.

"수도자인 저는 아버님 걱정을 안 해도 되겠구나 하며 삽니다. 왜냐하면 아버님은 자연을 떠나서는 사실 수가 없는 분이거든요. 그리고 그분 삶을 보면 거의 수도자세요. 그리고 어머님도 전도사 생활을 30년 넘게 하신 분이거든요. 그러면 제 길은 당연하잖아요."

함태식 옹의 큰아들 가족은 유명한 요들송 가족이다. 요들송은 산 노래 아닌가? 그의 아들 역시 자신들이 요들송 가족이 된 것은 아버지 영향일 거라고 말했다. 궁금한 건 남편을 산으로 보내고 자녀와 함께 도회지에서 살아온 그의 아내였다. 긴 얘기가 필요없었다. 이해와 배려 그리고 믿음이었다. 결국 사랑이었다. 영원한 지리산 사람 함태식의 인상적인 말이 아직도 귓전에 맴돈다.

"지리산이 어떤 산입니까? 동학혁명 때는 피신지, 임진왜란 때는 격전지였으며, 한말 의병들이 묻힌 곳입니다. 6.25 때는 빨치산의 주 무대였습니다. 빨치산으로만 축소할 게 아니라, 지리산 어딘가에 이 모든 이들을 위한 '위령탑'이 있어야 합니다.
나, 애들한테 그랬어요. 나 죽게 되면 멀리 갈 곳도 없이 저기 산장 곁 아무 데나 꼬실라서(화장하여) 뿌려 버리라고 했지요. 우리 육신이 별 것인가요?"

그는 죽어서도 지리산과 함께 하고 싶어하는 진정한 지리산인이다.

지리산 사람들 – 정운창, 우종수 그리고 도법스님

함태식 옹을 만나기 전에 지리산을 우리나라 제1호 국립공원으로 지정하는데 기여한 우종수 옹과 그 이름만 들어도 반공 교육을 받아온 우리가 어떤 선입견을 갖지 않을 수 없는 빨치산 정운창 옹을 각각 만났다. 그들 각자 각자는 정말 독특한 인물들이었다. 기회가 되면 별도의 인터뷰를 장시간 나눠야겠다는 생각을 했는데, 아쉽게도 그 후로 지금까지 그들을 만나지도 못했다. 그리고 지금 이 시각에도 생명을 살리는 국토순례 중인 지리산 산승 도법스님에 대한 이야기를 덧붙인다.

빨치산 정운창(2000년 당시 73세)은 같은 빨치산이었으며 이현상 부대의 정치지도원이었던 그의 아내와 구례에서 살고 있다. 전화로 그와 만나기로 약속하고는 그의 딸 정지아가 쓴 〈빨치산의 딸〉을 읽어보았다.

그는 빨치산의 딸로 살아야 하는 천형의 굴레를 감수성이 예민한 어린 나이부터 멍에처럼 전신에 감고 살아야 했다. 그녀는 그 책 머리에 어렸을 때 보았던 만화 애기를 인상 깊게 인용했다. 미국의 흑인 노예가 흑인이 아니라고 절규하면서 수세미로 피가 나도록 얼굴을 미는 장면을 보고는, 자신도 멍에를 벗으려고 빨갱이의 딸이 아니라고 절규하고 또 절규했다는 대목에서는 나도 어느새 그 가족에게 빚진 사람이 된 심정이었다.

구례읍 버스터미널 2층 다방에서 그를 기다리는데 칠순을 넘긴 시골 노인의 전형적인 모습으로 한 분이 나타났다. 시골 다방의 한적함 때문에 그와 나는 보자마자 서로 인사를 나누며 소개를 약했다. 차를 마시며 근황을 물으니 그냥 농사짓는다고 했다.

"빨치산! 당시 젊었다는 것 외에는, 너무 열악한 의료 혜택으로 죽음이 항상 코앞에 있었지 않습니까? 그런 형편없는 지리산 생활, 도저히 저로서는 상상하기가 어렵습니다. 정 선생님! 어떤 힘이 그토록 열악한 환경에서 죽음을 무릅쓰고 빨치산 활동을 하도록 했을까요?" 나의 질문에 그는 어수룩하게 보이는 전형적인 시골 노인의 모습이었지만 얘기는 논리적이었고 단어의 선택도 정확했다. 최근에도 책을 읽거나 토론회 정도를 하는 노인이 아니고는 그런 대화가 이어지지는 않을 거라는 생각이 들 정도였다. "그 질문 받으니까 생각나는 게 있습니다. 몇 십 년 전에 미국 와싱톤 포스트지 여기자가 나한테 똑같은 질문을 했습니다. 마침 그 기자가 일본어를 좀 한다고 하니까 통역 대신 내가 일본어로 답을 적어주었지요. 그런데 원고료라며 미화로 500달러를 주길래 받았습니다. 후에 공안당국에서 저를 조사를 했는데 이 돈이 나왔어요. 그 달러가 문제가 되어 출처를 대라고 일주일간 엄청난 고문을 당했습니다." 그의 가족은 이런 세월을 살아야 했다.

"그 물음에 답을 하지요. 빨치산이라고 해서 본래 좌익이거나 공산주의자가 아닙니다. 민족주의자도 있고, 조국의 자주 통일 독립을 원하는 친구들이었지요. 워낙 잔인하게 우리를 대하는 우익들의 잔혹성을 봤기에 빨치산 생활이 가능했고, 친일파가 미 군정의 힘을 업고 단독

정부를 수립하는 것 자체가 독립도 포기하는 것이고 통일도 포기하는 것이라고 믿었기에 그런 게 가능했던 것이지요. 무엇보다도 그러한 사상의 밑바탕이 되는 교양을 입산 후에 철저히 받았기 때문에 사상무장이 잘 되어 있어서 죽음을 무릅쓰는 일이 가능했다고 봅니다."

왜 빨치산이 되었느냐는 나의 뻔한 질문에 좌익 성향의 순천 철도노조 간부였던 청년시절을 회고한다. 당시 여순 사건이 발발하여 여수에서 14연대 소속의 지창수 일행이 지리산으로 피신하면서 구례 고향 동네를 지나갔는데 자신의 부친이 그 일행을 따뜻하게 맞아 주었다고 한다. 그들은 잘 사는 편인 부친을 해치지도 않았고 식사 대접을 받은 후 필요한 식량을 가져가면서 집에 남은 식량은 못사는 이웃들과 나눠먹으라는 충고를 하며 떠나갔다.

그들이 지나가고 토벌대가 왔는데 자신의 집에서 지창수 부대가 밥을 먹고 식량도 가져갔다고 알려지자, 막무가내로 지창수 부대와 한 패거리가 아니냐며 닥달하더니 결국은 가족들을 그 자리에서 총살했다고 한다. 그런 상황인데 그 이후에 자신이 무슨 선택을 했어야 했겠느냐며 오히려 나에게 묻는다.

한때 지리산과 함께 살았던 정운창 옹에게 지리산에 대해 물어봐야 했다. 왜 빨치산들은 지리산으로 들어갔을까?

"지리산은 어머니 품과 같은 산입니다. 우리 빨치산에게만 그런 게 아닙니다. 일본군과 싸우다 피신한 의병들에게도, 동학을 일으키고 피신한 동학도들도 그리고 빨치산에게도 지리산은 의지처였습니다. 그 분들 우리 선조 아닙니까? 역사에서 대접받아야 할 우리 선조들입니다.

그들을 받아주었고, 그들을 살게 하기도 죽게 하기도 한 산입니다. 그리고 의식화 교육을 통해서 나중에 전원이 공산주의자가 되었죠. 원래 국가를 전복할 계획을 갖고 입산한 거는 아닙니다. 그 시대적 상황에서 산에 들어가지 않으면 죽게 될 사람들이 빨치산이 되었지요."

그런 그가 빨치산 활동 후 단 한차례도 지리산에 가지 않았다고 한다. 사회가 조금 자유로워진 6.29 선언 후에 어느 역사 단체에서 남부군 최후의 지도자 이현상 제사를 지낼 때 처음으로 지리산에 갔다고 했다.

"이현상 동지 제사를 처음 지내러 우리 부부가 같이 갔는데 남부군 이현상 부대의 정치 지도원 출신인 제 아내는 거의 실신한 상태였습니다. 정신 나간 사람이 되어 버리더군요. 나는 만감이 교차되고 이미 저 세상으로 간 동지들에 대해서 살아있다는 죄책감만 몽땅 느끼고 돌아왔습니다"
시종 그는 또렷한 목소리였고, 구체적이고 확실한 주장을 했으며, 정확

지리산

하고 상세한 기억력을 발휘하였다. 분명한 것은 민족과 통일에 대한 꾸준한 그의 관심이었다.

이제 그도 나이를 먹어가고 있다. 그의 딸이 쓴 책은 미처 다 서술하지 못한 대목도 있고, 단편적이기도 하여 더 나이가 들기 전에 직접 나서서 자신의 빨치산 경험을 기록으로 남기고 싶다고 했다.

지리산과 함께 한 구례 사람의 명단에서 빼서는 절대 안 되는 분이 또한 분 계신다. 지리산을 국립공원으로 지정하는데 공을 세운 분이기도 하며, 함태식 옹과는 지리산 산악회 회원이기도 한 우종수 어르신이다.

우종수 어르신의 나이는 정확히 모른다. 일제 말기 강제 징집을 피하기 위하여 동경 유학 후 돌아온 그는 금강산으로 갔는데, 금강산에 매료되어 발길 닿지 않은 곳이 없을 정도로 금강산 처처골골을 돌아 보았다. 아쉬운 마음으로 남녘으로 내려온 후 구례에서 교편을 잡고 있다가 이제는 못 가볼 땅이 된 금강산에 대해 아쉬운 나머지 1955년부터 지리산 산악회 연하반을 조직하여 열심히 활동하면서 금강산 책까지 지은 손꼽히는 등산 이론가이기도 하다.

산악회 이름이 자못 의미 깊다. 연기보다 섬세한 안개를 뜻하는 연하(烟霞). 이는 노고단의 명물인 안개를 상징하여 구례중학교 초대 교장이신 백경선생이 지어준 이름이라고 한다. 연하반(烟霞班) 반원들이 주축이 되어 지리산을 1967년에 대한민국에서 최초로 국립공원 제1호로 지정하였다.

매년 지리산에 곤충채집을 오는 인연으로 연하반 대원들과 친분이 있었던 이화여대 김헌규 곤충학과 교수는 외국의 국립공원 전문가를 초청하여 구례까지 와서 지리산을 시찰하게 하고 국립공원의 중요성을 역설했다. 김교수가 지리산이 가치가 있는 산이라고 증언해 주었고, 연하반 대원들은 주민 서명에 이어 십시일반 성금 모금에 앞장섰다. 그 결과 드디어 국내 제 1호 국립공원으로 지리산이 지정되었는데 그 중심에 우종수 옹이 있었다.

그와 함께 인터뷰를 하다 새로운 사실을 알게 되었다. 지리산 자연 환경 생태 보존회는 90여 명의 회원들이 96년도에 결성하여 지리산을 지키고자 하는 순수 민간 단체였다. 우종수 어르신의 50대 아들인 우두성 회장이 이끄는 이 단체는 몇 년전 지리산의 반달곰 밀렵 실태를 고발한 후 꾸준히 생태 보존에 힘쓴 덕에 그들의 활동도 알려졌고 요사이는 덫 제거에 온 힘을 기울이고 있었다.

"지리산의 겨울은 온통 밀렵군과의 전쟁입니다. 96년, 97년 2년간만 덫과 올무를 3,500개 회수했습니다. 지금도 극성입니다. 밀렵 예방 뿐만 아니라, 저희는 또 환경 단체가 지리산에 오면 생태 교육도 하고, 연구 활동을 위해서 반달곰을 생포해서 조사단과 함께 연구 사업도 도와주고 있습니다."

지리산 북서쪽 남원 실상사에는 아픈 지리산의 역사를 풀고 포용과 관용의 공간으로 지리산을 거듭나게 하려는 〈지리산 연대〉가 싹 트고 있었다. 천년고찰 실상사에서 창립식을 가진 〈지리산을 사랑하는 열린연대〉는 두 번째 열린 학교를 열고 있었다. 지리산에는 왜곡된 역사가 있고 훼손된 환경이 있다. 이를 바로잡고 되돌려 놓자는 취지에서 시민, 환경, 종교 단체들이 지리산에 모였다. 실상사 스님이신 도법은 지리산 연대의 상임대표를 맡고 있으며 지리산에 묻힌 영령들의 넋을 위로하는 천일기도를 회향했다.

도법스님

"지리산을 매개로 지역과 지역이 만나고, 종교와 종교가 만나고, 세대와 세대가 만나고, 과거와 현재가 만나고, 인간과 자연이 만나게 해야 합니다. 이런 것을 통해서 그동안 왜곡되고 복잡하게 얽혔던 부분들을 바르게 풀고 바르게 잡아갈 수 있는 사고와 삶의 문화들을 배울 수 있는 장이 바로 이 열린학교입니다."

정말 가냘픈 듯하면서 어디에 그렇게 중량감 있는 향이 나는지 늘 도법스님은 많은 이들에게 존경을 받는 종교 지도자다.

이 분들은 각자 별도의 주인공이 되어도 손색이 없는 지리산 사람들이다. 기회가 주어지면 그들 한 분 한 분의 인물 다큐를 만들고 싶다.

잊혀진 민족의 지도자 홍암 나철

〈시대와 인물〉
2004년 5월 14일 방영

　텔레비전 프로그램 〈TV지방시대〉를 담당하고 있을 때의 일이다. 벌교에서 딸기와 방울토마토 농사를 짓는 50대의 양현수 씨를 만났다. 벌교 갯벌의 꼬막만큼이나 유명한 벌교 딸기를 생산하는 현장을 취재하기 위해서였다. 현장 취재를 마친 후 벌교가 처가인 내가 먼저 입을 열었다. 그가 내 놓은 딸기와 방울토마토 맛에 취해서였을 터다.
　그런데 넉넉하던 그의 눈빛과 목소리가 어느 순간 달라진 것은 바로 홍암 나철의 얘기를 꺼냈을 때였다.

　"홍암 나철 선생에 대해 처음에는 잘 몰랐죠. 그런데 제가 벌교에서 나고 자랐고, 떠나본 적도 없는 사람이다 보니 차츰 관심을 가지게 되었습니다. 보성 출신으로 구한말 이후 역사적인 인물로는 서재필 박사와 홍암 나철 선생이 계시죠. 서재필 박사야 모르는 사람이 없으니 별 문제 될 것도 없지요. 군에서 큰 기념관도 세우고 박사 생가도 복원하고 그랬으니까요. 그런데 홍암 나철 선생은 생가도 방치되어 있고, 기념비도 뜻 있는 사람 몇이서 초라하게 세웠어요. 실정이 이렇다 보니 벌교 사람들도 그 분을 잘 모르더군요."

그 후 양현수 씨는 홍암 나철 관련 자료를 내게 보내오는가 하면, 나철 선생과 관련된 행사가 있으면 내게 연락해 주곤 했다. 그는 벌교농협 강당에서 주부들을 대상으로 홍암 나철에 대한 강의까지 할 정도로 나철에 대해 열성을 보였다.

이런 연유로 〈시대와 인물〉 방송 리스트에 나철을 올리게 되었다. 리스트에만 올렸을 뿐 나철 관련 행사도 줄어들고 나철을 알고 있는 인물들도 점차 사라져가고 있을 즈음, 1993년도에 잠시 만났던 적이 있는 나철의 증손자 나을용씨가 세상을 떴다는 소식을 듣게 되었다. 나는 부랴부랴 〈시대와 인물〉 홍암 나철 편 제작에 들어갔다.

나철은 벌교읍 금곡리 칠동 마을에서 나주 나씨 나용집의 세 아들 중 둘째 아들로 태어났다. 세도 정치가 극어 달했던 철종 말년 1863년의 일이다. 어릴 때 이름은 두영(斗永)이었다가 후에 인영(寅永)으로 바뀌었고, 나철은 단군교 지도자가 된 이후 사용한 이름이다.

벌교읍 칠동 마을에 있는 나철의 생가 터를 찾았다. 나주 나씨 집안에 시집온 70대의 조영순 할머니는 이 마을도 여순사건 때 그 소용돌이 속에 있었음을 들려준다.

"나철 할아버지는 둘째 할아버지세요. 이 집은 나철 할아버지 형님의 큰 아들 소유로 된 집이었습니다. 그러니까 나철 할아버지는 여기서 태어나 어린 시절을 보냈지만, 나중에는 나철 할아버지의 장조카 나정수씨가 이 집을 물려받아서 살았거든요. 나정수씨가 종손이니까요. 여순반란 때 산사람들이 내려와서 여기다 불을 질렀어요. 이 집은 그러니까 여순 반란 이후에 다시 지은 거죠."

벌교 홍암 나철 선생 생가터

　나철에 대한 작은 흔적이라도 기대했으나 그의 생가 터가 변형되지 않고 남아 있다는 것으로 만족해야 했다. 이 마을에 나철 후손이라 할 수 있는 나주 나씨는 6가구만이 살고 있다. 손자며느리쯤 되는 송길남 할머니는 마을 입구 '민족독립지도자 홍암 나철 선생 유적비' 곁에 작은 공간을 마련해 두고 영정을 모시고 매일 잔을 올리고 있다. 누가 왔다 가면 이름이라도 적어두라고 방명록도 마련해 두었다.

　"생가가 있으니 대종교 관계하시는 분들이 많이 다녀가십니다. 학자들도 오고 학생들도 옵니다. 이곳 태생지에서는 나철 할아버지를 추모도 잘 하는 줄 아는 모양입니다. 그런데 생각보다 너무 초라한 걸 보고 어떤 분은 눈물을 흘리기도 해요. 피도 살도 안 섞인 분들이 눈물을 흘

릴 만큼 존경받고 계신 분인데 우리는 그것도 모르고 사는구나 싶은
생각이 들었죠. 그래서 언제부턴가 아침마다 물 떠놓고 인사하면서
'할아버지 죄송합니다' 하고 촛불도 켜 놓게 되었죠."

한국학연구소 고문이면서 중앙일보 고문이기도 한 언론인 이규행(현
데일리포커스 발행인)을 만났다. 그는 암울했던 시기에 근현대사 사상가
로 주저 없이 홍암 나철을 꼽았다. 그는 홍암의 사상가로서의 가치에 대하
여 무지 수준에 가까운 현실은 안타깝지만, 나철의 고향에서 뒤늦게나마
관심을 갖게 된 것은 불행 중의 다행이라고 말했다.

"역사학자 장도빈 선생이 쓴 〈한국 사상사〉라는 책을 보면, 5천년 역
사에서 가장 위대한 사상가 10분을 뽑고 있습니다. 그 가운데 근세
100년의 사상가로서 홍암 나철을 내세우고 있습니다. 이유는 5천 년간
이어져 온 우리의 전통적인 생각과 사상을 오늘에 다시 꽃 피우고 민
족과 국가를 일으키려는 위대한 사상을 펼쳤기 때문입니다. 그런 점에
서 홍암 선생을 10대 사상가 중 한 분으로 꼽고 있는 것이지요."

그는 개인적으로 아주 중요한 자료를 소장하고 있었다. 홍암 나철의 친
필 유서다. 누렇게 바랜 유서를 보면서 이규행은 말한다.

"이 유서는 홍암 나철 선생께서 구월산 삼성사에서 돌아가시기 직전에
쓰신 여러 통의 유서 중 하나입니다. 이 유서가 특히 중요한 것은 단군
사상과 단군 신앙을 실천하는 데 있어서 반드시 지켜야 할 원칙을 여기
에 쓰셨기 때문이지요. 이 글귀를 보면 '믿음의 원칙이 각자의 마음과

머릿속에 하늘이 있으니 그 속에 믿음을 가져라' '인간이 곧 하늘이다' 란 소위 전통적인 인내천 사상이 이 안에 숨겨져 있는 겁니다.
단군사상이라든가 단군의 가르침, 그를 중심으로 한 종교적인 생각은 단적으로 홍익인간에서 나타납니다. 왜 '홍익민족' 이라든가 '홍익겨레' 라 하지 않고 '홍익인간' 이라고 했느냐? 홍익인간을 중심으로 생각한다면 궁극적으로 세계 모든 종교가 다다르는 정점은 같은데, 역사와 풍토적인 조건에 따라 각 나라마다 다른 믿음과 신앙 양식을 가지게 된 거죠. 궁극적인 인류의 시원적인 것은 모두 '홍익인간' 으로 통합니다. 그런 점에서 '홍익인간' 이 지니는 보편성을 알아야 합니다."

단군교의 경전인 〈천부경〉과 〈삼일신고〉를 바탕으로 나철은 〈단군교포명서〉와 단군교 이념의 실천 강령을 발표한다. 단군 한배검을 교조로 받들고 만족 고유 신앙의 뿌리로 섬기는 단군 국조는 개국 이래 수많은 어려움을 겪을 때마다 국난 극복의 구심점이 되었다. 특히 일제 강점기에는 민족혼을 바로 세워 나라를 되찾기 위한 항일 운동의 원동력이 절실하게 필요했던 것이다. 한국학연구소 김동환 소장은 사상가로서의 홍암을 이렇게 얘기한다.

"홍암 사상은 〈신리대전〉에도 등장하는 바와 같이 삼일철학입니다. 즉 신과 물질과 인간의 조화입니다. 천, 지, 인의 조화가 한국 사상의 근본적인 틀인데, 신과 인간과 물질의 조화를 가장 극명하게 규명한 분이 바로 홍암 나철 선생입니다.
단군정신이 종교로 부활한 게 단군교입니다. 이는 후에 주시경의 '한글' 이라는 명칭과 국어사랑운동에 연결되고, 식민지 사학에 대항했던 사학자 신채호의 '낭가사상'이나 박은식의 '국혼사상' 그리고 정인보의 '조선 얼'과 같은 정신적 요소들도 단군정신의 발현이었다는 점에서 주목해야 할 것입니다."

1993년도에 만났던 나철의 증손자 나을용의 말을 옮겨 적는다. 나철 후손들의 역사는 민족 고난의 역사와 함께 했음을 짐작할 수 있게 하는 말이다.

"증조할아버지(홍암)의 아들 두 분, 저에게는 할아버지 되시는 분들이지요, 저의 할아버지와 작은할아버지가 만주에서 임오교변 당시 옥사를 하셨습니다. 제 아버지께서는 그 뒤 독립운동을 하셨는데 연락을 맡아 하셨답니다. 저를 낳을 무렵 북경으로 독립운동 조직의 심부름을 가신 후 행방불명이 되었습니다. 당시 중국에서 활동하는 조선의 젊은이 중에 그렇게 행방불명된 사례가 많았습니다. 저는 그래서 아버님을 뵙지 못했습니다. 해방된 뒤에 고국으로 들어왔는데 금의환향이 아니었지요. 이승만 정부가 들어서면서 만주, 상해 등에서 활동한 독립운동가들에게 정당한 대우는커녕 오히려 귀국을 방해했으니까요."

나을용 집안은 증조할아버지 나철, 할아버지 나정련, 그리고 을용의 아버지 나종래까지, 선조 3대가 독립운동에 희생된 격이다. 나철의 두 아들 중 큰 아들 정련과 작은아들 정문은 광복을 앞둔 1942년 이른바 '임오교변'이라 불리는 대대적인 종교 탄압에 희생되었다. 서울 서대문구 홍은동의 대종교 총본사 10현 감실에 이들의 위패가 모셔져 있는데, 대종교에서는 이들을 순교자로 칭한다. 그러나 국가에서는 해방 후 20년이 흐른 후 윤보선 정부가 들어선 1962년에야 건국 공로훈장이 추서되었다.

다시 만주에서 대종교도들이 독립운동을 하던 일제 시대로 돌아가 보자.

나라는 폐망하고 일제의 집요한 탄압에 만주까지 이주한 대종교도 일행은 처참한 생활을 이어간다. 하지만 조국의 독립을 위해 온갖 고난과 시련을 대종교라는 신앙 공동체를 이루면서 극복해 나간다. 교세가 확장된 대종교는 중광단이라는 항일 독립 단체를 조직한 후 정의단으로, 다시 북로군정서로 개칭 무장 독립운동을 전개한다. 청산리 대첩을 이끈 북로군정서를 보면 김좌진과 제3대 대종사가 된 백초 서일등 리더 대부분이 대종교도였다.

또한 의성학교, 동일학교, 명동학교등 교육을 통해 민족의식을 고취시키고 순수 한글 신문을 발행하면서 다양한 방법으로 만주 지역의 독립운동을 이끌었다.

만주를 가보고 싶었으나 만주에서 홍암이 활동했던 시기에 해당하는 그림은 독립기념관에서 촬영한 자료로 대체했다. 독립기념관에서는 홍암

〈시대와 인물〉 스탭 카메라맨 이춘경, 기사 석용길

나철 연구 권위자인 이곳의 연구위원 이동원 박사가 안내와 인터뷰를 도맡아서 도와주었다. 그 역시 언론에서 홍암 나철을 관심가져준 데 대하여 고마워하는 학자였다.

만주에서 독립운동을 하며 민족의식을 고추하는 모든 밑바탕에는 홍암 선생이 주창한 '단군정신'이 깔려있기 때문에 가능한 일이었다.

전남 해남읍 서림공원에는 특이하게도 공원 중심에 마치 사찰의 대웅전처럼 '단군전'이 자리하고 있다. 나철 선생과 관련 있는 지역 유지에 의해서 세워진 것이라 한다. 해남군 단군 성조 영모회 김영학 회장의 얘기다.

"해남군 화산면 금풍리 이종철씨께서 왜정 때 배재학당을 다니셨는데, 수학 여행을 황해도 구월산으로 갔다고 합니다. 구월산에 가 보니 퇴락한 사당이 있었는데 사당 안에 단군 영정이 아무렇게나 모셔져 있더랍니다. 그는 이런 상황을 나철 선생에게 전했고 나철 선생은 그에게 단군 영정을 모시라는 권유를 받았지요. 그 길로 다시 구월산으로 가서 방치되어 있는 단군 영정과 제기 몇 벌을 집으로 가지고 온 그는 자신의 집 후원에 사당을 짓고 춘추로 제사를 모셔왔다고 합니다."

프로그램이 마무리되어 간다. 한참 남북 대화가 무르익어 가고, 새 천년을 맞으면서 통일의 염원이 높아가고 있는 때를 염두에 두면서 에필로그를 끌어내야 했다. 남과 북을 연결하는 민족의 에너지로 단군의 등장은 자연스러운 일이다. 단군 사상의 중심에 홍암 나철이 있다. 북한에서의 단군 사상이 차지하는 비중은 남과는 사뭇 다르다.

"일제 하에서는 대일항쟁이 정신적인 요체로서 우리 민족에게 의미가

홍암 나철 선생 유적비에서 설명하는 양현수씨

있었다면, 이제 현 시점에서의 민족의 에너지가 뭉쳐야 하는 것은 '통일'이어야 합니다. 그 중요한 에너지는 바로 홍암사상이 아니겠느냐 하는 생각이 들고, 이는 아무 거리감 없이 북한과도 교량 역할을 할 수 있는 부분이라고 봅니다.

한국학 연구소 김동환 소장의 주장에서 새 천년의 한반도 화두인 '통일'을 이 프로그램과 연결시키는 것은 무리가 아니다. 두 동강난 허리를 잇고 남과 북을 하나로 아우를 수 있는 것은 우리 한민족의 근원을 찾는 일 아니겠는가? 이는 목숨을 버리고까지 이루고자 했던 홍암 나철의 숭고한 뜻이기도 해서이다. 홍암과 단군 그리고 통일을 연결시키며 프로그램을 마무리했다.

한 분의 위대한 사상가를 다시 태어나게 해야 한다. 독립운동의 근본 정신을 우리는 다시 살아나도록 해야 한다. 이 일은 그의 고향에서부터 할 일이다. 더 늦기 전에 서두르자는 의미로 나철편 제목을 그를 잊지 말자는 경고의 메시지를 담아 '잊혀진 민족의 지도자 홍암 나철'로 했던 것이다.

1863년 12월 2일 전남 보성군 벌교읍 칠동리 금곡마을에서 태어나다.

1872년 (10세) 호남의 석학인 구례 천사(川社) 왕석보(王錫輔) 문하에서 수학하다. 이때 과거에 진출하려고 뜻을 세우다. 서당에서 훈장이 '해동 공자'라 칭할 정도로 영특했다.

1891년 (29세) 대과 급제하여 승정원 가주서가 되다(사관의 관직). 한림에 뽑히어 승문원권지부정자가 되다. 바로 관직을 내놓다.

1895년 (33세) 조정에서 관직에 다시 임명했지만 나가지 않다. 주로 서울에서 김윤식의 식객으로 머물다. 김윤식이 아관파천으로 제주도로 귀양가자 그를 따라 제주도 생활을 함께 한다. 김윤식의 개화사상에 많은 영향을 받았으리라고 본다. 제주도에서 부인 송씨의 부고를 접하고 잠시 벌교에 머문다(부인 송씨의 묘소는 칠동 마을 뒷산에 초라한 외봉으로 남아 있다). 벌교 제석산이 '나 급제가 수도하던 산'이라고 전해지는 것으로 보아 이곳 사람들은 그가 향리에 머물 때 제석산에 주로 들른 것으로 추정한다. 이때부터 본격적인 독립운동에 나서는 1901년 이전까지 동학혁명, 청일전쟁, 을미사변 등의 굵직한 소용돌이 속에서 그의 행적이 기록으로 남아 있지 않다.

1901년 (39세) 국권을 회복하고자 오기호, 이기, 최동식 등 호남의 우국지사들과 함께 비밀 결사 조직인 〈유신회〉를 조직한다.

1904년 (42세) 국채보상운동에 참여하고, 애국 계몽단체인 호남학회에도 가입하여 국권회복운동과 함께 민중 계몽운동에도 관심을 보인다.

1905년 (43세) 오기호, 이기, 김인식, 정훈모 등과 같이 미국으로 건너가 포츠머스 회의에 참석하려 했으나 일제의 방해로 어렵게 되자 일본으로 밀항하여 민간 외교 활동 전개하다. 궁성 앞에서 일본의 침략에 단식 항쟁하다. 백봉선사(白峯神師; 백두산 仙人)의 교정(教幀)을 받다.

1906년 (44세) 다시 일본으로 건너가 민간 외교활동을 통해 독립운동을 도우려 했
　　　　　　으나 별 소득이 없자 을사오적을 처단하기로 결심한다.

1907년 (45세) 오기호, 김인식, 이기 등과 함께 오적을 처단하기 위하여 〈자신회〉
　　　　　　라는 행동단체를 조직한다. 거사를 앞두고 발각되어 유배형을 받아
　　　　　　지도(智島 ; 전남 신안군)에 유배되었다가 고종의 특사로 5개월 만
　　　　　　에 석방된다.

　　　　　　이때 홍암 선생은 국파민멸(國破民滅)의 원인이 장구한 세월의 모
　　　　　　화사대로 인한 자아상실에 있음을 깨닫고 "이미 나라는 망하였으나
　　　　　　민족에게만은 진실한 의식을 배양시키어 민족 부흥의 원동력을 만
　　　　　　들어야 한다"고 생각하고 오로지 수도에 전념하다.

1908년 (46세) 네 번째로 도일하다.

1909년 (47세) 1월 15일 서울 재동 취운정에서 단군 신위를 모시고 단군교를 중광
　　　　　　(重光)하다(중광 ; 다시 빛을 내게 한다는 뜻으로 이미 단군교는 고대
　　　　　　때부터 존재해온 종교이기 때문에 새로 만들지 않았다는 의미로 '중
　　　　　　광' 이라 표현함). 교단의 최고 책임자인 도사교(道司敎)를 맡다. 이
　　　　　　날을 대종교의 '중광절' 이라 한다. 개천절과 어천절을 복원시키다.

1910년 (48세) 합방 이후 일제의 핍박이 이어지자 단군교를 〈대종교〉로 고치다.

1911년 (49세) 강화 마니산 첨성단, 평양 숭녕전을 참배하다.
　　　　　　만주 화룡현 청파호 마을에 교당을 세우다.

1912년 (50세) 〈삼일신고〉 펴내다.

1914년 (52세) 일제의 압박을 피해 총본사를 서울에서 만주로 옮기다.
　　　　　　만주 화룡현 청파호의 총본사는 신앙의 성지 역할과 함께 만주 독
　　　　　　립운동의 근거지 역할을 했다. 적극적인 항일 독립투쟁의 대장정이
　　　　　　시작되다.

1915년 (53세) 일제는 대종교를 종교단체를 가장한 항일 독립운동단체로 규정하
는 종교통제안(조선총독부령 제83호)을 발포하여 대종교를 불법화
하고 본격적으로 탄압한다. 이에 망명지 만주 일원에서 무력항쟁
역시 본격화되다.

1916년 (54세) 8월 15일 강화도 마니산을 거쳐 하늘에 제사를 지내고, 그 후 황해
도 구월산 삼성사에서 폐식법으로 자결 순국하다. 유서로써 김교헌
(2세 교주)에게 전수하고, 순명3조, 밀유(密諭), 교도에게 보내는
글 등을 유서로 남겼다.

8월 25일 대종사, 신형에 추대되다.

11월 20일 독립이 안 된 일제하에 묻힐 수 없다는 평소의 유언에 따
라 백두산 동북쪽 기슭인 화룡현 청파호 안산에 유해를 안장하다.
후에 김교헌, 서일 선생의 유해도 이곳에 안치하여 '대종교 3종사
묘역'이라 불리고 있으며 중국 정부도 항일 유적지로 지정하였다.
현재도 이곳 교포들의 정신적 구심점이 되고 있다.

예술혼을 불사르고 요절한 서양화가 손상기

〈시대와 인물〉
2000년 4월 7일 방영

　이번 〈시대와 인물〉은 사찰 음식 전문가로 유명한 분이 정해져 있었다. 그런데 사찰 음식 전문가라면 사찰에서의 음식을 만드는 장면이 필수이 겠는데, 알고 보니 그는 승적이 없다고 한다. 난감해 하고 있는데 그가 화가 손상기에 대해 들려준다. 여수서초등학교 1년 선배인 그와 손상기는 각자 소아마비와 곱추라는 신체적 결함을 갖고 있는 동병상린의 관계였 는데, 후에 한 사람은 화가가 되었고 한 사람은 승려가 되었다 한다.

　이렇게 하여 이미 〈시대와 인물〉 리스트에 올려져 있던 화가 손상기 쪽 으로 제작 방향을 돌렸다.

　어부의 아들로 여수에서 태어난 화가 손상기는 곱추라는 선천적인 병을 앓으면서도 독특한 자기만의 세계를 그림으로 표현한 작가이다. 안타깝 게도 그는 작품 활동의 절정기에 이르러 전 화단의 주목을 받고 있던 1988 년 서른 아홉으로 생을 마쳤다.

　나는 그의 자료를 조사하면서 두 번 놀랐다

　먼저 놀란 것은 그의 그림이다. 그림에서 발하고 있는 어두운 톤의 강인 함과 확실하고 또렷한 어조로 말하고 있는 그의 언어 때문이었다. 그의 언 어는 자신의 어두운 삶에 대한 고통, 애절함, 고독을 표현하는 동시에 또

손상기의 글과 그림 모음집

한 역설적이지만 희망의 메시지도 강하게 전달하고 있었다. 손상기와 비슷한 이미지는 민중 예술을 대표하는 판화가 오윤에게도 있다. 그러나 오윤의 판화 굵은 선에서는 분노와 항거의 메시지가 강하게 읽힌다. 거기에는 1980년대를 관통하는 민중 미술의 흐름이 뚜렷이 존재한다. 손상기 그림에서도 분노와 항거가 배제된 것은 아니지만 손상기 그림이 보여주는 톤은 민중 예술이라는 그 시대 흐름과는 또 다른 것이었다. 그가 말하는 조형 언어는 이렇게 독특하여 고흐와 샤갈을 다 알지는 못해도 그는 나에게 고흐인 듯한, 샤갈인 듯한 화가로 다가왔다.

두 번째로 내가 놀란 것은 그가 남긴 메모들이다. 취재 중 유족으로부터 받아 본 수기 형태의 자료에서 그 양과 그 질적 수준에 놀라지 않을 수가 없었다. 자신의 예술관에 대한 표현에서부터 연인과의 개인적 서신에 이르기까지 방대한 양의 메모들과 시는 물론 희곡 작품도 있었다.

손상기가 이렇게 보기 드물게 많은 기록을 남긴 데는 그의 문학적 기질과 광범위한 독서에서 연유한다. 여수상업고등학교 시절 그에게 미술을 가르쳤던 박봉화 화백은 맨 처음 그림을 하겠다고 찾아온 고교생 손상기를 이렇게 회고한다.

"백일장에서 장원 상도 받았고 현재 문예반 활동에서 두각을 나타내는데, 왜 어려운 그림을 시작하려고 하느냐? 미술반의 다른 애들은 지금 상당한 수준에 올라 있어 네가 따라가기도 벅찰 것이다. 더구나 너는 신체적으로도 벅찬 상태이니 너에게는 미술 도구도 필요없는 문학을 하는 게 낫지 않겠냐? 그리고 너는 문학에 재능이 많지 않느냐?”

손상기는 박 화백의 조언에 귀 기울이지 않았다. 당시 여수 상고에는 비슷한 시기의 학생들 중에 이미 고등학생 화가로서 전국적 명성이 자자한 강종렬, 안용식 등이 있었다. 초보자 손상기는 미술반에서 처음부터 시작을 해야 했다. 문학 소년에서 화가 지망생으로 변한 것이다. 그는 수기에서 그 이유를 이렇게 밝혔다.

“흉한 외모와 갈기갈기 찢겨진 내면 세계를 지나치게 적나라하게 들춰낼 것 같아 문학을 그만두었다.”

손상기가 미술의 길을 걸을 수 있도록 많은 도움을 준 당시의 또 다른 미술 교사 명순희 선생님이나 박봉화 화백, 그리고 원광대 시절 은사였던 원동석 교수, 대학 동기인 원광대 교수 이창규 등의 증언에 의하면 공통적인 내용이 있다. 그는 대단한 독서광이었는데, 그의 독서는 양적으로나 질적으로나 동급생들이 따라올 수 없을 정도였다고 한다. 그는 자서전에서도 이렇게 밝히고 있다.

“서글프면 그림을 그리고, 고독을 느끼면 글을 읽으면서, 생을 간다.”

자료 조사와 전문가 평가를 바탕으르 그의 그림에서 우선 세 가지 흐름이 파악되었다. ‘자라지 않는 나무’ ‘시들지 않는 꽃’ ‘공작도시’ 시리즈가 그것이다. 이는 본인이 그림을 그리기 전에 메모해 둔 흔적에서도 나타난다.

'자라지 않는 나무'는 자신의 또 다른 모습인지도 모른다. 온통 가위질된 도로변의 겨울 가로수를 보면서 신체적 불구인 자신의 특징을 화면에 담았다. 자신과 세상을 연결시키는 통로로서의 그림, 자신의 존재와 살아야 할 의미를 가져다 준 그림이 바로 초창기의 작품 '자라지 않는 나무' 시리즈다. 신체적 결함 때문에 고독했던 이 시기는 그림에 의해 마치 구원을 받은 듯한 자세로 작업을 하던 손상기였다고 박래부 기자는 말한다. '자라지 않는 나무'들은 뭉툭하게 잘린 나무들이다. 잘린 나무는 겨울이다. 잘린 나무는 자연이 아니고 인간들 속에 있다. 자랄 수 없도록 인간들이 만든 나무들이다. 생명력이 없다.

"나는 여행을 하다 어느 날 예기치 못한 느낌에 사로잡혀 돌아왔다. 늘 보아왔던 간이역 풍경에서 충동을 피할 수 없는 뜨거운 가슴 때문이었다. 그 풍경 속에서 신음 소리가 들리고, 고통의 고함 소리가 내게 보인 것이다. …… 소리 없는 절규와 내 가슴 깊이 응어리로 잠재된 펴지 못할 의식과의 만남. 이것! 이 만남! 두어 장 때로는 열 댓 장씩 노트를 하고 정리하여 작업한다."

날개 꺾인 새처럼 잘린 나무. 바로 자신의 모습이었다. 둥치와 가지가 흉하게 잘려나간 나무들의 피맺힌 절규를 그는 뚜렷이 들었던 것이다. 푸른 꿈만을 꾸기에도 부족했던 유년 시절. 말을 잃고, 웃음을 잃고, 마음을 닫아걸었던 그에게 몸부림쳐도 되돌아오는 것은 절벽처럼 가혹한 세상이었다. 놀려대는 아이들에게 던지려고 항상 주머니에는 돌멩이를 넣고 등하교를 하던 그였다. 이렇듯 내면으로 치닫던 응어리진 한과 고뇌와 외로움을 그는 자라지 않는 나무의 형상으로 표현했던 것이다.

그에게 상투적인 사물의 아름다움은 별 의미가 없다. 꽃도 예외는 아니다. 손상기의 꽃은 오래된 화병의 꽃이다. 이미 시들어버린 꽃이다. 화려하여 행사장으로 바로 가야 할 꽃이 아니다. 그러나 언제 보아도 보아줄 수 있는 꽃이다. 그윽하게 시든 꽃이다. 그 꽃은 이제 더 이상의 추락은 없어 보인다. 더 이상 죽음을 예비하지 않아도 되는 꽃이다. 영원히 죽지 않는, 불멸의 환생을 꿈꾸는 자신의 의지를 역설적으로 형상화한 작품이 바로 '시들지 않는 꽃' 시리즈다. 사물의 이면을 꿰뚫어 보는 손상기만의 탁월하고 예리한 시각을 엿볼 수 있다.

"나는 당신들처럼 한가로이 앉아서 굴이나 그리고, 꽃병이나 그리고,
에어컨 바람 밑에서 설경을 그리는, 또는 책을 들고 다소곳이 앉아 있
는 흔들의자의 여인이나 그리는, 당신들과는 다릅니다."

'공작도시'는 어떠한가? 단칸 지하 셋방의 서울 생활. 봉천동에서, 북아현동에서, 베니어판으로 꾸민 화실을 겸한 살림집, 사랑하던 사람과 헤어지고 젖먹이 아이와 함께 살아야 하는 극한 상황이 바로 회색 빛 공작도시다. 외부 출입이 거의 없던 불행한 시절, 숨쉬기조차 어려운 그때 그는 '공작도시'를 탄생시켰다. 문명 비평적 시각에서 그려진 공작도시는 을씨년스럽고 충동적이며 복잡한 이미지가 얽혀 있다.

자신의 고통만으로도 다 채워지지 않을 화폭에, 우울한 내면 세계의 밀실을 박차고 주변과 세상의 아픔으로 눈을 돌려 다시 채웠다. 반 지하 셋방살이에서 만난 세상은 자신과 같은 고통의 시간을 이겨나가는 소시민들의 고달픈 일상이었다. 차갑고 어두운 도시의 저편, 그러나 따스한 빛을 발하는 '공작도시'였다. 샘터화랑 엄중구의 말이다.

"이 그림을 보시면 말이죠. 굴곡이 있는 언덕 사이로 판잣집들이 보입니다. 서민들의 삶입니다. 아름답고 예쁜 것만이 예술의 대상인 건 아니죠. 실제 모습 그대로 진실을 표현하면서 거기에 미적 감각을 보여 줍니다. 빨간 서민들의 집 지붕이 멀리서 보면 샐비어 꽃처럼 보이잖아요? 이 언덕의 광선 처리를 보십시오. 매우 탁월합니다. 이 빛을 통해 뭔가 희망을 그리고 있습니다. 자신이 살고 있던 북아현동을 그렸는데요, 이것이 바로 '공작도시' 시리즈입니다."

엄중구와 손상기의 만남은 통영 출신 화가 전혁림의 소개에 의해 이뤄졌다. 한국 미술계의 비중 있는 화가 전혁림은 1981년 서울 동덕미술관에서 손상기의 서울 첫 전시회를 보고 엄중구에게 말했다.

"시커먼 그림을 그리고 있는데, 빛이 나는 그림을 그리고 있단 말이야. 대단한 그림이거든. 지금은 배를 곯아야 하는 그림인 것 같애. 엄 선생이 그를 좀 돌봐 주시오."

세 종류의 시리즈에 의한 손상기 그림의 구분은 텔레비전 구성을 위한 분류이지, 기계적으로 손상기의 어느 시기는 '자라지 않는 나무', 후반기는 '공작 도시', 이렇게 구분되지는 않을 것이다. '공작도시' 만 하더라도 대학 때부터 꾸준히 그려온 그림들이지, 결코 후반기의 그를 대표하는 작품으로만 규정될 수는 없다. 어느 면에서는 모든 시리즈가 변모와 진화 과정을 거치기도 했고 동시에 그려지기도 했다. 나의 구분은 고급 예술을 시청자에게 좀더 편하게 다가가게 하려는 다큐멘터리 프로그램에서 일종의 도식일 뿐이다. 그의 메모장에서는 이런 내용들이 발견된다.

"나는 적어도 고통이나 환희나 애절함이나 비애 같은 자신이 느낀 것을 그립니다. 언젠가는 나의 그림 앞에서 조용히 모자를 벗어 들 것입니다. 언젠가는 수긍의 고개를 끄덕일 것입니다."

1977년 6월 4일

"글을 쓰고 난 후 그림을 그린다. 느낀 감정과 추상을 정직하고 설득력 있게 기록하여 이미지의 집약을 꾀한다. 내가 표현하는 것은 꼭 그리지 않으면 안 될 필연적인 나의 모습이고, 어떤 것에서 헤어나기 위해 고함 지르는 나의 모습인 것이다. 내가 그림을 그리는 것은 생채기 난 꿈을 실현시키려는 욕망에서다. 아픔에 신음하는 내면의 언어를 추려내어 가혹하고 엄격한 훈련으로 그림을 그리는 것이다."

그의 모든 것을 정당하게 평가하기에는 그가 살다간 시간이 너무 짧았는지도 모른다. 텔레비전에서는 그의 가족사에 얽힌 부분, 그가 사랑했던 여인 '준'과 '연우'와의 관계는 생략했다. 또한 유족들의 요청에 따라 가족사는 담지 않았다.

인간의 극한 상황을 예술혼으로 승화시키고 마지막까지 정직하고 힘있는 그림을 그리다 간 화가 손상기. 그의 사랑이 그립다. 그의 그림이 보고 싶다. 그가 남긴 수많은 그림과 주옥같은 시와 작가메모들이 세상에 더 알려졌으면 한다.

언제라도 그를 만날 수 있는 공간이 여수에 있다면 우리는 한 예술가의 생애와 삶을 추적하면서 우리의 삶과 사랑을 한번 뒤돌아보며 살아 갈 수 있을 것이다.

다시 한번 그의 그림 앞에 모자를 벗는다.

손상기를 통해 만난 지역 '방송'과 '연극'

태풍 '민들레'는 약화되었다는 보도가 있었지만, 여전히 비바람이 강하게 치는 날씨였다. 연극의 주인공 손상기는 대중적으로 잘 알려지지 않은 인물이다. 게다가 배우들 역시 유명 연기인이 아닌 지역의 무대 예술인들이다. 이처럼 관객 동원에 불리한 조건 몇 가지를 안고 일요일 오후 4시에 연극은 시작되었다.

여수 청소년 수련관 강당에 모인 관객은 100여 명쯤 되어 보였다. 연극 제목은 〈화가 손상기〉, 부제는 '서른 아홉까지 칠한 사랑과 절망의 빛깔'이라고 적혀 있다. 한국일보 박래부 기자가 지은 화가 손상기의 평전 제목과 같다.

4년 전 TV 다큐멘터리 〈시대와 인물〉 시리즈를 담당하고 있을 때 나는 그를 소재로 한 프로그램을 제작한 적이 있었다. 당시 다큐멘터리 제목은 〈예술 혼을 불사르고 요절한 서양화가 손상기〉였다. 손상기는 신체적 불구를 극복하고 자기만의 독특한 미술 세계를 보여준 여수 출신의 서양화가다. 왕성한 작품 활동과 함께 전 미술계의 주목을 받기 시작할 무렵 그는 39세의 나이로 요절했다. 그런데 이번 연출자 최순길이 그 다큐멘터리를 보고 이 연극을 구상했다고 한다. 최순길이 작품도 쓰고 주인공 손상기 역으로도 출연했는데, 그의 노력들이 대사에서 많이 묻어 나왔다.

연극 무대는 중앙 정면에 대형 스크린으로 채워져 있고, 무대 중앙에는 비스듬한 계단과 연결되는 계단 높이 정도의 무대가 있으며, 무대 양편으로는 무대 벽과 경계를 지어 주는 대형 겨울 가로수들이 늘어서 있다. 그 가로수들 앞에는 각각 왼쪽에는 화가의 작업실이, 오른쪽은 일반 가정집의 방으로 연결되는 툇마루가 있다.

극의 흐름은 주로 손상기가 사랑을 나눈 여인들 '준'과 '연우'의 이야기로 채워진다. 주인공 대사의 상당 부분은 그가 직접 메모로 남긴 내면 세계의 이야기들과 그가 표현했던 시어들이다. 솟은 등이 구부러져 어정쩡한 자세이지만 단호한 눈빛을 화폭에 응시한 채 그림을 그리는 주인공.

화가로서 손상기가 가지는 예술적 위치를 가늠하기에는 이 연극으로는 미흡할지도 모른다. 하지만 연극에서 그의 예술 혼은 신체적 어려움이 주는 한계 상황을 극복하려는 의지의 일부분으로 표현되었고, 강한 메시지를 전달하려는 주인공의 연기는 이에 근접했다. 두 여인과의 독특한 사랑도 녹록지 않게 표현되어 있다. 서른 아홉, 의학적으로는 자신이 달고 다니는 질병의 한계 수명을 다 하고 갔지만 연극을 관람하는 우리들은 손상기의 화가로서 또 시인으로서의 천재성을 의심하지 않는다.

손상기는 화가인 동시에 시인이기도 하다. 4B 연필로 가늘게 소묘하듯, 때로 큰 붓으로 크게 긋듯, 칼로 유화 물감을 긁어 표내듯 글을 썼다. 두 번째 부인 '연우'가 보관한 그의 육필 원고를 읽으면서 엄청난 양의 독서를 통한 그의 또 다른 붓의 힘을 느졌다. 여수를 노래한 시인 중에서 손상기만큼 오동도를 표현한 시인을 본 적이 없다.

쓰러져 어깨를 들먹이는 듯한 여인 모습으로 떠있는 오동도

손상기는 자신의 자화상을 그림으로도 그렸지만, 시어로 묘사한 자화상 도 있다.

명산의 바위처럼 위용 있게 돌출된 가슴 뼈, 외봉낙타처럼 생긴 등, 5 척에도 못 미치는 키

시인 이성부가 그를 시로 적었다. '다 자란 어둠을 보며 - 손상기에게' 라는 제목의 시를 접한 주인공은 이 시를 매우 자랑스러워하며 시 옆에 낙 서를 해두었다.

나도 모르는 나의 비밀이 이 시 속에 숨어서 나를 훤히 내다보고 있었 다. 오뉴월 뙤약볕처럼 강렬하고 한가위 달 같은 품으로 다가오는 256 자의 숨쉬는 훈민정음

한국 시인이 자신의 시에 대하여 살아 숨쉬는 위대한 훈민정음이라는 찬사 이상의 어떤 찬사를 더 듣고 싶을 것인가?

지역에서 이번 공연이 갖는 의미는 크다. 지역 예술인에 대한 이해를 넓히는 것은 물론 그의 예술세계에 대한 공감을 나누고, 이를 장르가 다 른 공연 예술로써 선보이는 작업은 예술이 또다른 예술을 낳는 문화의 순

환 구조를 갖는다. 화가 손상기를 새롭게 인식함과 동시에 지역을 빛낸 예술인으로서 그를 기리고, 나아가서 그의 그림이 상설 전시되는 기념관이 들어선다면, 어느 예술 도시 못지 않은 여수의 예술적 자긍심이 생겨날 것이다.

지역에서의 창작 공연 예술이 지역 무대 예술인들의 힘으로 이루어졌다는 점도 의미 있는 일이다. 연출되고 공연되어지는 순간에만 관객의 곁에 머무를 따름인 공연 예술은 순간의 예술이다. 방송도 그 범주에 포함될 수 있다. 순간을 위해 분야별로 존재하는 종합예술이 이 지역의 스탭들에 의해서 펼쳐졌고, 소재 역시 지역과 함께 하는 우리 지역 출신 예술인의 삶을 택했기 때문이다.

부가 가치 면에서 공연 예술은 관객의 요청에 의해서 끝나고 만다. 관객의 요청과 그 요청이 부여하는 경제적 가치와 평가된 가치에 대한 구체적 지불 행위로 연결되어야만 공연 예술가의 물적 토대가 완성된다. 그 토대는 지역의 직업 예술인 개개인에게 경제적인 생활 기반을 제공한다. 그러나 이는 쉬운 일이 아니다.

"밥도 안 되는 그 짓, 인자 고만 해라 !"

연출자의 변에서 밝힌 최순길의 아버지가 그에게 했다는 당부다. 극에서 주인공을 맡은 최순길씨도 어쩌면 손상기가 겪었던 한계와 좌절을 지역 연극의 현실에서 겪고 있나 보다. 밥이 안 되는 예술은 언제나 고독하고 외로운 법.

기승전결의 깔끔함이 부족하여 느슨한 구성에 대한 조언이라든가, 클라이맥스에 대한 감흥을 위해 극중 인물들이 펼치는 줄다리기에서의 힘 조절이라든가, 주인공의 내면 묘사의 완결성을 위한 연기자에 대한 주문이라든가, 연기자들의 연기를 통해 엿보는 관객들에게 재미를 위해서 뒤집기를 보여주는 희극적 페이소스라든가, 기하학적 예술성과 연기자 동선을 배려한 무대 공간의 설계라든가, 그 자리에 있어야 할 당위성이 설정된 작은 소품의 위치라든가, 이러한 부분 부분에 대한 견해 표명은 아직까지 사치스러운 지적이 될지 모른다.

사실 이들이 그간 얼마나 열악한 조건에서 얼마나 힘들게 이렇게나마 지역의 무대 예술을 지켜가고 있는지를 아는 나로서는 더욱 그렇다. 이처럼 열악하고 힘든 여건 속에서도 '화가 손상기'를 무대에 올리기 위해 수고한 여수 YMCA 극단 〈길〉 단원들에게 아낌없는 격려를 보내고 싶다.

모처럼 지역에서 공연되는 연극을 통해서, 지역 '문화'와 지역 '방송'이라는 작은 부분의 연결 고리에 대한 고민을 해보는 시간을 가졌다.

조선의 마지막 선비 매천 황현

〈시대와 인물〉
2000년 2월 15일 방영

　호남과 제주 지역 문화방송사들이 공동제작으로 편성해 온 〈시대와 인물〉은 이번 매천 황현을 끝으로 막을 내리게 된다. 인물 다큐멘터리의 대상 선정에 있어 한계가 드러난 때문이었다. 그럼에도 불구하고 매천 황현이 8월의 문화인물로 선정됨에 따라 많은 자료를 준비할 수 있었다.

　그의 생애와 사상을 다룬 세미나 자료집만 세 권을 구했고, 거기에는 각 분야별 전문가들이 매천 황현을 평하고 해석한 글들이 실려 있었다. 그 자료를 보면서 어떤 분들을 만나서 어떤 내용으로 인터뷰를 할 것인지를 정할 수 있었다. 그의 저서인 〈매천야록〉과 〈오하기문〉 번역본도 서점에서 구했다. 그가 지은 수많은 한시들을 읽어보고 싶었으나 한문이 약해 읽지 못한 것이 아쉬웠다.

　8월의 문화인물 선정 기념 세미나가 1999년 8월 7일 광양문예회관에서 '매

천 황현의 역사 의식과 문학'이란 주제로 열렸다. 주제 발표자로 나선 역사 문제 연구소 이이화 소장의 발표는 인상적이었다. 인터뷰를 위해 구리에 사는 그를 찾았다.

그의 인터뷰는 거칠었다. 까다롭게 느껴졌지만 친근감있게 응해 주었다. 이이화 소장은 〈이야기 한국사〉 씨리즈를 집필 중이어서 독수리 타법으로 자판에 글을 쓰느라 손가락과 어깨에 마비가 자주 온다고 했고, 될 수 있으면 외부와의 연락을 끊고 살고자 한다고 했다. 다행히 광양에서의 명함 교환시에 약속해두었기에 섭외는 순조로운 편이었다.

그런데다 이이화 소장은 여수와 연고가 있다고 했다. 대구에서 태어났고 여수는 어린 시절 가출했던 곳이란다. 가출지에서 어렵게 다닌 중학교가 여수중학교였고, 중학교 졸업 후에 광주에서 광주고등학교를 졸업했다고 했다. 의외의 얘기를 들었다. 여수에서 중학 시절은 그야말로 어려운, 자신의 표현으로 더 이상 내려 갈 수 없을 정도의 삶이었다고 회고한다. 덧붙여 자신이야말로 영호남을 오간 사람이라고 했다. 청소년 시절을 이곳에서 보내서인지 그는 전라도말투였다. 그의 이런 얘기는 우리를 훨씬 편하게 해주었다. 이이화 소장은 〈이야기한국사〉 시리즈를 집필 중이었는데 인터뷰를 시작하기도 전에 목소리를 높인다.

"거 〈매천야록〉 있지요? 실사구시 차원에서 적은 것이기 때문에 본인이 그렇게 썼다고 하더라도 후세에서까지 '야록'이라고 하는 것은 틀렸지요. 그 분이 적어 놓은 걸 야사로만 볼 게 아니라 근대적인 시각에서 '19세기말사' '대한제국 말기사' 이렇게 표현해야 맞다고 봅니다. 왜냐면 비슷한 시기의 정사라고 하는 조선왕조실록은 사료적 가치가 별로 없어요. 그래서 〈매천야록〉은 상당한 의미가 있는 책이지요."

매천 황현 선생 생가

전남대 역사학과 이상식 교수도 한학자인 박태상 전 조선대 교수도 같은 맥락의 말을 들려준다.

"어지러운 사회를 바로잡기 위해서 당시 매서운 필치로 사회를 고발하고, 부패를 고발하고, 어지러운 조정을 비판하고, 외세의 침략을 공박하는 글을 썼습니다. 그런데 나라가 망하자 '더 쓸 역사가 없기 때문에 나는 삶의 의미가 없다'고 일생을 마치신 분이지요. 유교적 입장의 선비죠."

"한일 합방이 되자 당시 몇이나 목숨을 끊었는지 아십니까? 전직관료, 무관, 궁중 관리 등 모두 15명이 경술 합방 때 목숨을 던졌습니다. 이 분들 중 매천 선생은 관료가 아니니 책임감을 느낄 일도 없고 녹을 먹은 것도 아닙니다. 그런데 그 분은 나라가 망했는데 지식인으로서 가만히 있어서야 되겠느냐는 사명감에서 시골 선비가 목숨을 던진 것입니다. 매천은 문장에도 능했지요. 어려서부터 4서 5경은 물론 자치통감이나 강목을 읽고서 역사에 대한 안목을 키운 덕분입니다."

매천은 1855년(철종 6년)에 전남 광양군 봉강면 서석촌에서 태어나 유소년 시절을 보내고, 후에 구례로 옮겨 공부를 하고 마지막까지 그곳에서 살았다. 이런 연유로 양 지역 모두 연고가 있는데, 구례에는 매천사 사당이, 광양에는 제각과 묘소가 있다.

매천은 어려서부터 영특했으며 구례 왕석보 문하에서 배웠다. 왕석보의 아들들과 제자인 나인영, 이기와는 평생 교류를 했다. 여기서 주목할 인물은 왕석보다. 왕석보 문하는 호남에서는 빼놓을 수 없는 인재들을 배출한 두 학맥 중 하나다. 한말 호남의 두 줄기 학맥으로 구례의 왕석보와 담양의 고정주 문하를 들 수 있다. 자주, 자강, 개화를 부르짖은 고정주 문하에서는 송진우, 김성수, 김병로 등이 배출되었으며, 왕석보 문하에서는 대종교를 창건하여 독립운동을 이끈 나인영, 독립운동가 이기, 그리고 왕사천 등이 배출되었다. 특히 왕사천의 후예 왕재일 등은 광주 학생 독립운동을 이끈 지도자이기도 하다. 매천이 대단한 시인이요 문장가가 될 수 있었던 데는 왕석보 문하에서의 수학을 빼놓을 수가 없다. 매천이 〈매천야록〉〈오하기문〉 등을 저술한 배경에 대한 이이화 소장의 얘기다.

"이 분은 과거에도 응시했죠. 과거시험만의 문체가 있어요. 과거시험 문체에도 능숙했지만 자기 나름의 뛰어난 시재를 갖고 있어서 또한 한문 문체를 아주 다양하게 구사하면서 시인, 문장가로서 당대에 이름을 날렸습니다. 시골 출신이지만 나라가 문드러지고 사회가 비리에 얼룩지는 것을 보고 역사를 기록해야겠다고 다짐한 것으로 보여집니다."

전주대학교 오재일 교수의 얘기다.

"1910년 매천 선생이 서거한 후에 후학들이 매천 문집을 펴내기로 했습니다. 1932년에 조긍섭 선생이 서문을 쓴 이 문집을 간행하기 위해 1933년에 일제에 검열을 받은 초고본입니다. 일제 허락 후에 간행을 할 수 있었거든요. 소화 8년(1933년)이라고 도장이 박혀 있고, 붉은 색 붓으로 구체적으로 지적하여 곳곳에 삭제하라는 표시가 되어 있습니다. 매천 선생의 애국심에 해당하는 내용, 충절 정신을 기릴 수 있는 내용 모두를 삭제하라는 표시가 되어 있습니다."

〈매천야록〉의 내용을 보면 당시의 시대상을 볼 수 있다. 문란한 사회 생활과 매관 매직을 일삼는 과거 제도는 물론 왕실 풍경 등에 대해서도 상세하게 소개했다. 전남대 역사학과 이상식 교수의 얘기다.

"우리가 〈매천야록〉을 높이 평가하는 것은 그의 역사에 대한 날카로운 비판 정신과 고발 정신이 그대로 여과 없이 서술되었다는 점입니다. 물론 개인이 수집하는 정보의 한계는 인정하지만 당시 가능한 많은 자료를 수집해서 사회를 소상하고 날카롭게 비판 서술했다는 점은 관 편찬으로는 불가능한 것이지요."

하지만 왕실의 역사를 저술하는 부서에서 근무하지도 않은 시골 선비였던 그가 어떻게 〈매천야록〉과 같은 방대한 저술을 할 수 있었을까? 이이화 소장의 답이다.

"매천은 시골 출신이지만 서울의 명망가들과 아주 친한 사이였어요. 그들과의 빈번한 교류를 통해서 서울의 정보를 알았고, 한때 과거에 급제한 경력이 있는 그에게 지방 수령들은 특별한 대접을 해줬겠지요. 글도 잘하고 명망가여서 고급 정보, 관보 등을 접할 수 있는 위치에 있었다고 봅니다. 그런 자료들을 자신이 인용하고 해석하고 했던 것이지요."

매천의 증손자 황용수 옹은 매천의 사진과 사진틀을 보관하고 있었다. 서울과의 빈번한 왕래에 대한 증거다. 황용수 옹은 매천의 유언에 대해서도 얘기한다. 유서에서 매천은 '내가 스스로 목숨을 끊었다고 해서 자손이 그걸 빌미로 잘난 체하지 말라' '책은 내 정력을 모아 놓은 것이니 서책을 잘 보관해라. 자손이 변변한지는 서책을 잘 보존하느냐 여부에 따라 알 수 있을 것'이라고 후손들에게 이르고 있다.

또 한 권의 저서 〈오하기문〉. '오동나무 아래서 적었다'란 뜻의 상징적인 제목의 이 책은 우리 민족 민중사의 단초를 제시한 동학농민전쟁과 의병활동을 다루고 있다. 매천은 이 책에서 시대란 우연히 또는 하루아침에 오염된 것이 아니며 오랫동안 누적된 부패와 폐단이 나라의 재앙과 변괴를 일으킨다고 한탄하고 있다.

〈오하기문〉을 통해 매천은 19세기 당쟁의 폐해는 물론 망국의 서막을 알린 안동 김씨 세도정치의 뿌리깊은 폐단과 강화조약의 실패를 직언하고 흑산도로 유배를 당한 최익현, 동학농민전쟁의 실질적 원인을 제공한 조병갑의 유임 사실을 날카롭게 지적하고 있다. 또한 날짜별, 지역별로 일어난 농민들의 봉기와 규모, 그 원인과 전개과정 등을 기록해 관련 저술서 중 가장 충실하다는 평가를 받고 있다. 동학농민전쟁에 대처하는 관리들 또한 신랄하게 비판하고 있다. 또한 매천은 부패한 지배세력과 함께 농민군도 함께 비판하고 동학이나 천주교에 대해서는 인정하지 않았다. 〈오하기문〉의 번역자이기도 한 역사문제연구소 김종익 연구위원의 애기다

"… 그 당시 거의 파탄에 와 있던 백성들의 삶을 계속해서 유학이라는 틀 속에서만 바라보고 있었다는 점에서 〈오하기문〉의 일부 관점에 안타까움을 느낍니다. 나중에 선생께서 그러한 한계를 허물어 버리고 다른 실용적인 측면으로 변모해 가셨죠. 하지만 저는 한계보다는 이런 변화에 더 큰 시사점이 있다고 봅니다."

원광대 한문교육과 박금규 교수는 〈한양〉이란 잡지를 보여주었다. 〈한양〉은 재일 교포들이 동경에서 한글로 발간한 잡지인데 우리 나라에서 매천 시가 맨 처음 번역 소개된 잡지로 볼 수 있다고 한다. 1965년도 4월 호에 당시 동국대 이병주 교수가 '매천 황현의 애국시' 7~8수를 번역해 원문과 함께 실었는데, 이 때부터 학계에서는 매천에 관심을 가졌다는 것이었다.

매천의 시도 그랬지만 〈매천야록〉 역시 광복 후 1955년에 〈한국사료총서 제1집〉으로 발간되기 이전에는 알려지지 않은 책이다. 매천의 삶은 오늘 우리에게 어떤 의미가 있는 것일까? 전남대 역사학과 이상식 교수와 이이화 소장의 말을 차례로 실어본다.

매천 황현 선생 사당

"나라가 망하고 매천은 순국했습니다. 죽음이라고 하는 것은 거기서 끝나는 것이 아닙니다. 그 정신이 계승 발전해서 일제 시대에 가장 앞 장서서 독립 운동을 전개한 이 고장을 만들었습니다. 잘 아시다시피 광주 학생 독립 운동만 하더라도 매천의 제자 왕석순의 아들 왕재일이 광주 학생 운동 주동자 아닙니까? 농민 운동이나 신학문 운동, 해방 이후 분단과 독재에 항거하고 앞장 선 이 고장의 의로운 정신 또한 매 천 정신의 계승 발전이지요."

"매천의 역사관은 바로 다음 세대 역사학자인 박은식, 신채호에게 연 결됩니다. 이 분들을 '민족사학자'라 하는데, 바로 그 민족사학의 선 구자가 바로 매천이라고 봅니다. 자기가 살았던 동학농민전쟁을 자세히 쓰고, 의병 활동에 대해서도 자세하게 썼습니다. 이런 점에서 동시대의 역사를 자신이 보고 겪은 이야기를 그대로 역사에 썼다는 것은 역사의 한 단계를 높인 것이지요. 현재 역사학과도 연관되는 진일보한 역사관이라고 볼 수 있습니다."

구례 광의면 월곡에는 매천사와 말년에 거처하다 절명한 생가가 본래 초가였으나 기와집으로 복원되어 한 곳에 있다. 이곳 사당 비석에 새겨진 내용에 보면 그의 일대기를 알 수 있다. 그 비문에 새겨진 그의 삶을 옮겨 본다.

"15,6세의 나이에 그 이름을 원근에 떨쳤으며 24세 때 향리에서는 배울 것이 없음을 한탄하고 상경하여 당시의 경사였던 추금 강위, 영재 이건창, 창강 김택영 등과 더불어 교류하여 서로 사우(師友) 되므로 그 문명(文名)이 중국에 널리 퍼지게 되었다. 고종 20년 보거과가 있었다. 때는 임오군란 뒤라 특설 과거제에 응시하여 장원에 입격하였던 것이나 시험관의 경솔한 판단으로 슨위가 타낀 것을 알았다. 이에 구례 백운산 밑 간전 만수동에 우거하여 거실을 '구안실'이라고 하고 벼슬길에는 뜻을 끊고 은거구지하며 오직 독서와 후진 교육에 진념하였다. 그러나 아버지의 명을 어길 수 없어 고종 25년에 다시 응시하여 생원과에 장원급제하였다. 그러나 당시 나라의 내우외환이 날로 자심하고, 정계의 부패가 또한 심하여 국운이 기울어지는 것을 보고 그만 고향으로 돌아와 교육과 저술에 주력하던 바, 당시 정계에 있던 친구들로부터 정계 진출을 권고 받았으나 일체 사절하였다.
광무 9년 을사조약이 강제체결되었다는 흉보를 듣고 몇 날이나 통곡

하고 식음을 끊었으며 그 통분을 억누르고 근근히 살아오시더니 융희 경술에 드디어 한일합방(경술국치)의 흉보를 듣고 통분을 금할 길이 없어 절명시 네 수를 남기고 음독 자결하니 때가 56세였다. 선생은 키가 크지 않으나 날래고 굳세다. 성질은 준엄하고 강직하여 불의를 보면 원수같이 알고 학문은 공리공론보다는 통한 것을 주장하여 한말 유학이 퇴폐함을 싫어하고, 고금 치란 성쇠의 본말을 연구하였으며 다산 정약용의 학맥을 계승한 실학자요, 태서신학을 섭렵하여 이용후생의 학문이 구국의 길임을 아는 선견지명이 있어 융희 연대에 고향 친구들과 사립학교를 설립하여 후진을 양성하였다."

섬진강을 사이에 두고 구례와 광양을 오가며 살았던 매천 황현 선생의 또 다른 흔적은 전남 구례군 화엄사로 가는 길목에 있는 한옥으로 지어진 방광 초등학교를 들 수 있다. 말년에 신학문을 가르치기 위하여 매천이 세운 호양학교 터다. 방광 초등학교는 폐교되어 '호양민속학습관'이란 간판을 걸고 지역 주민들의 교육 공간으로 사용되고 있었다. '호양'의 이름이 명맥을 이은 셈이다. 그리고 호양학교에서 매천이 사용했던 학교종은 구례교육청 금고에 보관되어 있었다.

매천의 절개와 충절의 세월을 함께 한 이곳 사당은 퇴락한 흔적이 역력하다. 매천이 말년을 보내며 절명한 곳이기도 하다. 국가가 건국공로훈장을 추서한 1962년도에 이곳에 사당이 세워졌고 유물전시관도 들어섰다. 손때 묻은 유물과 함께 묵묵히 세월을 지키다 지난 '90년에는 전시관에 보관된 유물 몇 점을 도난 당하기도 했다. 그러니 누구나 사당에 들어가려면 홀로 사는 할머니인 매천의 증손주 며느리가 가져온 열쇠꾸러미가 있어야 했다. 그 곳의 매천이 사용한 병풍이나 훔쳐가고 값나가게 보이는 유물도 가져가는 우리들. 나라 잃은 설움에 목숨을 바친 한 선비를 예우하는 우리들의 현주소다. 유물전시관은 고인을 기리지도 못하고 낡은 자물쇠에 잠긴 채 침묵하고 있다. 그나마 몇 점 유물도 보관하려면 열쇠를 꼭꼭 채워야 한다고 했다.

제작 기간 막바지에 한 고등학교로부터 수능시험 끝낸 고3 학생들에게 유익한 강의를 해달라는 부탁을 받았다. 제안을 수락하며 대신 학생들에게 간단한 촬영을 하겠노라고 했다. 강당에 모인 고등학교 3학년 학생들에게 카메라 촬영한다니까 잔뜩 기대를 하고 웅성거린다. 나는 교단에 올라가서 물었다. "여러분 역사 인물 중에 매천 황현이란 분을 아는 학생 있습니까? 매천 황현 선생을 아는 학생 손들어 보세요." 100명이 훨씬 넘었는데 한 명도 손드는 사람이 없다. 이 대목 촬영 분도 편집해서 방송했다.

국가로부터 어떤 혜택도 입지 않았던 시골 선비가 나라가 망하던 날 목숨을 버렸다. 그리고 한 세기가 흘러간다. 그는 왜 스스로 갔는가? 선비였기 때문에 죽음을 택했던 것이다. 매천 황현 선생은 조선의 마지막 선비였다.

제4부

섬, 섬사람

떠날 수 없는 섬, 수항도

〈섬, 섬사람〉
1992년 11월 22일 방영

여수의 도서 지방 중에서 사람이 거주하고 있는 가장 작은 섬인 남면 수항도는 〈섬, 섬사람〉 25부작 중 하나로 일찍부터 명단에 올라 있었다. 수항도는 전체 면적 1만 8천 평으로 1992년도에는 노부부 두 가족 네 분이 살고 있는 것으로 확인되었다.

처음 찾아간 여름 수항도는 우리를 친절하게 맞이하지 않았다. 남면의 본 섬인 금오도 유송리 선착장에는 배가 닿지 못하고, 더구나 수항도에는 여객선이 닿지 않아 우리는 바다 위에서 작은 배로 옮겨 타야 했다. 그 작은 배는 큰배에 딸려서 그 배를 보조해 주는 역할을 한다고 해서 '종선'이라고 불린다. 우리는 종선을 타고 유송리에 닿았다가 다시 본 섬 금오도 동쪽으로 약 1km 떨어진 수항도에서 내렸다.

수항도 선착장에서부터 우리 일행은 촬영 도구며 먹거리를 숙소까지 날랐다. 동력기라고는 아직 한 번도 지나간 적 없는 가르마 같은 길을 따라 우리는 오로지 몸을 도구 삼아 짐을 날라야 했다. 수항도에서 가장 큰 관심사는 무엇이냐고 물었다. 그들의 대답은 간단했다.

"물이제, 물! 또 하나는 전기여, 전기!"

　　그들의 반복적인 답 속에는 절박함이 묻어 있었다. 물 한 방울 나지 않고, 전기 공급이 전혀 되지 않는 섬 수항도. 이곳 사람들은 어떻게 물과 전기 문제를 해결하고 있을까.

　　지붕을 얹은 것이라면 개집이라도 예외 없이 물받이 차양이 설치되어 있었다. 차양에는 호스가 달려 있으며 그 호스들은 집수장으로 연결되어 있었다. 집수장은 마당 한편이나 집 입구 등 특정 장소에 지하 탱크 형태로 자리하고 있었다. 이 섬에서 빗물은 유일한 수자원이었다. 지하 탱크는 허드렛물 용도와 식수 전용으로 구분이 되어 있는데 비가 적게 내리거나 비가 내리기 시작한 초반에는 허드렛물 전용의 집수장으로 호스를 연결하고, 비가 제법 내리기 시작하면 그때부터 식수 전용 지하 탱크로 집수를 한다.

　　"이 물은 먹는 물이여. 배탈도 안 나고 아무 해가 없어요. 평생을 마셨거든. 그대로 마신 거는 아니고 소독은 하제. 아무 탈 없어. 자, 한번 마셔 봐요! 우리가 물을 살려냈거든."

　　물은 깨끗했고 특별히 무슨 강한 소독 냄새 같은 것은 없었다. 나는 그들의 말 중에 '물을 살려 낸다' 는 말에 대해 물었다. 이는 빗물을 마실 수 있는 물로 만들었다는 의미라 했다. 빗물 그대로는 죽은 물이지만 잘 가두어 보관하고 소독 처리하면 생명수가 된다는 뜻에서 이들은 이 과정을 '물을 살려낸다' 고 말한다는 것이었다. 자연 현상 중에 우리가 살려내야 할 것들이 어디 물뿐이겠는가?

　　이들은 들판에서도 물을 살려내고 있었다. 물이 흘러내리는 몇 군데 밭고랑은 깔끔하게 시멘트로 단장되어 있었다. 비가 내리기 시작하여 어느 정도 물이 고이면 흘러 나가게 만들고, 많은 비가 내려 밭고랑에 제법 깨

끗한 물이 흘러내릴 정도가 되면 그때부터 밭고랑의 빗물은 시멘트로 포
장된 밭고랑을 거쳐 또 다른 집수장으로 흘러들게 한다는 것이다. 이런 집
수장은 오랜 가뭄 같은 비상시를 대비한 것이라고 했다. 바닷가에도 제법
큰 물 탱크 하나가 자리 잡고 있었는데, 그 물 탱크는 비가 내리지 않아 살
려내야 할 물이 전혀 없을 때 군청에서 급수선이 와서 물을 배급하여 저장
하는 비상용 탱크란다.

　어느 덧 해가 지고 밤이 찾아왔다. 동력 발전기로 공급되는 전기 사정

빗물을 모으기 위해 차양에 설치한 시설

때문에 겨우 선풍기와 텔레비전 그리고 전등이 전기 혜택의 전부다. 윗집의 헛간에 있는 경운기 엔진인 동력 발전기가 수항도의 발전소이다. 이 발전기를 돌릴 수 있는 이는 이 섬에서 윗집에 사는 이도옥(62세) 씨뿐이어서 이도옥 씨 집 곁에 발전소가 차려진 것이다. 전기를 공급할 것인지 중단시킬 것인지는 오로지 그의 손에 달렸다. 그가 여수 시내로 나가거나 혹은 외지로 여행이라도 갈라치면, 여기서는 어느 누구도 발전기를 가동시킬 수 없어 암흑 속에서 지내야 한다. 밤새 발전기를 돌릴 수 없으니 야간의 전기 공급 중단도 이도옥 씨가 해야 한다. 이때 이도옥 씨는 발전기 시동을 끄기까지 서너 차례 신호를 준다. 전등이 몇 차례 깜박거리는 것을 신호로 전기를 이용하는 일은 중단하고 그만 잠자리에 들어야 한다. 그러나 시동 거는 것보다 더 힘든 일은 발전기 연료 공급이다.

"배에서 내리면서 바닷가에 있는 드럼통 봤지요? 앞 섬 농협에서 기름을 드럼으로 구입합니다. 저 드럼통을 여기까지 옮기려면 외지 사는 아들들을 오라고 해서 도움을 받거나, 그도 어려우면 인부를 사서 옮겨옵니다. 선착장에다 드럼통을 놔 둔 채 작은 플라스틱 통에 기름을 담아서 지게로 지고 와 발전기에 붓기도 합니다. 그러니 기름 사다가 발전기에 대주는 것이 제일 힘듭니다. 그리고 전기세가 비쌉니다. 기름 값으로 한 달에 삼 만원 정도니까 한 집에 만 오 천 원씩 부담하는 거죠."

60대와 70대의 두 가족 네 분은 농업과 어업을 겸하고 있었는데 지금은 힘든 바다 일을 포기하고 섬에서 농사일만 하고 살아간다. 1만 8천 평의 전체 섬 면적 중에 경작 가능한 땅은 1만여 평인데 두 가정에서 7천 평 정

유송리에서 바라본 수항도

도 농사를 짓고, 나머지 3천 평 정도는 묵정밭이 되어 있었다. 앞으로 묵정밭은 계속 늘어갈 것이다.

농어촌의 상징인 빈집. 쓰러져 가는 슬레이트 지붕에는 잡초가 둥지를 틀고, 마당은 온통 개망초꽃이 점령해 버린 시골 농어촌의 빈집. 그 빈집 마루에는 10년 전쯤이나 6년 전쯤의 소인 찍혀있는 농민 신문이 쥐오줌에 찌든 다른 고지서들과 함께 나뒹군다. 빈집은 새로울 것이 전혀 없는 현실이다. 빈집은 상실의 시대를 상징한다. 고향을, 농촌을, 어촌을 우리는 다 잃고 있는 것이다. 섬을 찾아 나서는 이 행위는 어쩌면 그 상실들을 확인해 나가는 과정인지도 모른다.

이 상실의 시대에 작은 외딴 섬 수항도를 지키고 있는 이들에게서 그 이유를 들어보았다.

"앞 섬에서 살다가 여기로 이사 왔어! 여기서 돈 벌어서 한 5년 살다가 나갈 계획이었지. 스물 두 살 때 일이야. 어렵게 땅 일구고 여기서 10남매를 내가 키웠으니…. 이제 다 커서 제 몫들을 하고 있지. 모두 객지로 보냈어. 여기 땅 한 뙈기 한 뙈기마다 우리 영감이랑 내 손때가 안 묻은 데가 없고, 땀과 피가 안 흘려진 데가 없어. 그런데 여기를 어떻게 뜨겠어…. 여길 뜬다 한들, 이 늙은이들이 거기서 뭘 할 거여? 섭게 섭게 살았던 세월이여. 그냥 여기서 살다가 죽을 거여. 나갈 수가 없어. 못 나가. 아들들한테 유언도 해놨어. 나 죽으면 여기다 묻으라고…."

그 분의 인터뷰는 수항도에서 촬영한 내용의 편집 방향을 제공해 주었다. 제목도 가르쳐 주었다.

'떠날 수 없는 섬, 수항도' 라고.

그림같은 수항도

바다 목장 사람들

〈섬, 섬사람〉
1992년 12월 13일 방영

통계 중에는 일반적인 추세와는 정반대인 경우가 있게 마련이다. 이것이 섬에 대한 것이라면 당연히 우리에겐 관심의 대상이다. 대부분의 섬에서는 주민 수가 줄고 있는데, 1992년 한 해 동안 여천군 남면 나발도에 거주하는 주민 수만이 유독 증가하고 있는 것이었다. 그 한 해 동안 나발도에는 세대 수만 6가구가 늘어났고, 주민도 83명에서 113명으로 늘어났다.

인구 증가 이유는 나발도 주변 바다 위의 가두리 양식장에 있었다. 당국이 수산 정책을 '잡는 어업'에서 '기르는 어업'으로 전환하면서 초창기 어려움을 극복한 몇몇 양식업자들의 소득이 높아졌고 정부의 지원이 강화됨에 따라 도시로 떠났던 젊은이들이 섬으로 돌아오고 있었을 것이다. 나발도만이 아니었다. 여수 주변 남해안 화태도와 두라도, 횡간도의 각 양식장에는 기르는 어업을 하고자 하는 사람들이 속속 모여들고 있었다.

무슨 일에 있어서나 먼저 시작한 사람들의 노력과 도전 정신이 항상 모델이 되고, 그들의 성공 스토리가 다른 사람들을 움직인다. 그런 점에서 여수 인근 남해안 가두리 양식장의 1세대 양식업자 3명의 선구자를 빼놓을 수 없다.

먼저 화태도의 박윤규 씨. 그는 젊은 편에 속하지만 과감한 투자와 앞서

섬 주민들의 생활 터전인 양식장 풍경

가는 사료 제조로 양식 어민들 사이에서는 '양식업자'로 통한다. 육상 수조와 사료 제조기를 갖춘 간이 사료 공장이 있을 뿐만 아니라 인부도 제법 거느린 양식업자다. 1980년대 중반, 그는 화태도 연안에서 겨울에도 키울 수 있는 어종이 어떤 것인지를 알아보려고 손가락 만한 치어를 구해 키워 보기로 했다.

"완전히 실험이었지요. 겨울을 앞두고 어린 바다 물고기 10여 종을 구해다가 각각 가두리에 넣고 키웠습니다. 겨울을 택한 건 겨울을 날 수 없으면 양식이 불가능하기 때문이지요. 많은 실패 중에 간혹 성공도 있었습니다. 능성어, 돔 종류는 여기선 월동이 안 되더라구요. 대신 농어, 볼락 같은 종류는 여기 앞 바다에서 겨울을 나더란 말입니다. 그래서 겨울을 견딜 수 있는 물고기들만 집중적으로 키우면서 양을 늘려도 보고, 먹이도 이것 저것 바꿔 줘도 보고 그랬지요. 돈은 남들이 상상도 못할 정도로 투자했는데 이런 거나 실험하고 있으니…. 심정이 어떻겠습니까? 바다는 배반하지 않을 거라는 믿음, 살아있는 것들은 정성을 다해 키우면 될 거라는 믿음이 없었다면 불가능한 일이었지요."

박윤규 씨 못지 않은 선구자는 화타도 묘두의 서병권 씨다. 그는 1980년대에 섬에 들어온 제일 냉동 회사가 방어 양식하는 것을 유심히 지켜보았다. 2년 동안 방어 양식을 하던 제일 냉동은 3년째가 되면서 가격이 하락하자 양식을 중단했다. 그때 서병권 씨는 우럭 치어를 수집하여 키우고 있었는데 이 치어들을 2년간 1kg 정도로 키워 팔면서 경제적 안정을 찾자 본격적으로 양식업을 하게 되었다.

나발도의 임명도 씨 역시 마찬가지다. 나이가 든 편에 속하는 그는 초창기 전복 양식에 관한 한 박사라는 칭호를 들었을 정도다. 암수 전복을 수족관에서 키워 산란시키기도 하고 수산 연구소의 박사들과 전복 양식에 대하여 수시로 정보를 교환하면서 주민들에게 좋은 정보를 제공해 주고 있었다.

이들이 양식 초창기에 고생한 까닭은 사료 구입 때문이었다. 공장에서 제조된 사료는 너무 비싸 타산이 맞지 않았다. 그들은 자신들이 직접 잡거나 주변에서 어민들이 이른바 '고데구리배'로 잡은 잡어들을 분쇄기에 간 것을 어린 양식 고기의 사료로 사용하고 있었다. 잡어와 값싸게 구입한 냉동 어류들을 섞거나 잡곡을 섞는 등의 다양한 방법으로 사료를 만들며 시행 착오를 거쳐 자신들만의 비법으로 만든 사료를 사용하고 있었다. 사료 값 부담이 만만치 않아 수협에서 직접 양식용 사료를 만들어서 값싸게 공급해 주거나 공동 구매 방식 등을 기대하고 있었다.

사료 이야기에 이어 두 번째 문제점으로, 양식업자들은 유통 문제를 들었다.

"우리가 여기서 키운 고기를 팔려면 값을 우리가 정하든지 최소한 같이 상의는 해야 할 것 아닙니까? 그런데 전혀 그게 아닙니다. 상인들이 달라는 대로 주고 말지요. 아이들 납부금 철이나 사료 값 때문에 서로 출하하려고 하면 값은 턱없이 낮아지고 맙니다. 빨리 활어 위판장이 양식장이 운집해 있는 이 근처 군내리쯤에 꼭 생겨야 합니다. 그리고 수협이 나서서 가격도 우리가 정할 수 있고 출하 양도 조절할 수 있었으면 좋겠습니다."

이후 활어 위판장이 군내리에 들어섰다.

당시만 해도 유통 과정은 양식 어민들이 먼저 배로 군내리 선착장까지 양식 활어를 싣고 간 다음, 선착장에서 상인들의 활어 차에 담아 넘기는 식이었다. 주로 부산, 대구, 충남 대천의 차량이 주를 이루었다. 생선의 신선도를 계속 유지해야 하거나 생선이 대량일 경우에는 양식장까지 바지선에 활어 차를 싣고 와서 바로 고기를 싣고 가는 경우도 있었다. 여수 항구에서 이곳 양식장까지 바지선 1회 이용료는 무려 80만 원이나 되었다.

양식장을 흔히 바다 목장이라고 한다. 바다 목장을 경영하는 사람들은 아침부터 저녁까지 쉴 틈이 없다. 나발도의 임명도 씨 양식장은 그의 큰아들과 다른 인부 한 사람이 가두리에 딸린 막사에서 생활하면서 관리한다. 바다에 해달이 나타나 양식어를 잡아먹고 그물도 손상시키기 때문에 해달을 막으려고 가두리마다 개를 키우고 있었다. 해달은 개의 배설물만 있어도 접근을 하지 않는다고 한다. 마침 임명도 씨의 가두리를 지키는 개가 새끼를 낳아 몸조리를 하고 있는 중이어서 이들 두 사람은 개가 이곳으로 올 때까지는 밤마다 꼬박 보초를 서야 할 입장이었다.

이튿날 바다목장으로 아침 먹이 주는 현장 촬영을 나서는 길에 우리는 안개의 공포를 경험해야 했다. 아침 식사 후에 일행들은 나발도 선착장에서 뱃전에 몸을 실었다. 배에 올라탄 사람들은 선장 한 명과 박승만 카메라맨, 작가 설재록, 촬영보조 전명환, 그리고 나 모두 다섯 명이서 일단 별 문제없이 출발을 했다. 작업하는 농부들의 곁으로 엷은 안개구름이 비껴가기도 하고 산위로 걸치기도 할 뿐 안개 때문에 걱정이 되는 상황은 아니었다. 한참을 나가자 서서히 안개에 쌓여 산비탈 밭에서 작업하는 분들이 보이지 않게 되었다.

그러나 점차 안개는 우리를 감싸기 시작해 온다. 안개의 농도에 따라 배의 속도는 줄어들고, 급기야 안개 때문에 어선에 오른 옆 동료도 보이지 않고 도저히 지척을 분간할 수가 없을 지경에까지 이르렀다. 그래도 배는 나아간다. 여기 저기서 동력 어선들이 바다 작업을 하고 있는지 요란하게 엔진소리를 낸다. 이러다가 충돌의 위험도 있지 않을까? 이런 안개에 조난 당하면 어떻게 비상 조치를 취해야 하는가? 걱정이 앞선다. 보이는 것은 아무것도 없고, 우리가 유일하게 믿고 의지하는 선장도 이제 자신 없어 하는 눈치다.

아무것도 보이지 않고 완벽하게 안개에 휩싸이고 말았다. 선장도 이런 일이 첨이라며 대책이 없긴 마찬가지다. 배는 이미 방향감각도 상실했고 이제 작은 배 안에는 공포만이 휩싸인다. 그나마 바다가 호수처럼 고요하여 다행이다. 나는 선장에게 그냥 서 있자고 제안했다. 엔진을 끄지 않고 멈췄지만 조그만 배는 자신이 어디 있는지도 모른 채 일엽편주가 되어 바다에 마냥 떠 있다.

안개가 온통 바다를 점령해 버리고 시야가 막힌 바다 위에서 가벼운 농담으로 잠시 불안감을 씻고, 평소의 푸념도 몇 마디 하며 넘겼다. 그래도 공포는 가시지 않는다.

30분쯤 지났을까. 안개는 언제 그랬냐는 듯이 사라지고 가두리 양식장이 나타났다.

가두리와 가두리를 관리하는 막사가 연이어 지나간다. 막사 위로 텔레비전 안테나도 보인다. 바다 위 마을이다. 바다 목장을 지키는 개들이 가두리 양식장 여기 저기를 뛰어다닌다. 바다 목장에 희망을 걸고 수상 마을에서 사는 사람들. 우리의 시야를 막았던 안개가 걷히고 나서야 목적지를 향해 맘껏 배를 몰고 갈 수 있었듯, 이들 바다 목장 사람들에게도 안개가 사라지고 희망의 시야가 환하게 트였으면 하는 바람이다.

바다 위 학교 길

〈섬, 섬사람〉
1992년 11월 29일 방영

여수가 통합되기 전의 일이다. 여천군 교육청 관내에는 등하교 길에 학생들을 실어 나르는 중학교 통학선이 네 척 있었다. 중학교가 없는 섬의 학생들은 이 배를 이용하여 학교가 있는 섬으로 통학을 해야 했다. 다른 교통 수단도 그렇겠지만 통학선 역시 평상시에는 그리 빛나는 역할을 하는 것이 아니다. 비상 사태가 발생했을 때 그 빛을 발하는 것이다. 그런데 마침 폭풍철도 아닌 9월에 폭풍주의보와 함께 태풍 소식을 접하게 되었다. 많은 사람들은 방송 관계자들의 위험에 대한 기대심리(?)를 안다면 우리를 탓하리라. "야, 올해는 이제 태풍도 다 끝났나 보다. 여름 가면 이젠 통학선은 좋은 그림 다 놓쳤다! 언제 태풍 좀 안 불어오나?" 큰 피해를 몰고 올지도 모를 태풍을 기다렸던 것이다. 그해 태풍은 많지 않았다.

1992년 9월 23일, 제19호 태풍 '테드'가 올라올 거라는 일기 예보를 듣고 제작팀은 백야도로 건너갔다. 백야도는 육지에서 300m 떨어진 섬이니 약간의 파도는 문제없었다.

백야도에 도착했을 때 태풍은 예보대로 기세 등등하게 북상 중이었고, 여천군 화정면의 화정중학교 최준호 교장 직무 대리는 내일 태풍에 대비하여 교무회의를 하고 있었다.

"3학년은 내일 전라남도 내 학교가 전체적으로 동시에 실시하는 영어 듣기 평가를 하기 때문에 본 섬에 자매 결연 맺은 학생들의 집에 머물게 하겠으니 잘 지도해 주십시오. 또 1, 2학년은 미리 하교를 시키시고, 내일은 집에서 가정학습을 하도록 조치해 주십시오. 그리고 선박은 안전한 곳으로 피항을 시켜야겠습니다. 마지막 태풍이라서 그렇게 강하지는 않을 것 같습니다."

태풍 테드는 이튿날 어김없이 남해안에 상륙했다. 화정 중학교는 학교가 자리한 본 섬의 백야도 학생 외에 주변의 하화도, 상화도, 조발도 등 세 섬의 학생 28명이 통학선을 이용하고 있었다.

통학선이 있는 다른 섬 중학교도 마찬가지였다. 삼산면 거문도 주변의 섬 학생 70명을 실어 나르는 거문중학교 통학선, 남면 화태도 인근의 학생 68명을 화태도로 등하교시켜 주는 여남중학교 화태 분교의 통학선, 그리고 백야도와 가까운 화정면 낭도중학교에도 28명이 이용하는 통학선이 있었다. 통학선이 있는 4개 중학교는 정상 수업이 불가능했다.

학기초가 되면 통학선을 이용하는 섬마다 통학 반장을 선발한다. 또 화정중학교의 경우, 통학선을 이용하는 하화도, 상화도, 조발도 세 섬의 학생들과 본 섬 백야도의 학생들은 교우관계를 고려하여 서로 자매 결연을 맺는다. 태풍 때문에 자신들이 사는 섬으로 돌아가지 못하고 백야도에 머물 수밖에 없을 때를 대비한 것이다. 지난밤에도 3학년 학생 11명은 각자 자매 결연을 맺은 백야도의 친구 집에서 묵었다. 교사들도 귀가를 못할 경우에는 동료 교사에게 양해를 구하고는 학교 관사를 같이 이용한다. 교장 선생님의 설명이다.

"태풍으로 통상 1년에 4, 5차례 이렇게 수업에 지장을 받습니다. 올해
는 태풍이 다른 해보다 적어서 이번이 세 번째 비정상 수업입니다. 바
다 건너 육지에서 출퇴근하는 선생님들도 계시거든요. 이런 때는 선생
님들 역시 집에 못 가고 그냥 학교에서 지내야 합니다."

태풍이 물러가자 바다는 더 고요해졌다. 섬 풍경 또한 더 맑고 깨끗하
다. 피항했던 통학선이 학교 앞 항구로 돌아오고, 4명의 선원들은 빗물과
바닷물에 더러워진 갑판을 닦아내며 운항 준비를 하고 있다. 백야도를 출
발한 하교 길 통학선은 첫 기착지로 하화도를 거치고, 상화도를 지나 마지
막 도착지 조발도까지 약 1시간 10분 정도 소요된다. 내일 아침엔 역순으
로 등교해야 하므로 조발도는 이들 선원들이 밤을 묵어야 할 곳이다.

〈섬, 섬사람〉 스탭으로 참여한 시인 장효문

일부 선원들이 닻을 내리고 정박 준비를 하면, 다른 선원들은 객실을 청소하고 쌀을 씻는다. 학생들이 등하교시 사용하는 객실이 이들에게는 침실이며 부엌이다. 직접 낚시로 잡은 고기가 식탁에 올라오기도 한다. 한 집 식구나 다름없는 이들에게 조발도 주민들은 생선이며 야채 같은 반찬 거리를 가져다주기도 한다. 선장 김태홍 씨의 얘기다.

"쌀은 일단 바닷물로 씻습니다. 그리고 민물로 한 번 헹구죠. 물 길어오기가 제일 힘들거든요. 누가 먼저랄 것도 없이 같이 밥 하고 반찬 만들고 그러죠. 그리고 주말에는 저희 집이 있는 여수로 나갑니다. 다시 들어올 때 반찬도 가져오고, 세탁한 옷, 쌀, 생필품 들을 가져옵니다. 별로 불편한 것은 없습니다."

제일 신참인 박 주사는 거문도가 고향이어서 거문중학교 통학선으로 가고 싶어한다. 작은 포구에 정박해 흔들거리는 배 안에서만 자다가 어느 날 집에서 잠을 자면 오히려 집안이 흔들리는 것 같다는 통학선 선원들. 이들의 보금자리는 분명 여수 시내지만 통학선 또한 영락없는 작은 섬이다. 여기서 먹고 자는 이들 역시 영락없는 섬사람들이다. 다시 섬사람인 통학선 선장 김태홍 씨는 말한다.

"10년 넘게 통학선을 타다 보니 여수 시내를 걷다보면 젊은 아주머니들이 인사를 합니다. 이 배를 타고 학교를 다녔던 학생들이 졸업하여 사회인이 된 거죠. 그런 때 통학선 선장으로서의 보람을 느끼죠. 그런데 이 일도 오래 안 갈 것 같아요. 5년 전에는 80명 넘는 학생들이 통학선을 이용했거든요. 그런데 지금은 28명인데 3학년이 제일 많고 1학년은 3~4명에 불과합니다. 초등학생은 거의 없구요."

그의 예측대로 이제 그 통학선은 없어졌다. 화정중학교 역시 폐교가 되
었다.

다시 새해를 맞는 거문도등대

〈섬, 섬사람〉
1993년 1월 3일 방영

통상 가을철을 기점으로 하는 방송개편은 10월부터 이듬해 4월까지로 한다. 매주 한편씩의 다큐멘터리는 그 업무량이 가히 살인적이었다. 보통의 일정을 보면 2박 3일 정도의 촬영에, 작가와 함께 촬영본 모니터와 구성을 마치고는 편집까지 하는데 이틀 정도는 날 밤을 새우기 일쑤이고, 더빙과 자막작업까지 마치면 또 다음 주가 기다리고 있다.

어떨 때는 주말과 일요일을 이용하여 촬영을 나가야만 빠듯한 정규방송 일정을 맞출 수가 있었다. 주간 단위 TV 25분물에 두 명의 프로듀서를 배정하는 것은 빠듯한 인원으로 유지되는 여수의 사정으로는 획기적이었다. 라디오에서 일하다 텔레비전 부서로 옮긴 박수석 피디가 본격적으로 참여하면서 활기를 띠었다.

박수석 PD는 벌교 장도의 뻘배, 정월 대보름 전통민속을 지켜오는 안도 사람들, 먼 바다의 섬인 초도 애미마을의 단지배, 바다 막장에서 일하는 잠수부 등 취재와 촬영이 결코 쉽지 않은 소재들을 의욕적으로 시청자에게 선보여 〈섬,섬사람〉 프로그램의 질을 높였고 폭을 확대시켜 주었다. 연말이 다가오자 새해 첫 방송은 거문도 등대지기의 삶을 소개하면서 그곳의 절경과 일출을 담아 새해 새 소망을 기원해 보자는 의도로 거문도 등대

편을 내가 맡았다.

거문도 여객선 터미널에 내려서도 등대까지는 연락선을 이용하고 다시 산길을 걸어가야 한다. '물넘이'라고 부르는 수월산에는 거문도 등대 가는 길이 아름다운 모습으로 펼쳐져 있다. 그 길에는 흙길이 있고, 돌길도 있으며, 잔디 길도 있다. 돌길은 등대 가는 길을 다듬으면서 넓적한 돌을 박아놓은 길이다. 잔디 길 역시 사람의 정성으로 닦은 길이다.

12월의 동백 숲 터널 또한 절경이다. 아름다운 동박새 울음과 함께 점점이 핏덩이를 머금은 동백 송이들이 바닷바람과 함께 우리에게 닿으면 가슴 속 어떤 감정들이 끓어오른다.

거문도 등대 가는 길은 독자들에게 꼭 걸어 보라고 권하고 싶다. 어느 때고 거문도에 들르거든 혼자이거나 둘이거나 혹 무리이거나 간에 꼭 그 길을 걸어보길 권한다. 자전거 타고도 가봤던 길이다. 산악 자전거를 타는 사람이라면 자전거로도 다녀가 볼 일이다.

나는 이 길을 잊지 못해, 후에 아들 진웅이가 초등학교 졸업하고 봄방학을 맞은 1999년도 2월에 둘이서 졸업여행이라는 이름으로 거문도에 들러 몇 일을 묵으면서 이 길을 다시 걸은 적이 있다. 이 길의 쑥에서, 수선화 꽃에서 육지와는 빠른 봄의 기운을 먼저 받고 간 적이 있다. 그 후로도 여러 차례 거문도에 가면 꼭 찾아본 이 길은 철마다 그 분위기가 다르다.

거문도등대는 등대 입구 대문 곁에 '여수지방 해운항만청 거문도 항로 표지 관리소'라는 명칭으로 구리 팻말에 세로로 새겨져 있었다. 등대에는 소장과 직원 3명이 근무하고 있었다. 우리가 찾아간 날은 근무자 한 명이 개인 사정으로 휴가를 내서 소장과 직원 한 명이 근무하고 있었다. 우리 팀은 휴가를 간 직원의 빈 숙소를 사용했다.

23년을 등대와 함께 한 유관일 소장은 혼자 숙식을 해결한다. 직원들과

깎아지른 절벽 위에 우뚝 솟아 있는 거문도 등대

함께 한 집에서 공동생활을 하는 것도 고려해 봤으나 어떨 때 가족들의 방문도 있고 하여 각자 이미 갖춰진 관사를 한 동씩 사용하고 있었다. 같이 근무하는 최홍준은 5년째 근무하는 비교적 신참이며 부인과 함께 젖먹이 아이를 키우면서 이곳 숙소에서 산다.

최홍준의 아내인 젊은 새댁 조영주 씨는 자신의 친정 아버지도 형부도 지금의 남편과 같은 직업이라고 한다. 아버지는 이미 정년하셨지만 조영주 씨네는 '등대 가족' 인 셈이다. 얘기를 함께 나누다 작가로 참여한 소설가 설재록의 소개가 있자 20대인 새댁 조영주씨는 너무 반가워한다. 그는 일어서더니 책꽂이에 가서 소설책을 한 권 집어들고 온다. 90년도에 설재록이 발간한 소설집 〈중국 빵집과 일본여자〉를 보이며 설재록의 팬이라고 하여 우리는 더 반갑게 그들을 만났다.

거문도 등대

  설재록은 우리와 작업 후에 곧바로 단편집 〈날마다 죽 쑤는 가게〉를 펴
낸데 이어 〈비빔밥 한그릇〉〈이듬해 봄〉 등 소설집으로 조영주씨와 같은
독자들을 계속 만나고 있다.

  "등대에서는 저녁에는 빛을 보내고(광파), 안개가 끼면 무적이라고 해
서 소리를 내보내고(음파), 또 평소 낮에는 전파를 보내거든요. 빛의
주기가 등대마다 다릅니다. 물론 소리를 어떻게 내느냐 하는 소리의
주기도 등대 위치에 따라 다 다르지요. 국제적으로 정해둔 규칙에 따
릅니다. 그리고 일반인들이 잘 모르는 게 있는데요, 아침에 동이 트면
등대는 꺼지고 전파가 퍼져 나갑니다. 라디오 전파처럼 나가는데, 거
문도는 이니셜인 영문자 K와 M의 모르스 신호를 5분간 보내고 5분 쉬

었다가 다시 5분간 보내고를 반복합니다. 대신 전파는 수신기가 필요
하지요. 광파와 음파와 전파, 이 3파를 바다에 보내 망망대해에 떠 있
는 배들이 상황에 따라 이 3개 중 한 가지 파를 파악하고 자신의 위치
를 확인하도록 하는 겁니다."

등대 안으로 들어가서 사다리를 타고 올라가 등대 안에 있는 프리즘 렌
즈를 들여다본다. 빛의 성질인 직진과 굴절, 반사의 원리를 이용하는 삼각
프리즘렌즈는 수정처럼 맑다. 겨울 푸른 바다처럼 차고 시리게 보인다.
우리 나라의 첫 등대 점등은 1903년 인천 팔미도 등대에서 있었다. 이
듬해 옹진군의 부도 등대가 들어서고, 세 번째로 1905년 4월에 이 곳 거문
도 등대가 불을 밝혔다. 처음엔 석유 백열등을 사용하여 등대를 밝혔고 그
후 가스등으로, 현재는 전기를 사용한다. 등대 내부의 돔형 천장 중앙에
등에서 나온 가스 배출의 흔적이 보인다. 요즘은 이처럼 숙소를 제공해 주
는 등대 체험 관광이 가능하다.
이제 남은 문제는 수평선에서 올라오는 일출을 담아 시청자에게 새해
선물로 보여주는 것이다. 다행히도 거문도에서 바라보이는 백도의 남쪽
에서부터 장엄한 해가 떠오르고 있었다.
이 해는 〈다시 새해를 맞는 거문도등대〉 프로그램의 에필로그를 장식했
다. 그 후로도 그 일출장면은 한동안 새해가 되면 어김없이 여수MBC 전
파를 타고 시청자 앞에 떠오르곤 했다.

고양이 섬 '묘도'의 사면초가

〈섬, 섬사람〉
1993년 3월 7일 방영

겨울철 묘도로 가는 길목은 하얀 낙하산을 펼쳐 놓는 것처럼 보입니다. 바닷사람들이 개불을 잡는 풍경입니다. 개불은 개불 잡는 기구(써레 모양의 긴 쇠막대 끝에 가느다란 쇠갈고리가 달린 것)를 배에서 얕은 바다에 드리운 채 끌고 가면서 잡습니다.

그런데 배가 이동하는 방법이 특이합니다. 배 위에는 하얀 천이 걸려 있는데 이 하얀 천이 불어오는 바람을 닿아 배를 이동하게 해 주는 것입니다. 가끔 써레 모양의 기구를 들어올려 쇠갈고리에 붙어 있는 개불을 잡아내면 되는 작업입니다. 그런데 개불을 잡는 이들은 어딘지 불안해 보입니다. 마치 감시망을 피해 개불을 잡고 있는 것만 같습니다.

개불은 바다에 사는 지렁이의 일종입니다. 이 말을 들으면 외지인들은 질겁을 하며 달아나지요. 그렇다면 일단 개불 맛을 한 번 보시는 게 어떨까요? 묘도의 겨울은 개불이 있어 더 맛깔스럽답니다.

바닷바람이 옷깃을 파고드는 겨울, 철부선은 일용 잡화를 실은 트럭과 승용차 한 대, 그리고 무표정한 얼굴르 겨울 바람을 맞으며 나무 의자에 웅크리고 앉은 나이 든 사람들을 싣고 묘도로 들어가고 있습니다. 철부선은 육지와 묘도를 이어 주는 유일한 교통 수단입니다. 철부선이 묘도에 도

고양이섬 묘도와 육지 사이를 운항하는 배

착하면 사람들은 더러는 버스를 타고 더러는 택시를 잡아타고, 또 더러는 걸어서 마을 앞 작은 포구를 떠나갑니다. 포구에는 철부선 혼자 달랑 남습니다.

입구 마을을 포함하여 산 뒤로 섬 북쪽의 광양과 마주 보는 마을까지 모두 5개 마을에 450여 세대 2천 2백여 명(2005년 5월 현재 1,477명)이 사는 이곳의 행정 지명은 여천시 묘도동입니다. 섬 모양이 마치 고양처럼 생겼다고 해서 고양이섬 즉 묘도라 부릅니다.

고양이 목덜미에서 등 부분에 해당되는 곳과 마주 보는 지역에는 광양제철과 콘테이너 부두가 위치해 있고, 영락없는 웅크린 고양이 다리처럼 보이는 곳과 마주하고 있는 육지에는 여천공단이 위치해 있습니다. 그리고 꼬리라 여겨지는 곳과 마주하는 지역에는 앞으로 율촌공단이 들어설 예정입니다. 이 고양이는 남해대교 쪽을 향하여 금방이라도 달아날 것 같은 형상으로 광양만 중앙에 혼자 앉아 있습니다.

촬영 전에 취재 차 들러 몇 분 어르신들과 얘기를 나눕니다. 바다로 향하는 길목 한 곳을 제외하고는 온통 공업 지역으로 둘러 쌓여 있는 묘도에 대해 하소연합니다.

"뭔 고양이여? 쥐새끼여 쥐. 여그는 이제 고양이 앞에 쥐 신세여! 인자는 이 섬이 고양이 섬이 아니고 쥐섬이 되어 뿌렀어! 내 말이 뭔 말인지 아까?"

"여그는 온통 바닥(바다)이 묶여 있어. 항로로 묶여 있고, 개항지로 묶여 있고, 여그 바닥 거게가 어업금지구역으로 묶여 있다 이 말이여. 고것 땜시 눈치 보면서 작업하는 거여, 시방. 고거이 불법이라서 그러제."

바지락 작업선에서 만난 어부들도 같은 말을 합니다.

"불법 안할라믄 저쪽 허가된 좁은 데서 하면 되는디 워낙 거기는 면적이 좁고, 자주 훑어버려서 뭣이 안 나와. 어쩔 거여, 별 수 없이 금지구역으로 나와서 작업을 할 수밖에 없제. 큰 배 다니는 길이라 사고 위험성이 있어서 금지시킨 거여. 그래서 큰 태 안 지나갈 때 살짝 하는 거인디, 큰 죄는 아니라고 봐. 우리도 묵고 살아야 할 것 아니라고. 안 그런가?"

"불법인지는 알제. 그런디 해묵을 게 있어야제, 평생 바닥일을 했는
디. 그러다 본께 배를 가진 사람들은 누구나 벌금 물은 적이 있고, 고
발당하고 있는 형편이여. 벌금 낸 돈이 한번에 100만 원도 되고 200만
원도 되야!"

얘기를 나누는데 단속선의 사이렌 소리가 들려옵니다. 사람들은 지금이
무슨 단속 기간일 거라는 귀뜸을 남기며 가까운 포구로 도망갑니다. 단속
하는 이들 또한 형식적으로 단속 흉내만 내는 것처럼 보입니다. 단속할 마
음만 먹으면 얼마든지 곧바로 나포할 수 있는 상황이니까요. 그러나 단속
반은 사이렌 소리만 남기고는 다른 지역으로 달려갑니다. 그들의 얘기는
이어집니다.

"여긴 황금 어장이었습니다. 공단이 들어오기 전만 해도 물 반 고기
반, 어디 나갈 것도 없었어요. 동네 앞에서 그냥 잡으면 되었으니까.
고기 철이면 고기, 조개 철이면 조개, 개불 철이면 개불을 맘대로 잡았
어요. 조상 대대로 여태 바다에서 살아온 우리가 인자 쫓기는 신세가
되었어요. 그래서 고양이 앞에 쥐 신세가 되었어요."
"이제는 바지락도 잡아 보면 썩어가고 있고, 생선은 씨가 말라가제, 잡
은 생선도 공단 옆에서 나온 것이라고 무시당허고 있는 판이지요."

불법 어업은 이들만의 일이 아닙니다. 이미 오래 전 여천공단이 들어서
던 초창기에 살던 터전과 어업권까지 보상받아 외지로 나간 사람들도 있
습니다. 공단 지역 안에 살았던 월내리나 낙포리 주민들이지요. 그러나 외
지에서 적응하지 못한 사람들이 하나 둘 모여들면서 다시 이 일을 하게 되

었는데 지금은 그런 사람들이 꽤 많다는군요.

상심한 사람들은 또 있습니다. 묘도에서는 농사도 큰 비중을 차지합니다. 농부들은 겨울이면 유자나무를 가꿉니다. 큰 돈이 되는 일이라기보다 보상을 염두에 둔 나무들입니다. 적정한 보상 기준에 따라 피해 보상이 있기 때문에 상당수 주민들은 보상비를 염두에 두고 유실수를 심게 되었답니다. 그런데 누군가 보상비가 높다며 심기 시작한 유자나무를 앞다투어 서로 심게 되어 지금은 유자나무가 차지하는 면적이 상당하다고 합니다. 짐스러워서 파넬 정도라고 하니 얼마나 많이 심었는지 짐작이 갑니다.

묘도 사람들은 묘도 맞은 편 육지에 거대한 건물이 들어서고 굴뚝에 연기가 솟아오를 때 거기서 꿈과 희망을 보았습니다. 어마어마한 공장의 시설을 통해 자신들도 그 시설물의 위용처럼 잘 살게 되리라고 믿어 의심치 않았습니다.

그런데 그것은 묘도 사람들에게 꿈과 희망을 주는 대상이 아니었습니다. 묘도 사람들을 오도가도 못하게 하는 사면초가 외에 아무 것도 아니었습니다. 땅을 가지고 있던 어떤 이는 이미 부자가 된 듯 기대 심리 상태에서 살다가 빚만 남은 사람도 있다고 합니다. 이제 그들은 보상을 받고 이곳을 떠나는 것이 예정된 수순이라고 생각하고 있습니다.

묘도 사람들은 이제 더 이상 묘도에서 희망을 찾지 않습니다. 두둑한 보상만이 웅크린 고양이가 광양만에서 뛰쳐나올 수 있게 하는 희망이라고 믿는 듯합니다.

소록도 간호사들의 하루

〈섬, 섬사람〉
1993년 2월 17일 방영

1993년 1월 13일 회사를 출발하여 녹동 항을 거쳐 소록도 취재에 들어 갔다. 촬영은 한센병 환자들의 생활을 직접 담는 대신 간호사들을 통해서 살펴보는 방법을 택했다. 프로그램 특성상 밀착 취재로 사생활이 노출된 다는 점을 고려하지 않을 수 없었기 때문이다. 간호사와 자체 양성소 출신 인 간호조무사까지 모두 108명이 국립 소록도 병원에서 근무하고 있었다.

국립 소록도 병원은 1916년 5월 17일 전남도립 자혜의원으로 개원하였 다. 한센병 환자를 별도로 수용하고 치료해 주는 전문 병원이다. 소록도 는 병원이 들어서기 전까지 일반 섬사람들이 살고 있는 평범한 섬이었다. 총독부의 병원 유치로 이곳에서 떠밀리듯이 쫓겨나게 된 원주민들의 반 발이 만만치 않았다고 한다. 병원 설립에 이어 전국의 한센병 환자들이 모여들었고 일제는 이들의 노동력을 이용했다. 그러나 강제 동원에 가까 운 노동은 이들의 삶을 황폐화시켰고, 노예적 삶에 반발하여 원장을 살해 하는 사건이 일어나기도 했다.

취재 당시인 1993년도 소록도 병원에는 1,360여 명의 환자가 '생활하고' 있었다. 매년 100여 명 정도가 고령으로 사망하고, 약 20여 명의 환자가 새로 들어오고 있었다. 2004년 1월 현재 소록도 병원의 환자는 712명이다.

'생활한다'고 말하는 데는 이유가 있다. 국립 소록도 병원은 일반 병원과는 다르다. 소록도 전체가 한센병 환자 촌이다. 이 곳에는 병원도 있고, 이들 환자가 살아가는 마을도 있다. 병원에는 다른 사람의 도움이 필요한 환자들이 입원하여 진료를 받고 있으며, 마을은 환자들이 사는 곳이다. 환자들은 각 마을의 치료소에서 치료를 받기도 하고, 치료소의 간호사들의 방문 치료도 받을 수 있는 특수한 공동체다.

마을은 중앙병원이라고 칭하는 병원을 중심으로 방위에 따라 동생리, 서생리, 남생리, 구북리, 중앙리, 신생리 등 6거 마을로 나뉜다. 이는 병원 관리를 보다 편리하게 하기 위한 것이었다. 근무 형태는 병원 근무 간호사들은 교대 근무를 하고 마을 치료소 간호사들은 아침에 출근하고 저녁에 퇴근하는 식이었다.

아침에 출근하는 치료소 근무자들부터 먼저 만났다. 기숙사에서 생활하는 이들은 기숙사 식당에서 아침 식사 후 중앙병원으로 출근한다. 중앙병원에 들러 치료복으로 갈아입고 소독약이나 으약품, 치료 기구, 붕대 등을 지급 받으면 병원 구내 버스를 타고 각 마을 치료소로 배치된다. 자전거를 이용하는 이들도 보인다. 자전거는 출퇴근 외에도 급한 일이 생겼을 때 손쉽게 이용할 수 있어 이곳에서는 특히 유용한 교통 수단이었다.

치료소는 작은 면소재지 버스 정류소쯤 되어 보였다. 벽 쪽으로는 환자 대기용의 길다란 나무 의자가 놓여 있고, 중앙에는 갈탄이나 연탄을 사용하는 난로가 놓여 있었다. 한쪽에는 치료 도구를 놓아둔 긴 탁자가 있고, 환자가 편하게 앉을 수 있는 환자용 으자와 그 환자용 침대도 놓여 있다. 별도의 내실도 있었다.

구북리치료소에 한영애 간호사가 문을 열자 할머니 한 분이 들어온다. 간호사도 할머니도 옆집 사람 대하듯 인사를 나눈다. 간호사는 업무 준비

국립소록도 병원 전경

를 하며 일상적인 얘기를 나누기도 하고, 그냥 말없이 앉아 있기도 한다. 할머니 역시 치료가 급해서 오신 분은 아닌 것 같다. 어쩌면 할머니에게는 간호사를 만나는 게 하루 일과인지도 모른다.

경력 6년의 한영애 간호사는 이렇게 찾아오는 할머니는 그래도 상대하기가 부드러운 편에 건강도 좋으신 분들임을 안다. 치료소에서 더 많은 관심을 가져야 할 사람은 방문 치료 대상자들이다. 급히 중앙병원에 입원시켜야 하는 환자도 있다.

방문 대상자의 집을 찾았다. 말이 집이지 막사 수준이다. 장독대 곁에 쌓인 연탄재와 철이 지났는데도 마루 한쪽에서 철거되지 않은 여름 발은 쓸쓸함을 더해 준다. 방에 들어가니 수용소처럼 보인다. 뭉개진 손가락, 고름이 흐르는 다리, 큰 글자가 아니면 보이지 않는 시력….

한영애 간호사와 장선명 간호사는 거침없이 환자의 뭉툭한 다리에 감겨 있는 붕대를 풀고 상처를 소독한다. 팔을 걷어붙이고 주사를 놓는다. 잘려 나간 손가락, 뭉툭한 손, 농이 묻어 나오는 상처들을 살펴 치료하고 링거도 놓는다. 힘들어도 걸으라는 조언은 물론, 이런 저런 얘기로 말동무도 해 준다. 한영애 간호사와 장선명 간호사의 얘기다.

"저도 처음 여기 오기 전엔 약간의 두려움 같은 것이 있었어요. 학교 다닐 때 실습을 여기로 왔었는데요, 충격적이기도 했죠. 그런데 막상 근무하다 보니까 그런 건 문제가 아니에요. 환자와 의료진과의 관계라기보다 우리 할아버지, 할머니가 병들어 누워 계시구나 그런 생각이 들어요."

"치료 외에도 할머니 할아버지 집 방문해서 얘기도 들어드리죠. 아주 좋아하세요. 시계 태엽 감는 것도 별 일 아닌 것 같지만 엄청 고마워해요. 시간 맞춰 교회에 가셔야 하거든요. 그 할머니 댁에 가면 시계 태엽 감는 일을 잊지 않고 해드립니다."

"환자 분 중에 한 분은 눈이 잘 안 보이고 귀가 어두운 분이었어요. 저는 최선을 다해서 치료해 드렸는데, 하루는 상처가 터진 거예요. 평소의 상처가 아니고 엉뚱한 곳에서 새로 생겨난 상처였거든요. 그 분은 제가 상처 치료를 제대로 하지 않아 그렇다그 화를 내셨죠. 억울하고 서글퍼서 울었죠."

갑자기 허리에 통증이 왔다. 잠시 촬영을 접고 물리 치료를 받은 후 사무실 앞 통로 벤치에 혼자 앉아 있었다. 그때 휠체어를 탄 50대 아주머니 환자가 내 앞을 지나간다. 통로 문 앞에서 내게 문을 열어달라고 부탁한다. 그러나 그녀는 내가 움직일 수 없다는 것을 바로 파악한 모양이다. 휠체어에 앉은 채 손을 옷가지로 감싼 뒤 문을 열기 시작한다. 보통 사람이면 그냥 열고 나가면 그만일 문을 그녀는 무려 5분씩이나 걸려서 열고 있다. 문을 여는 동안 그녀가 내게 건넨 말이 지금도 귀에 쟁쟁하다. 나를 자신과 같은 한센병 환자로 생각한 모양이다.

"절망하지 마세요!"

항상 촬영 현장에서는 바쁘고 일에 매인다. 일정 잡고, 부족한 그림 없나 찾아보고, 구성상의 문제가 없는가 챙겨보고, 이렇게 저렇게 스탭진에게 부탁하고 짜증내고 화도 낸다. 그러나 처음으로 혼자만의 시간을 가지면서 방송에 대해서, 내가 제작하려고 하는 프로그램에 대해서 생각할 기회를 가질 수 있었다. 이건 값진 경험이었다. 전혀 엉뚱한 나환자 취급을 받고 제작 과정에서 한번 동떨어져서 그것을 투시해 보게 된 것이다.

값진 경험을 했다. 나는 그 후 수영을 하게 되었으며, 수영을 배운 후에는 자전거 타기와 달리기를 하게 되었는데, 그러한 계기로 운동을 생활화하는 삶을 살게 되었다. 이렇듯 소록도 그 벤취에서 그 환자분과의 만남이 내 인생에서는 큰 전환점이 되었다.

간호사들은 일과가 끝나면 기숙사로 퇴근한다. 그러나 대부분은 선착장에서 배를 타고 도양 읍내인 녹동 항구로 나간다. 피아노를 배우고, 화실에서 그림도 배우고, 서예도 배운다. 아니면 커피숍에서 친구를 만나기도 한다. 어김없이 그들은 모두 마지막 배편을 이용해서 소록도로 들어온다. 두 시간 남짓한 시간이다. 선착장에서 배에 몸을 실으면 잠깐 선미를 돌리는 사이 바로 녹동 항에 닿는 600m 남짓한 바다 폭을 이청준은 〈우리들의 천국〉에서 이렇게 표현했다.

'환자들이 녹동 쪽에서 배를 타고 한번 이곳을 건너오기만 하면 다시
는 살아 돌아갈 날이 오지 않는다는 한 서린 해협'

소록도에 눈이 내렸다. 작가로 참여한 시인 장효문의 '소록도'가 눈과
함께 내렸다.

소 록 도

-장 효 문-

남해의 외딴섬
울타리 밖으로
유배되어온 종려나무 한 그루가
겨울을 나기 위해
온몸에 붕대를 동여맨 듯이
가지마다
볏짚에 새끼를 두르고
직립으로 서 있다.

흰나비처럼
눈은 내리고
산 숲길 골목길을
눈이 부신 흰빛 가운을 입고
또 다른 소록도의 사람들이
눈이 내린 소록도를
살아가고 있다.
어제도 오늘도 또다시
내일도 오늘처럼......

내 고향 남쪽바다

〈섬, 섬사람〉
1993년 3월 14일 방영

서울에서 전국문화방송 노동조합 대의원대회를 할 때 부산MBC 사업국에 근무하는 대의원과 같은 방을 사용했는데, 그에게서 박수관 씨의 고향 사랑에 대해 들었던 적이 있다. 부산 MBC에서 발간하고 있는 〈어린이 문예〉 상당량을 자비로 구입하여 고향의 섬 어린이들에게 선물하고 있다는 얘기였다. 지금은 은퇴한 지역 신문 기자 김종억도 나를 만나서는 박수관의 애기를 들려주었다. 김종억의 애기다.

"그 친구는 풍족하지 못한 어린 시절을 화태도에서 보냈죠. 가정 형편 때문에 대학 진학도 포기했죠. 아마 그래서 어려운 후배들을 더 도우려고 하는 것 같습니다. 지금이야 그분 사업이 번창해서 충분히 도울 수 있지만, 초반에는 여유가 있어서 도와준 것만은 아니었어요. 직접 장학금을 전달할 때는 자신의 어려웠던 시절의 애기를 들려주면서 학생들을 격려하곤 했는데 이런 점을 볼 때 자신의 기업 이윤을 내 고장 후진 양성을 위해서 투자하려는 그의 공익 정신은 여수의 대기업이나 다른 사업가들에게도 모범이 된다고 봅니다."

돌산도를 제외하면 여수의 섬 지역은 세 개의 면 지역으로 구분이 된다. 거문도 백도 주변은 삼산면에 해당하는데 먼바다에 속하는 지역이다. 한 장의 지도로는 삼산면을 표시하기 어려울 정도이니 퍽이나 멀리 떨어진 지역이다. 돌산과 가까운 큰 섬 금오도 주변은 남면에 속하는 비교적 넓은 지역인데, 금오도 외에도 연안의 화태도, 횡간도, 두라도 등과 다소 먼바다의 안도, 연도 등이 남면에 속한다. 그리고 고흥과 가까운 화양 반도 인근 여수 서부 섬 지역인 백야도, 제도, 개도, 화도, 조발도 등은 화정면에 속하며, 공룡 발자국과 섬이 갈라지는 곳으로 유명한 관광지 사도도 화정면에 속한다.

돌산 남부 해안의 바로 눈앞에 펼쳐진 섬들이 주로 남면 지역이다. 남면에서는 당시 김중문 면장이 나서서 객지의 출향 인사들과 그 분들의 고향을 연결시켜 주는 자매결연 사업을 하고 있었다.

"왜 이런 사업이 필요한지 아십니까? 객지에 나가 살면서 부모님이 고향에 살고 계신 분들은 섬을 찾아옵니다. 사촌이나 친척이라도 살면 명절 때 오거든요. 그런데 어르신도 다 돌아가시고 사촌이나 친척들도 객지로 이사가 버렸거나 살아 계시지 않으면 고향에 오지를 못하는 경우가 많습니다. 안타깝지요. 그래서 객지에 사는 분과 그 분의 고향 마을을 연결시켜 주는 일을 하고 있습니다. 서울의 김승철씨 같은 분은 횡간도와 연결해서 서로 협조하고 지원도 해주고 있습니다. 또 화태도 역시 부산의 사업가 박수관씨와 연결을 해서 오늘 자매 결연식을 준비하고 있습니다."

자매 결연식장에서 박수관 사장을 만났다. 지금은 자수성가하여 이렇게

금오도에서 바라본 화태도와 남해안의 섬들

자매 결연을 구실로 고향을 찾아오니 마을 주민들은 금의환향이라고 말
하지만 그는 20년 전 고향을 도망치듯이 떠났다고 했다. 시골 출신으로
자신의 길을 힘들고 어렵게 맨손으로 개척한 다른 성공 신화의 주인공들
과 유사했다.

"군대 제대하고 살 길이 막막한 겁니다. 고향 섬에서 어부로 살고 싶지
는 않았으니까요. 어려서 부산에 놀러 간 기억이 있었는데, 그때 부산
에서 살고 싶다는 생각을 막연하게 했던 기억이 납니다. 그러나 아무
런 준비 없이 제대를 하고 보니 방황을 할 밖에요. 그러다가 어려서 보

왔던 부산을 생각해 냈습니다. 그래! 나의 꿈과 이상이 있는 부산으로 가자. 그래서 무작정 반겨줄 사람 없는 부산으로 갔습니다. 호주머니에 있던 돈 3천 5백 원은 부산 역 앞에서 노숙하면서 바닥이 났고, 굶기를 밥먹듯 했죠. 지금 생각해 보면 가슴 아픈 추억입니다."

화태도 섬 산 위에서 여수를 바라보며 육지를 동경하면서 보냈던 유년 시절이 있었다. 그곳 화태도 섬을 탈출하고자 하여 부산에서 터를 잡고 살아가는 청년에게 부산은 그의 동경을 곧바로 채워주는 곳이 아닌 무일푼으로 살아나가야 하는 엄연한 현실이었다. 부지런히 노력한 그는 결혼 후 저축한 돈으로 지금의 신발 공장의 전신이라고 볼 수 있는 천막 막사로 된 신발 공장을 인수할 수 있었다. 피나는 노력으로 그는 오늘날 세계적으로 유명한 신발 안창 전문 공장을 운영하고 있다.

그는 자신의 오늘을 있게 해 준 부산 지역을 위해서도 보통 사람들이 상상하기 어려운 정도로 어려운 사람들을 돕고 있었다. 또 그는 대학생들에게 장학금을 전달한 것 외에도 고향의 화태도 초등학교와 중학교에 상당한 지원을 하고 있었는데, 당시 여남중학교 화태분교 양재문 교감의 말이다.

"박수관 사장은 초등학교뿐만 아니라 중학교에도 VTR 시설, 컴퓨터, 급수 시설, 운동장 스탠드 시설 지원 등을 아낌없이 해 주고 있습니다. 그래서인지 시골 초등학교지만 도회지 학교 시설 못지 않습니다."

같은 문화방송 계열사인 부산MBC를 통해서 지금도 그의 소식을 접하고 있다. 그는 부산에서 신발산업발전위원회 위원장으로 본업에 충실하면서도, 부산상공회의소와 축구 협회 임원, 부산 중소기업지원 봉사단 부

장학금 전달식장에서 꿈나무들과 박수관 씨

단장, 맑고 향기롭게 부산 본부장 등을 맡으면서 왕성한 경제 활동을 하고 있으며 그의 경제적 위상에 손색이 없는 사회적 책무를 다하며 살아가고 있다. 또한 여수시로부터는 자랑스런 여수시긴상을 수상하기도 했고, 부산에서도 자랑스런 부산시민상 대상, 부산문화방송 문화대상, 최우수 중소기업인상, 국민훈장 석류장을 수상했다는 소식이다.

〈섬, 섬사람〉의 주인공으로 객지로 나간 섬 출신 인물이 방송되기는 이번이 처음이다. 화태초등학교 스탠드 한쪽 계단에는 준공 기념으로 이름 대신 박수관 사장이 새겨놓은 문구가 그의 뜻을 대변해주고 있다. 본인의 이름도 새기지 않고 오로지 이렇게 적어두었다.

'화태의 건아들이여! 웅지를 펴라!'

거금도 월포의 우리것 지키기 400년

〈섬, 섬사람〉
1993년 1월 24일 방영

거금도는 고흥군 금산면에 속하는 면 단위 규모의 섬이다. 고흥군 도양읍 녹동 항에서 철부선을 타고 소록도를 끼고 들어가는 길이 거금도와 육지와의 연결 통로다. 유명한 레슬링 선수 김 일의 고향으로, 단단하고 재질이 우수한 돌 산지로 유명한 섬이다. 철부선을 타면 거금도 채석장에서 돌을 캐 육지로 나르는 대형 트럭들을 쉽게 만날 수 있다.

이 섬 북서쪽 금산면 신평리에 월포 마을이 있다. 월포는 다른 일반 섬 마을과는 다르다. 마을 전체 60여 가구 중 어느 집을 방문해도 장구며 북이며 꽹과리 등 우리 농악기 중 어느 하나 정도는 발견할 수 있다. 이런 모습은 이 마을이 '월포문굿'으로 알려진 전라남도 지방무형문화재 제27호인 월포농악을 보유하고 있기 때문이다. 1992년, 경북 구미에서 열린 전국 민속예술경연대회 농악 부문에 전남 대표로 참가하여 최우수상을 받은 것을 이 마을 주민이라면 누구나 큰 긍지로 여긴다.

마을 입구인 들판 가운데에는 당산나무 한 그루가 있다. 족히 몇 백 년은 되었을 이 당산나무 밑에서 월포농악대는 당산 굿으로 신고를 하고 나가고, 들어오면 또 여기서 신고를 한다. 이 마을 원로 김형철(당시 74세) 노인의 증언이다.

"우리 문굿은 당산굿부터 하니까 당산나무 밑에서 시작을 합니다. 그런데 일제 때는 미신이라고 당산제도 못 모시게 했어요. 우리가 당산제로 뭉치는 걸 막으려는 목적이었겠지요. 그래서 밤이면 몰래 연습했습니다. 저녁에 목욕 재계를 하고는 몰래 당제도 모시고 그랬지요. 해방이 되면서 우리 맘대로 하니까 얼마나 좋습니까? 굿도 맘껏 하고, 당제도 맘껏 모시고 그럽니다."

1993년 1월. 거금도의 교통 수단인 철부선 진수식에 찬조 출연 예정인 월포문굿 팀들이 저녁 식사를 마치고 하나 둘 마을 회관으로 모여든다. 마을 회관에 악기를 두고 오신 분은 맨손으로 나오고, 꽹과리나 북을 들고 나오신 분도 계시다. 한쪽에서는 농악을 하지 않는 이들이 출연자들의 소

마을 당산나무 아래서 신고하는 월포문굿팀

품이 될 고깔이나 장구 등 악기를 손보고 있었다. 설쇠를 맡고 있는 하태조씨(당시 54세)는 상모를 손보고 있었다. 그는 특별한 기능공이 아니다. 그 마을에 사는 농부일 뿐이다.

"요즘은 대부분 농악기 상회에 가서 사지요. 그런데 이 상모만큼은 제가 직접 만듭니다. 아버님이 현재 95세시거든요. 아버님이 계속 월포 문굿 팀에서 상모를 돌리셨고, 당신이 직접 이 상모를 만들어서 사용을 해 오셨습니다. 이제는 연세가 많아서 아버님이 못하게 되었습니다. 자연스럽게 제가 어렸을 때부터 어깨 너머로 배운 대로 하고 있습니다. 쇠도 배운 대로 치고, 상모 만드는 것도 배운 대로 만들지요. 먼저 창호지를 돌려가면서 원형으로 머리에 쓰기 좋게 두상 형태를 만듭니다. 풀칠을 하면서 잘 만들면 이렇게 단단하게 됩니다. 그리고 머리 꼭대기가 중요하거든요. 상모는 긴 꼬리가 잘 돌아야 하기 때문에, 돌아가는 중심이 되는 머리 꼭대기 부분은 비자나무를 사용합니다. 비자나무가 나무 중에 제일 미끄럽거든요."

마을회관에서 그들은 각자 연습을 한다. 연습 중에 누구랄 것도 없이 다른 파트의 연습에 끼여들기도 하는데, 이렇게 되면 어느 새 한바탕 판이 만들어진다. 구경꾼들도 합세한다. 들고 온 손전등으로 장단을 맞추는 사람, 어깨를 들썩거리는 사람, 허벅지를 손장단으로 치는 사람, 이들이 모두가 장단과 어우러지며 서서히 하나 둘 무대로 나선다.

문굿 13채 중에 종합굿거리장단에서 잦은종합굿거리장단으로 넘어가면 이들의 연주와 춤은 극에 달한다. 가락이 하나 되고 마음이 하나 되고, 드디어는 혼이 하나가 된다. 이제 마을회관은 어우러짐의 한마당이다. 몇 번이고 반복된 연습 끝에 긴 겨울밤 자정을 넘긴 후에야 이들은 해산한다.

이들을 이렇게 신명나게 한 것은 무엇일까? 일제의 암흑기에도 밤을 틈타 연습하게 했던 그 힘은 무엇이었을까? 4백 년 동안이나 우리 장단을 지키게 한 그것의 정체는 무엇일까?

탁 트인 포구 월포 마을은 반듯하게 정리가 된 논이 펼쳐져 있는데 40년 전에 바다를 막아 만든 간척지가 이렇게 변했다고 한다. 1963년부터 13년간 맨손으로 만든 논 6만 평. 진문석 어르신(당시 66세)의 회고다.

"워낙 섬에는 식량이 부족하지 않습니까? 그래서 보릿고개도 수없이 겪어야 했지요. 그러던 차에 정부에서 보조도 받고 해서 식량 부족도 이겨내고 남녀노소 없이 모든 사람이 일치 단결해서 이 일에 나섰습니다. 초등학생들까지요. 눈비도 맞고, 뻘에 빠지고, 그때 했던 고생은 말로 다 못합니다. 그런데도 신이 나서 했어요. 왜요? 곧 배고픈 세상을 면하게 될 거라는 신념이었죠. 우리가 땅이 없어서 엄청 배고픈 시절을 보냈으니 당연하지요."

전 주민이 나서서 신명나게 바다를 막았던 일. 그 힘 또한 공동체를 이루며 살아온 그들의 역사에서 찾아 볼 수 있지 않을까. 공동체의 힘은 신과의 친교에서 나온다. 당제를 시작으로 제사를 모시면서 신을 경배하고, 신과의 친근감을 먼저 표시하고자 하는 그들의 의지에서도 이를 읽을 수 있다. 월포농악을 '문굿'이라 부르는 이유에 대한 김재기 당시 고흥문화원장이 설명이다.

"월포농악은 임진왜란 당시 군영의 사기를 돋우기 위한 승전악에서 유래되었습니다. '우리 군청이 60명쯤 된다'고 하면 '군청'이 대원을 가리키는 말이니 '월포농악대원들이 60명쯤 된다'는 뜻이죠. '군기 소리가 나면 모이고, 한바탕 군기를 치고 나면…' 등에서의 '군기'는 농악이나 농악기를 의미하기도 하는데, '군대 악기'의 준말이라고 보시면 됩니다. 이렇게 군대 용어가 등장하는 '월포문굿'을 이순신 장군이 왜적과 싸울 때 군대 행사용 음악으로 썼습니다. 군사들의 사기를 돋울 때도, 승전 행사시에도 입성 때도, 이곳 고흥에서 농악이 군대 음악으로 사용되었지요. 당연히 진을 친 군인들이 있을 테고, 그 진을 문으로 상정하고 문을 통과하는 형태로 연주를 한다는 의미에서 '문굿'이라고 했답니다."

당산나무 아래서 신고를 한 대원들이 큰 트럭에 올라타고 철부선 진수식 축하를 위해 출발한다. 금산면 농민 대회도 겸하는 행사에 초청되었으니 초청 연주회를 떠나는 것이다. 철부선 진수식이니 육지와 이들을 연결해 주는 다리에 대한 기념식 아닌가. 온 금산면의 잔치에 초청된 이들의 연주는 다시 한번 신명을 부른다. 선착장 너른 마당에서, 오색기가 나부끼는 철부선 배 위에서 이들의 문굿은 계속 공연된다.

행사가 끝나고 뒤풀이가 이어지는 마당에서 나이든 이들의 몸 동작이 무겁게 느껴진다. 특히 상쇠 최병태 할아버지의 상모가 힘겨워 보인다. 어려서부터 문굿 패를 따라다니며 농악을 배웠고, 특히 상쇠였던 선친에게서 배웠으며, 다른 후임 상쇠와 옆 마을의 다른 상쇠에게서도 쇠를 배운 그다. 쇠의 장단에 따라 돌아가는 그의 상모돌림이 왜 이렇게 힘겨워 보이는 것일까? 월포 마을 세대주 중 가장 젊은 박상문(당시 47세)씨의 말이다.

"여느 농어촌처럼 이곳도 젊은이들은 모두 도시를 향해 떠났잖습니까. 지난 400여 년간 이어져 온 우리 '월포 문굿'이 앞으로 40년이라도 보존될 수 있을지 고민이지요."

혼자 남은 대운이 아버지

〈섬, 섬사람〉
1993년 2월 28일 방영

1992년 7월 22일. 여천군 남면 소두라도의 작은 초등학교에서 수업을 하고 있습니다. 오늘 수업에 박종삼 선생님은 4명의 어린이 외에 이 마을 주민들을 초청하였습니다.

4명의 학생 중에는 박 선생님이 이 학교로 전근해 오면서 데리고 온 자신의 자녀 두 명이 있는데, 다음 학기에 박 선생님이 다른 곳으로 전근을 가게 되면 이곳 소두라도 분교에는 대운이와 그의 동생 대현이만이 남게 됩니다. 2명의 학생이 있는 학교는 폐교가 되기 때문에 다음 학기부터는 학교가 문을 닫습니다. 그래서 오늘 수업이 이 학교의 마지막 수업입니다. 수업 후에는 박 선생님 가족과의 송별회도 겸하여 마을에서 준비해 온 음식도 서로 나눌 예정입니다. 마을 어르신들은 초청 받았다기보다는 본인들이 스스로 찾아왔다고 봐야 할 것입니다.

"말도 말어, 여기 섬에 학교가 들어선다고 했을 때 얼마나 좋든지 밥도 안 먹고 학교 공사 울력을 다 했어! 하던 일 다 팽개치고 학교 일이라고 하면 젤 먼저 나왔제."

"우리 여자들은 돌을 머리에 여 나르고 했는디 하나도 안 피곤 하드먼.

그것이 엊그제 같은디 학교가 문을 닫는다고 하니 말 할 수 없이 서운해요.”

“원래는 여기 학교 부지가 좁다 보니까 운동장도 아주 좁았어요. 학교 세운 뒤로 우리 마을에서 학교 옆 밭을 구입해서 경사진 곳을 고르고, 축대도 쌓고 해서 운동장을 더 넓게 지금처럼 만든 거여. 축대도 우리가 쌓았네. 그래 갖고 교육청에다 기부체납을 했어. 그래서 요 학교는 무조건 교육청 꺼이 아니고 절반은 우리 동네 꺼여. 안 그런가?”

“다우케미칼 안가? 거기가 한국 화약 전신인디, 잘 모른갑네? 우리 마을이 그 다우케미칼하고 자매 결연을 맺고 있었거든. 학교 공사하다가 암반이 나와서 공사가 어렵게 되니까 거기가 화약 공장이라고 안. 거기 도움 좀 받자고 의견을 모았어. 그래서 주민 대표로 내가 거기를 방문해서 화약 지원을 받아 가지고 공사를 했지. 그 공사할 때 재밌었어. 말도 말어! 남포를 첨 쓰다 보니까, 암반 폭파할 때 남포 터지면 죽는 줄 알고 숨어서 덕석을 뒤집어쓰고 난리였어, 난리!”

마지막 수업을 마치고 마을 어르신들이 모여서 음식을 나누며 지나온 얘기를 나누는 데 끝이 없습니다. 7~8년 전만 하더라도 이 학교에도 학생이 24명이나 되었고, 그때는 마을 주민도 23호에 140여 명이 살고 있었습니다. 이제는 13가구에 19명이 거주하고 그나마 혼자 사시는 분이 6가구나 된다고 합니다. 이들에게 한때는 꿈과 희망이었던 학교가 문을 닫게 되었으니 어느 누군들 서운해하지 않겠습니까? 2005년 5월 현재는 소두라도에 6세대 8명이 거주하고 있습니다.

이들 중에는 올해 마흔 여섯인 대운이 아버지가 이 섬의 어른들 중 제일 어립니다. 그는 아내와 두 아들, 그리고 노모를 모시고 어업을 하면서 소두라도에서 대대로 살아온 어부입니다. 학교가 없어지면 학생들은 옆 섬의 본교로 가거나 여수 시내 학교로 가야 합니다. 학교를 문 닫는 대신 교육청에서는 학생 1인당 10만 원씩을 지원해 줍니다.

대운이네는 가족 회의를 열어 두 형제가 여수로 나가서 학교를 다니기로 했습니다. 이렇게 결정을 하고 보니 문제가 여간 복잡한 게 아닙니다. 두 아들만 덜렁 보낼 수 없어 대운이가 중학교 졸업할 때까지 엄마도 여수로 따라 가서 두 형제를 보살펴 주기로 했습니다. 문제는 또 있습니다. 겨우 거동만 하시는 대운이 할머니를 모시는 문제가 있거든요. 대운이 아버지는 바다에 나가서 일을 해야 하는데 어떤 때는 끼니도 배 위에서 해결해야 할 정도로 바쁘답니다. 결국 대운이 할머니도 함께 여수로 가서 며느리의 보살핌을 받기로 했습니다.

식구 4명이 여수로 가게 되었습니다. 소두라도에서는 학교만 문을 닫은게 아닙니다. 19명 전체 주민 중에 4명이나 외지로 나가게 되어 주민 수가 15명으로 줄었습니다. 무엇보다도 대운이네 마당 깊은 그 큰집에는 대운이 아버지 혼자만 남게 되었습니다.

그는 모든 것을 이제 혼자 해야 합니다.

옆 섬 나발도 앞에 있는 전복 양식장에 나가서 전복을 돌보는 일도, 공동 어촌계에서 배당 받은 미역 밧줄을 들춰내 배 위에서 미역을 잘라내고 그러면서 배 시동 상태를 점검하고 다시 배의 위치를 바로 잡으며 작업을 계속 하는 일도, 집 앞 선착장에 배를 대면서 배의 브레이크를 잡고는 곧바로 밧줄을 던져 놓고 다시 장대를 잡아 밀고 당기면서 배가 선착장에 제대로 접안하도록 정리를 한 후에 곧바로 뛰어 내려 던져둔 밧줄을 잡아 배를 매두는 일도, 오직 그는 혼자 해야 합니다.

폐교가 된 소두라도 분교

"바쁘다, 바빠 !" 모내기 철에 일손은 달리는 데 점심밥은 해서 들로 가지고 나가야 하고, 그래서 머리에 밥 담은 광주리를 이었겠다, 왼손으로는 주전자를 들었고, 오른손은 머리에 인 광주리를 잡았다가 또 등에 엎혀 있는 아이를 안았다가 하는데, 아이는 보채고, 따라 나선 강아지 녀석은 마침 치마를 잡아당겨 곧 치마는 내려 가려고 하고, 이 바쁜 때에 하필 똥은 마렵고, 모내기 하는 사람들은 모밥 빨리 가져 오라고 재촉하고… 이렇게 장사익의 노래 가사처럼 그는 혼자서 동시에 여러 가지를 하며 살아 가야만 합니다.

생계의 상당 부분을 채워 주던 면허 받은 통발 어업은 혼자서는 도저히 할 수 없는 일이어서 휴업을 해야 할 형편입니다. 통발 어업을 해야 한다면 겨우 일요일이나 또는 방학 때 대운이 엄마가 섬에 내려와 도와주어야만 할 수 있을 것 같습니다. 그러나 나머지 일들은 두 집 살림을 꾸려 나가야 하는 가장으로서 혼자서라도 해나가야만 합니다. 가끔 여수에 나가 어머님 안부도 여쭙고, 자식들과 아내의 근황을 살피고, 오가면서 빨랫감을 바꿔 오고, 아내가 만들어 준 밑반찬을 가져옵니다.

대운이네 학교 옆에 전셋집을 얻어 사는 대운이 어머니는 남편과 함께 뱃일을 했었는데 혼자서 집만 지키는 일이 미안하여 무슨 일이든 돈벌이를 해 보려고 백방으로 알아보고는 있지만 여의치 않습니다. 특별히 무슨 훈련을 받은 것도 아니고, 바다에서의 생활 외에는 경험이 적어 어떤 일이 주어지더라도 선뜻 나서서 할 정도로 용기가 나지 않는 것도 문제입니다. 그래도 대운이 어머니는 반드시 무엇인가를 일감을 찾아볼 생각입니다.

시내로 나간 지 몇 달만에 대운이 형제가 섬을 찾았습니다. 형제는 우선 옛 학교에 들렀습니다. 그네도, 학교 종도, 책을 읽고 있는 하얀 소녀상도, 국기 게양대도 모두 그대로입니다. 유리창문으로 들여다본 학교 교실에는 환경 정리하면서 붙여둔 그림도 그대로입니다. 그런데 책상과 걸상 대신 탁구대가 교실 중앙에 자리잡고 있습니다. 운동장은 온통 잡초로 뒤덮여 있습니다. 운동장 한쪽에는 대운이 형제가 가지고 놀다 버려 둔 바람 빠진 축구공이 풀 속에 앉아 있습니다. 아무도 다닐 사람이 없는 섬 소두라도의 작은 학교. 그 축구공이 바람이 가득 들어있는 새 공이었더라도 이제 이곳 소두라도에는 이 축구공을 찰 어린이는 살지 않습니다.

대운이 가족 중에 혼자 남은 대운이 아버지는 언제까지 이곳에서 혼자 살아야 할지 모릅니다. 묶인 뱃전에 담배를 물고 앉은 대운이 아버지에게 그 누구도 답을 주지 않습니다. 무심한 파도만이 바다에 떠있는 대운이네 뱃전을 때리고 있습니다.

백야도 명물은 사라져가고

〈여수시민협 관광답사〉 후기
2003년 3월 17일

여수시민협의 문화 관광 답사를 올 들어 처음으로 다녀왔다.

날씨는 출발 시각부터 쾌청하지 않았다. 몇몇은 우산을 준비했고 나도 호주머니에 우비를 넣고 백야도 선착장으로 갔다. 백야도 선착장에는 손짓하면 바로 통통거리며 작은 배를 몰고 와서는 뭍 사람들을 섬으로 날라 주는 길잡이 선장이 있다. 이태 전에 왔을 때는 젊은이였는데 오늘은 볼일 때문에 여수로 나간 그 젊은이의 아버지가 배를 몬다고 한다. '정원 7명, 배삯 어린이 300원, 어른 500원' 이라는 팻말이 갓 입학한 아이들 이름표처럼 뱃머리에 걸려 있다. 뭍에서 백야도까지는 약 300m다.

좁은 시골 고샅길에 면사무소가 있었다. 그 섬의 인구와 주변 상황과 비교했을 때 면사무소 건물은 너무 크고 위엄 있어 보였다. 농협과 지서, 우체국, 이발소도 눈에 띄었다. 이발소 안을 들여다봤다. 나무로 만들어진 이발 의자에는 배의 키처럼 생긴 의자 등받이 조절용 손잡이가 보였다. 어린 시절이 생각났던지 우리는 어릴 적 이발과 관련한 에피소드를 얘기했다. 낡은 이발기계가 머리 위를 지나갈 때의 공포. 그 괴물이 머리카락을 쥐어뜯을 때의 아픔. 머리 감겨줄 때 굵은 손가락이 긁고 지나가는 괴로움. 아마 그 손은 거의 포크레인처럼 우리의 머리빡에 의례 달고 다니는

작은 상처들을 후벼팠었다. 이발료를 농사철 따라 현물로 받아 갔는데, 쌀
철이 끝나면 쌀로, 보리철에는 보리로 이발료를 냈던 얘기도 했다.

이발소 안에는 밀레의 '만종' 류의 조잡한 서양화 복제품이라든가, 푸쉬
킨의 '삶이 그대를 속일지라도'와 같은 시가 적힌 이른바 '이발소 그림'
이라도 걸려 있을 듯한 이발소였다. 그런 그림이 있을 법한 자리에 여러
형태의 머리 스타일을 하고 있는 모델 사진이 걸려 있었다. 그 액자의 스
폰서는 여수 유명 양복점인 듯 '화신 라사'와 '진남 예식장' 광고였다. 그
업종들이 누렸던 한때의 번영을 이제는 액자에 담아서 우리에게 보여주
고 있다. 거기에 적힌 전화 번호는 국번호가 없는 그냥 네자리 숫자로만
된 번호다. 검은 전화통을 굳게 잡고 다이얼을 돌려서 교환원을 불러 연결
했던 시대의 전화 번호다. 한바탕 과거를 회상하면서 마을을 지나갔다.

백야도 등대까지 약 4km쯤 가는 동안 쟁기질하는 농부와 고구마 심기
에 바쁜 아주머니들을 볼 수 있었다. 국도 77호선은 도로공사 중이어서
백야도는 크게 앓고 있는 듯 보였다. 외딴집 한 채도 만났다. 마루가 깨끗
이 정리되어 있어서 마치 주인이 금방 밭에 나간 듯이 보였지만 빈집이었
다. 마당에는 낡은 오토바이 뼈대와 절구통이 놓여 있었고 빛 바랜 신문이
여기 저기 흩어져 있었다. 우리 농어촌의 현주소다.

행정 용어로는 항로 표지 관리소인 백야도 등대는 1928년에 문을 열었
다고 한다. 마침 혼자 근무하는 등대지기가 담배를 물고 마당에 나와 있었
는데 그게 나에게는 마침 우리 일행을 기다리려고 마중 나와 있는 것 같아
반갑게 인사를 건넸다.

백야도 등대에 조각 공원이 있다는 얘기는 전부터 들어 알고 있었다. 실
제로 등대 위 뜰에는 여인의 나체 조각상 3점이 있고 아래 뜰에는 버섯 같
아 보이는 일반 조각 2점이 있었다. 이곳에서 근무했던 재주 있는 아마추

어 조각가가 시멘트로 만든 작품이라고 했다.

거문도를 갈 때 바다쪽 뱃길에서 백야도 등대를 쳐다보면 섬의 산비탈에 자리한 하얀 등대가 정말 멋있고 아름답게 보였다. 가까이 와서 보는 주변 경관 역시도 정말 멋있기는 하지만 배 위에서 보던 신비스러움은 덜했다. 어느 등대나 그렇겠지만 등대는 멀리서 원경으로 바라보는 것이 더 낭만적이고 신비스럽다. 멀리서 바라블 때는 등대에 계신 분들을 우리는 '등대지기' 라고 한다. 다시 등대에 와서 교대근무를 하고 있는 그를 만나면 우리는 '해수부 김주사 아저씨' 라고 한다. 등대의 원경과 근경이 다르게 느껴지듯이 똑같은 사람을 지칭하는 말인데도 기능직 공무원과 등대지기는 우리에게 상당한 차이를 느끼게 해준다.

섬의 동남쪽 비탈에 있는 등대에서 나올 때는 흐린 날씨 탓에 시계가 그다지 좋지 않았다. 들길을 지나 백야도 남서부 쪽 몽돌 밭으로 갔다. 완도 구계동의 몽돌과 돌산 무술목의 몽돌이 연상되었다.

바닷가 몽돌 밭과 육지가 연결된 곳은 바로 논이었는데 논과 몽돌 밭 경계선에는 돌과 자갈로 사람 키 높이쯤 둑을 쌓아 놓았다. 2천 평쯤 되어 보였는데 산에서 흘러내린 물을 담아두는 작은 옹달샘도 딸려 있었다. 마르지 않는 옹달샘인 듯 아직도 맑고 깨끗한 믈이 그 둠벙에 가득 고여있다. 몽돌이 깔려 있는 해안은 500m쯤 되었다. 그러나 해안에는 파도에 밀려온 온갖 쓰레기들이 몽돌과 함께 얼키설키 엉켜 뒹굴고 있었다.

몽돌밭에 앉아서 잠시 휴식을 취했다. 날씨는 흐렸지만 바다는 잔잔했다. 주변 섬 화도나 제도, 개도로 둘러 쌓인 백야도 몽돌밭 앞에 펼쳐진 바다는 호수라 해도 어울릴 듯했다. 양식장 부표들이 내게는 그 옛날 전라좌수영 수병들이 도열 모습처럼 보이기도 했다.

마지막으로 백야도 학교에 들렀다. 퍼교된 중학교의 쓸쓸한 운동장에는

백야대교. 백야도는 이제 이 다리를 통해 육지와 교통한다

풀이 가득했고, 흑염소 두 마리가 풀을 뜯고 있었다. 1992년 〈섬, 섬사람〉을 촬영할 때 우리가 숙소로 썼던 관사 문은 굳게 닫혀 있었고 창틀에는 거미줄마저 앉아 있었다. 면 소재지의 중학교인데, 분교가 되더니 그만 폐교가 되어 버린 것이다.

아들을 대신해 뱃길을 달리고 있는 7순 노인이 모는 배를 타고 우리는 백야도에서 뭍으로 나왔다. 이제 백야도는 육지와 연결된다. 다리를 통해서 자동차로 섬에 갈 수 있을 것이다. 손짓으로 불러 타고 왔던 이 배는 이제 더 이상 이곳에서 볼 수 없을 것이다.

제5부

늘 건강하게,
재미있고 유익하게
그리고 소신있게

한 마리 누가 되어

폭죽과 함께 출발을 알리는 총성이 울린다. 제1회 광양항 마라톤대회에 참가한 사람들이 일시에 출발선을 박차고 달려나간다. 전자 칩 기록을 위해서는 반드시 출발선의 좁은 문을 통과해야 한다. 일시에 그 좁은 문을 통과하기 위해 우르르 몰려가는 모습은 짐승 떼를 연상시킨다. 하프 출전자부터 출발했다.

언덕길 후미를 달리면서 올려다본 마라톤 행렬이 장관이다. 수억을 들인다는 영화의 엑스트라들도 저 장관을 연출할 수 있을 것이다. 다만 그들에게는 '독립선언'이 없을 뿐이다. 미국의 권위 있는 마라톤 잡지 〈러너스 월드〉의 편집장인 앰비 버풋은 '달리기를 시작한다는 것은 신체적인 독립을 선언하는 것'이라고 했다.

마침 3.1 독립만세 기념일 다음날인 오늘 신체적인 독립을 선언한 4천인파가 광양으로 몰려왔다. 오늘 처음 이 대회에 참가한 이들에게는 오늘이 그의 육신에게 내린 '독립선언일'이 될 것이다. 그렇다. 달린다는 것은 자신의 신체가 완벽하게 독립한다는 것을 의미한다. 달리는 육체는 어느 것에도 거리낌이 없어진다. 세균이나 질병도 그의 독립을 막지 못한다. 이제 그에게는 건강과 행복만이 있을 뿐이다.

마라톤 참가자들의 행렬은 언제나 나를 감동시킨다. 언덕길 아래서 위로 올라가는 행렬, 반환점에서 돌아오며 마주 달리는 행렬, 언덕 위에서 내려다보면서 달려 내려가는 행렬…. 달리고 달리는 행렬과 행렬들을 보며 감탄한다.

이번 코스는 한적한 곳으로 정해졌다. 광양시청 앞 신 도심 터미널 부근에서 출발하여 광양 컨테이너 부두를 지나 골약초등학교 입구를 거쳐 초남공단을 반환점으로 돌아오는 것이다. 사람도 차량도 뜸하고 코스 주변에 마을이 없으니 가게나 건물도 없다. 길 저편 멀리 마을이 보이고 마을 곁에는 밭이 펼쳐져 있다. 그 주변으로는 띄엄띄엄 봄을 알리는 매화가 활짝 피어 있다. 산비둘기가 날아가기도 하고 장끼도 푸드득 날개를 편다.

그런데 다른 때와 달리 이번에는 15km 부근에서 몸이 풀어진 듯한 느낌이 든다. 반환점을 도니 멀리 안개 낀 바다가 아지랑이 아물거리는 초원처럼 보인다. 바다 쪽에 버티고 있는 부두의 대형 건축물이 문득 기린이 되어 다가온다. 작년 말 텔레비전에서 보았던 세렝게티 초원의 그 기린이다. 문화방송의 자연 다큐멘터리 〈야생의 초원, 세렝게티〉 제2부 '위대한 이동' 이 지금 내 눈앞에 펼쳐지고 있는 것이다.

탄자니아의 국립공원 세렝게티 초원에는 매년 5월 우기가 끝나면 수 백만 마리의 초식동물들이 물과 풀을 찾아 그 곳을 떠난다. 세렝게티 초원을 누비며 살고 있는 누 떼도 북으로 북으로 케냐의 마사이마라 평원까지 물을 찾아 나선다. 어린 누도 어른 누도, 할아버지 누도 새끼를 밴 누도 모두 대이동에 나선다. 150만 마리의 누 떼가 앞서 가는 무리를 따라 앞으로 앞으로 전진한다. 마사이마라에 도착한 누 떼는 그곳에서 물과 함께 지내다가, 마사이마라 초원도 물이 마르고 풀이 마르면 다시 세렝게티로 돌아온다.

그들이 한 철 이동하는 거리는 무려 1000km다. 그들에겐 국경도 없다.

영국과 독일의 제국주의자들이 아프리카 땅에 임의로 그어 놓은 반듯반
듯한 그 국경선이 이들에게는 아무런 소용이 없다. 누 떼는 무려 250만 년
동안 해마다 상상을 초월하는 이런 대이동을 되풀이해 왔다. 텔레비전에
서 보았던 그 어마어마한 대이동의 드라마를 나는 하프 마라톤 15km 지
점에서 보고 있는 것이다.

　오로지 물과 싱싱한 풀을 찾아가는 누 떼. 그들은 육식동물의 습격을 막
기 위해 엄청나게 발달한 후각과 시각을 가지고 있다. 또한 빠른 발을 가
지고 있다. 발은 이들의 생명줄이다. 누든 인간이든 발 달린 짐승은 달려
야 한다. 먹이를 찾아서, 자신을 지키고 보호하기 위해서 발 달린 모든 짐
승은 달려야 한다.

　다시 힘이 솟는다. 기린은 모두 열 일곱
마리다. 그러나 초원을 지나가는 우리를
내려다보고 있는 그것은 기린이 아니
다. 광양항에서 대형 선박으로부터
컨테이너를 하역하거나 선박에 다시
실어 주는 대형 기중기 갠트리 크레
인(Gantry Crane)이다. 광양항 컨
테이너 부두는 모두 8곳으로 각 부
두마다 기중기가 두 대씩 설치되
어 있는데, 대한통운에서 운영하
는 한 부두만이 세 대의 기중기를
설치하여 모두 열 일곱 대의 기중
기가 있다. 그 기중기들이 내게는
열 일곱 마리의 기린으로 보인 것

이다.

안개가 걷히기 시작한다. 세렝게티 초원의 환상과 기린의 착시 현상도 안개와 함께 걷힌다. 그러나 목적지가 가까워질수록 발길은 무거워 온다. 나는 생각한다. 나는 조금 전 세렝게티 초원을 달려오지 않았는가? 나는 수많은 누 떼 중 한 마리가 아니었던가? 250만 년 동안 달리면서 살아왔고, 앞으로도 달리며 살아야 할 누처럼 나 역시 평생을 그렇게 달려야 하지 않겠는가? 한 철에 1000km를 달려야 하는 누처럼 철 따라 길 따라 어디든 달리리라. 초원을 달리는 한 마리 누가 되어.

'수박 매달아 놓고 보기' 유럽

전국 MBC라디오 작품경연대회 수상자
유럽 연수기

개그맨 전유성은 파리에 방 한 칸 얻어 놓고 100일 넘게 유럽 이 곳 저 곳을 여행하고 돌아왔다. 그리고는 응용의 순발력이 돋보이는 〈남의 문화 유산답사기〉라는 제목의 유럽 여행기 두 권을 펴내 짭짤한 수익을 올리고 있다. 그는 100일 넘게 유럽 여행을 다니고서도 마지막날에 '떠나기 싫었다'고 적었다.

우리들 전국 MBC라디오 작품경연대회 수상자 일행은 스위스, 오스트리아, 프랑스, 영국, 이탈리아, 독일 등을 12일 일정으로 다녀왔다. 유럽 여행 내내 나는 전유성의 '떠나기 싫었다'는 말을 절실히 실감할 수 있었다. 더 머물고 더 많이 돌아보고 싶은 욕심 때문이었다. 그러면서도 우리는 나폴리와 소렌토, 카프리 섬을 여행할 때는 서로 한국의 고향에 대한 자랑 또한 빼놓지 않았다.

〈오디오 100년사〉 프로그램으로 '전국 MBC라디오 작품콘테스트 금상'을 받은 김용재 부장은 고향 강릉 자랑에 여념이 없다. 장호신 부장은 부산, 유헌 차장은 목포, 이선화 프로듀서는 제주, 나는 나폴리보다 낫다는 여수가 고향이다. 그러고 보니 전국 MBC라디오 작품 경연대회 수상자 일행은 공교롭게도 모두 바닷가를 고향으로 둔 사람들이었다.

일정은 말할 것도 없이 빠듯했다. '이왕 왔으니까 볼 것은 다 봐야 한다.' 이것이 현재 대한민국 국민의 외국 여행 패턴이다. 그러나 12일 일정으로 유럽 7개국을 샅샅이 돌아본다는 것이 가당키나 한 소린가? 대충 보는 것을 수박 겉 핥기라고 하는데, 숫제 수박 매달아 놓고 보기가 더 그럴싸한 표현일 것이다.

유럽의 도시와 건축물을 보면서 우리 나라 도시계획 관계자와 토목건축 관계자에게는 반드시 유럽 여행을 해 보라고 권하고 싶었다. 돌 문화라고 해야 할 건축물과 몇 백년 전부터 체계적인 계획에 의해 세워진 도시들은 우리에게 생활 공간 속에서 질 높은 삶이란 무엇인가를 웅변하듯 말해 주고 있었다.

1백 년 전이나 최근 사진이나 거의 비슷한 사진이다. 변한 것이 있다면 우마차가 차량으로 바뀌었고, 사람들의 의상이 달라졌을 뿐 건물과 거리는 변한 것이 없다. 파리의 건축물에는 '1870년, 레오나르도' 하는 식으로 건축 연대와 설계자가 기록되어 있다. 일종의 실명제인 셈이다. 도시 계획 관계자나 토목 건축 관계자에게 유럽 여행을 권하는 데는 이유가 있다. 성수대교며 삼풍 사고 때 유럽에 사는 우리 교민들은 얼굴을 들고 다니지 못했다고 한다. 여행을 해 보면 유럽 여행을 권하는 이유를 진정 이해할 수 있을 것이다.

돌과 석회석으로 빚어낸 서구 건축물과 도시 구조물은 우리와는 대조적이다. 우리에게 석조물은 현재의 생활 공간에서보다는 죽은 후의 공간인 묘지에서 더 쉽게 만날 수 있는 반면 서구에서는 그 반대이기 때문이다.

유럽 여행을 계획하고 계신 분들에게 권하고 싶은 말이 있다. 방대한 지역을 망라하는 여행보다는 어느 도시를 일정 기간 다녀오는 방식의 여행 계획을 짜시라고 말이다.

시저는 이렇게 말했다.

"왔노라, 보았노라, 이겼노라."

유럽 여행을 마치며 고작 나도 한마디 한다면,

"왔노라, 보았노라, 찍었노라."

섬진강 따라 문학 기행

1998년 4월
〈섬진강주부문학기행〉 후기

'주부들에게 활기를, 그리하여 가정에는 안정을, 사회에는 평안을!'

이런 구호를 충족시켜 주면서도 비용이 적게 드는 행사로 〈섬진강주부문학기행〉을 기획하게 되었다. 출발 당일 아침 날씨는 흐리고 비가 온다는 예보였다. 걱정은 되지만 내심 적당히만 내려준다면 크게 걱정할 일은 아니었다. 주부문학기행인 만큼 비가 오는 것도 운치 있어 좋으리라.

주부 대상이라는데도 참가한 아가씨, 회갑 넘긴 할머니, 아이를 데리고 온 사람, 원하던 문학기행이라서 연가를 내서 왔다는 교사, 실직 상태인 남편에게 출발 직전에야 허락 받아 왔다는 사람, 엄한 시어머니 때문에 일단 참가하고 사후 보고하겠다는 주부 등 40명의 면면은 이렇게 가지가지였다. 버스가 출발하자 이들을 상대로 사회자가 분위기를 띄운다. 어디 이렇듯 활기찬 모습이 숨어 있었는지 사회자도 참가자들도 하나가 되어 어우러진다.

"여러분은 지금 이 시간 이후 모두 이팔 청춘 열 여덟입니다! 자, 여러분 몇 살?"

"열 여덟 살!"

　40명의 열 여덟 살 소녀들과 함께 먼저 남원에 들러 남원에서 나서 남원에서 활동하는 명창 전인삼을 만났다. 그는 동편제 거리에서 남원소리를 지키고 있는 사람이다. 그에 따르면 서양 음악의 아버지를 바하라고 한다면 우리 판소리의 아버지는 송홍록이라고 한다. 우리 음악의 역사와 판소리의 중요성, 남원과 판소리, 그리고 섬진강을 사이에 두고 우리소리 동편제와 서편제가 나뉘어진 배경을 설명하는 전인삼의 얘기를 들으며 모두가 고개를 끄덕인다. 아울러 판소리 한 대목을 들려주고 드디어는 단가인 '이 산 저 산'을 소리내어 배우는 시간도 마련했다.

　점심으로 추어탕을 먹고 남원에서 임실로 향했다. 김용택 시인과 고향인 덕치의 월파정에서 약속을 했는데 거기 웬 KBS 카메라가 보인다. 〈사람과 사람〉에서 김용택을 밀착 취재하고 있는 중이란다. 우리 일행은 MBC 취재진까지 양방송사의 카메라 세례를 받으며 기행을 하는 행운을 누렸다.

　월파정에서 뇌성 벽력 소리를 들었는가 싶더니 이내 소나기가 내렸다. 월파정 밑에서 비를 피하며 우리 일행은 빗소리와 함께 젊은 시절 김용택이 문학에 접하게 된 동기, 임실 덕치분교 조그마한 학교에서 시골 얘기를 담은 시를 써나가는 과정과 섬진강이 그에게 지니는 의미 등을 들었다. 시처럼 김용택은 애기도 구수하다. 비가 그치고, 임실에서부터 섬진강을 내려오면서 순창과 곡성을 지나 압록과 구례 주변을 거쳐 하동포구에 이르는 버스 안에서는 시인 김용택이 마이크를 잡았다. 하동에서는 하동문인협회 이명화 명예회장을 만났다. 그는 섬진강 하류에 있는 하동이 지리산 주변의 물산 집산지였으며, 이로 인해 풍요롭고 풍류가 넘쳤다는 섬진강 8십 리 하동을 자랑했다.

　마무리와 저녁 식사를 위하여 섬진강 호텔로 가는 도중 강변에 다시 모

섬진강 길 따라

였다. 김용택에게 자녀의 산문지도라든가 글쓰기, 본인의 문학 성향을 키워야 하는 방법 등에 대해 쉴새없는 주부들의 질의 응답이 이어졌다. 저물어 가는 섬진강은 그 곁에서 말없이 흐르고 있었다. 김용택의 시처럼 누가 퍼간다고 저 강물이 마르겠는가? MBC도 KBS도 이곳에서 많은 촬영을 했다.

구례역 다리 건너 섬진강 호텔에서의 마무리도 김 시인이 맡아 주었다. 최근 발간된 시집 〈그 여자네 집〉에 관한 얘기가 주를 이뤘다. 그 여자가 도대체 누구냐는 질문에 모든 여자라고 너스레를 떨었다. 몇 편의 시에 대해서는 어떻게 쓰게 되었고 어떤 감정을 표현하려 했는지 설명하며 직접 낭송해 주기도 했다.

돌아오는 길. 다시 사회자가 묻는다. 함께 여행하는 동안 서먹함이 깨끗이 사라진 참가자들은 출발할 때보다 훨씬 무르익은 호응을 한다.

"여러분 몇 살?"
"열 여덟 살!"

그렇다. 이런 기분을 살려 보기 위해 시도했던 행사다. 테마가 있는 가벼운 여행 형태의 기행 프로그램의 시장성을 확인했다.

시인 김용택은 시를 쓴 후 나중에 읽어보고는 본인이 감동을 해야 그 시를 발표한다고 한다. 우리가 하는 문화 사업도 그렇다. 우선은 기획자가 감동할 수 있는 프로그램을 만들어야 한다.

가을 바다 위에 나를 띄우고

1998년 10월 23일
〈가을주부문학기행〉 후기

  '주부들에게 활기를, 그리하여 가정에는 안정을, 사회에는 평안을!' 지난봄과 같은 구호를 내걸고 가을 프로그램을 진행하기로 했다. 봄 프로그램에 참가했던 참가자들의 호응이 뜨거워서 이번에는 가을만이 가진 또 다른 맛을 선사하고 싶었던 것이다.

  행사 당일인 10월 23일 오전 10시, 예보와는 달리 날씨는 화창했다. 최근 호주 시드니에서 건조된 크루즈호 유람선 한려호가 돌산대교 아래서 1백 10명의 주부들을 기다리고 있었다. 이런 행사는 언제나 하루 전날부터 업무가 시작된다. 이번 기행에 동행할 박동규 교수 역시 하루 전에 이곳에 도착했다. 도착 첫 날 저녁 식사 때부터 이미 그 분의 문학 강좌는 시작되었다. 바쁜 일정 중에도 기꺼이 여수까지 내려와 주신 점만으로도 문학에 대한 그 분의 열정을 느낄 수 있었는데 강의는 더욱 열정적이어서 다시 한 번 놀랐다.

  처음 시도하는 해상 기행이다. 참가자들은 크루즈호를 탄 후 먼저 인사를 나누면서 장미꽃 한 송이씩을 나누어 가졌다. 바로 '삶과 문학, 바다와 시' 라는 제목으로 선상 주부문학기행이 시작되었다. 강의의 핵심이야 듣는 사람에 따라 가닥이 달리 잡히겠지만 박동규 교수가 들려준 부친 박목

월 시인에 대한 회상과 자신
의 힘든 시절에 관한 애기는
요즘 상황과 비슷하여 위로
가 되기도 했다. 존재의 탐
구, 감각이 살아 있는 사람,
만남과 헤어짐, 변화에 대한
탐구 등 강의는 끝없이 이어
졌다.

　유람선 창 밖의 풍광 또한
멋진 강의 못지 않은 근사한
모습이었다. '점점이 보석처

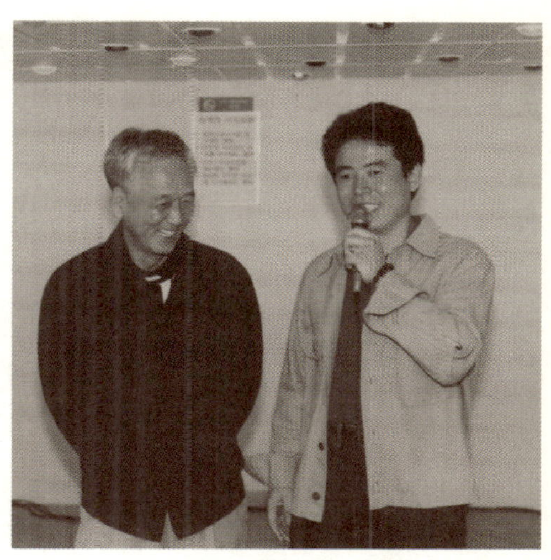

선상에서 박동규 시인과 함께

럼 박힌 섬'들은 눈앞에서 우리를 부르고, 주변을 배회하는 갈매기들의
몸짓은 함께 날자는 손짓처럼 보인다. 체험만큼 큰 문학 수업이 어디 있겠
는가. 온통 바다에 가 있는 참가자들의 이런 마음을 모를 리 없는 박동규
교수가 강의를 마무리한다. 그와 동시에 사람들은 조금이라도 더 바다를
가까이 보기 위해 1층 창 밖으로, 2층으로, 선미로, 갑판으로 밀려나간다.

　지난 봄 기행에서는 시인 김용택이 우리를 위해 기꺼이 사진 모델이 되
어 주었었다. 섬진강을 따라가며 임실과 월파정, 압록에서도 김용택은 함
께 사진 찍기를 원하는 모든 이들과 함께 있었다. 그리고 이번 가을 바다
위에서는 박동규 교수가 사진 모델이 되어 주고 있다.

　정갈하게 마련된 선상 뷔페에서 점심 식사를 한 뒤 갑판 위에서도 사진
찍기에 바쁜 모습이다. 그런데 어디서 많이 본 듯한 모습들이다. 영화 〈타
이타닉〉의 주인공은 없지만 또 다른 '디카프리오'를 염원하며 서 있는 자
세다. 사회자인 개그맨 박요한은 재빨리 영화의 명장면을 연출해 주는 센

스를 발휘한다. 이 배는 그들에게 지금 또 다른 '타이타닉호'인 셈이다.

날씨도 좋았지만 선장의 배려로 우리는 경상남도 해역에 속하는 세존도까지 돌아보는 행운을 얻었다. 돌산 남단에서 시간 반 걸리는 곳에 홀로 선 세존도는 망망대해에 우뚝 서 있는 섬이다. 세존도를 바라보며 세존도란 이름을 붙인 이유를 생각해 본다. 여기를 지나다 풍랑을 만난 우리 조상들은 저 섬을 부처라 믿고 바람을 멎게 해달라는 기도라도 올렸던 것이리라. 혹은 이런 망망대해에 섬이 존재한다는 것 자체가 부처의 뜻이라 여겼던 것이리라.

세존도에서 돌산 동쪽과 오동도 해상을 거쳐 다시 돌산대교 쪽으로 항해하며 일정을 마쳤다. 오는 길에 '문학기행' 4행시 발표도 하고, 즉석에서 지은 시와 산문 발표회도 가졌으며, 박동규 교수의 평가와 시상식 자리도 마련했다.

작은 정성을 담은 1999년도 수첩을 모든 참가자에게 기념품으로 전달했다. 밋밋함을 달래기 위해 참가자들의 명단과 주소, 박동규 교수의 글도 적어 두었다.

'한국 남단, 잔잔한 바다의 한 자락에서 맑은 내일의 삶과 빛나는 생명의 가치를 서로 밝혀 줄 수 있게 된 것을 진심으로 기쁘게 생각합니다.'

—박동규—

꾸끔스러운 이야기[주1]

2005년 5월 15일

2005년도 봄은 시끄럽게 왔다. 우리의 독도를 일본인들은 자기네 땅 '다케시마'라고 우겨대기 시작했으니 말이다. 이 글은 대학 4학년 때인 1984년도에 졸업을 앞두고 쓴 글이다. 취직 시험 준비차 논문쓰기 연습하며 썼던 글인데 전남대학교 농과 대학 학생회에서 발간하는 〈대지(大地)〉 1985년도 판에 게재되었다.

독도 때문에 시끄러운 2005년도 봄에 이 책 원고 정리를 하고 있을 때였다. 한국과 일본과의 관계가 주요 화두가 되어 당시 학창 시절에 한일관계에 관한 단상을 교지에 실었던 글이 생각나서 서재를 뒤져 보는데, 교지는 보이질 않는다. 대학 시절에 교지에 실었던 글인데 그 교지가 몇 차례 책을 정리할 때 없어진 것이다.

은사 교수님이신 전남대학교 농생대 박준근 학장님께 전화를 드렸더니 어렵게 찾아서 복사하여 등기로 보내주셨다. 제자는 느닷없이 노교수님께 수고를 끼쳐드렸다. 가르침을 받은 제자의 도리도 잘 못하는 필자에게

주1) 꾸끔스러운 : 상황에 딱 맞는, 유별난, 이상스러운

평소에도 분에 넘치는 사랑을 주시는 은사님은 아랑곳 하지 않고 정성을 다하여 부탁을 들어주었다. 은사님께 감사하다는 말을 여기서도 하지 못한다면 나는 못난 제자가 될 것 같다. 은사님의 노고에 감사드리며 나에게는 아주 의미있는 글이어서 여기 전문을 소개한다.

＊　＊　＊

바람직한 韓日關係를 위하여

—농업경제학과 4학년 오병종

작은 섬나라 日本. 그 日本이 바다에 잠겨 東海가 太平洋과 연결되지 않는 이상, 어쩔 수 없이 日本은 韓國의 隣接國이다. 단순히 인접국이라는 自然條件만으로도, 人類平和에 寄與하고 自國福利를 爲해서라도, 兩國이 善隣關係여야 함은 當然한 歸結이라 하겠다.

2차대전 이후 공백기를 거쳐 이러한 論理를 바탕으로 60年代 중반부터 국교정상화가 韓日間에 이루어지게 되어 兩國은 公式的인 善隣關係를 유지해 오고 있다. 그러나 침략자와 피해자 관계였던 지난날의 歷史는 우방이기 위하서 '過去의 淸算'을 필요로 했고, 그러한 노력의 일환으로 日本수상이 한국을 방문한 데 이어 한국에서도 최고 책임자가 일본을 방문하였던 것이다. 이는 양국관계를 보다 진취적이고 미래지향적으로 발전시켜 보려는 意志의 表現으로 볼 수 있다. 그렇다고 수뇌급의 방문이 韓日關係에 대한 처방전이 될 수 없다. 단지 하나의 실마리일 뿐이다. 이 실마리를 잡고 얽히고 설킨 한일관계라는 실타래를 풀어가야 하며, 그것이 우리의 國益에 보탬이 되려면 先行되어야 할 몇가지 사실이 있다.

우선, 日本을 확실하게 인식해야한다. 日本 천황이나 수상으로부터의 상징적 의미의 사과 발언은 과연 우리 정부의 최고 책임자 방문으로 인해 얻은 성과로 높이 評價할 수 있으며, 만족할만 한 것인가? 〈르몽드〉의 記者는 다음과 같으 기사에서 이에 대한 답을 示唆한다.

"서독 前수상 빌리 브란트가 아우쉬비츠에 무릎 꿇고 눈물 흘린 장면을 목격한 사람들은 일본이 유감 정도의 사과 발언을 하기 위해 40년을 기다려야 했는지 의아하게 생각한다"

이 記事는 또 日本이 "過去의 청산을 단순히 과거사실을 잊어버리려 하는 정도로 생각하고 있다"고 지적하고 있다. 과거 사실이 망각되어져야만 이 일본 내부에서 구상중인 21세기 아시아에서의 주도적 역할이 가능할 것이기 때문이다. 이 점은 일본을 얼마나 정확히 알아야 할 것인가에 대한 암시적인 내용을 가진 정치적 측면에 불과하며, 文化的 經濟的 측면에서도 그들의 내면을 정확히 알아야 할 근거는 얼마든지 있다.

저명한 日本 知識人은 일본 유명 문예지 인터뷰에서 "돈벌이가 안되는 文化交流는 無意味하다"고 발언했다. 한일관계에서 우리로서 중요한 문제 중의 하나인 무역불균형의 시정 요구에 대해 일본정부는 민간기업의 관할부문이라는 이유로 문제의 핵심이 외면당했으며, 기술협력 문제는 부메랑 효과를 내세워 일축해 버렸다. 결국 일본을 정확히 인식할 때 그들의 진로가 어느 방향으로 전개될 것인가 판단할 수 있게 되고, 그러한 판단의 결과에 입각해서 國益을 찾는 것이 현명한 方法이다.

다음은 세계정치 기류를 정확히 파악해야 한다. 美·日·中·蘇의 列强 사이에서 우리는 生存을 위해서는 세계의 흐름을 읽을 줄 알아야 歷史의 主體가 된다. 그렇게 하지 못하여 歷史에서 客體가 되었던 쓰라린 체험을 우리는 갖고 있다. 현상태에서의 한일관계는 互惠平等이 명분에 불과할 수도 있다. 엄밀히 따지면 실질적으로 선-후진국 관계이며, 부-빈국관계이며,강-약국관계이기도 하다. 日本은 한국을 자국안보의 종속변수로 취급하기 때문에 극동의 평화와 안전에 관한 역할 분담이라는 명분을 내세우면(그들의 군대가 당장은 그럴 수 없어도),다시 한반도 入城이 가능할 수도 있다. 이러한 분위기는 이미 노출된 사실이며, 역사적인 교훈에 비추어 매우 위험스러운 상황이 아닐 수 없다. 일본이 한국을 정치적 주체로 보고 이 지역 평화를 위해 정치적 공동의 이익을 추구해주리라는 기대는 말 그대로 기대일 뿐이다. 현실적으로 일본과 강대국이 자국의 이익을 위해서는 한국을 희생시킬 수 있다는 가능성을 세계 곳곳에서, 직접 이 땅에서, 경험했던 것이다. 세계정치 기류를 정확히 인식하여 歷史의 主體가 됨으로써 오늘날 국제정치 현실에서 어느 약소국이나 지니고 있는 비극적 운명을 이제 우리의 이익으로 전환시킬 수 있어야 할 것이다.

한일관계의 밝은 미래를 위해서 일본의 확실한 인식과 국제정치 기류의 정확한 파악 이외에도 더 중요한 점이 많이 있지만 빠트릴 수 없는 것이 국내 내부문제의 해결이다. 한일관계 뿐아니라 모든 외교관계에서 主體的 外交를 가능하게 하는 것은 확고부동한 국가의 힘이 있어야 한다.

국내문제 중에서 민족통일의 과제는 보다 적극적인 범민족주의를 요구한다. 단순한 반공정책으로 우리의 민족 절반을 무조건 서로 미워한다면 그 결과는 영구 분단이 지속될 뿐 통일의 염원과는 멀고도 멀다. 현재와 같은 남북의 적대적 존재양식을 당연시하거나 정당하다고 생각해온 사고방식은 수정되어야 한다.

넓은 지지기반을 갖춘 민주정부의 형성도 외교정책의 主體性 확립에 필수불가결한 내부조건이다.지지기반이 약한 독재재들은 국민의 이익과는 무관한 정권의 이익을 위해 자국의 생존권을 강대국에 위탁하는 굴욕적인 사례를 과거 약소국에서, 일부 후진국에서 얼마든지 찾아볼 수 있다. 주지하다시피 이완용 무리도 얇은 지지기반 때문에 日本의 후광이 필요했을 것이다. 그러한 무리는 나라의 存亡이 문제되지 않고, 다만 자기 개인의 권력유지 여부만을 문제삼았던 것이다.

또한 국내의 분위기가 모든 국민의 진정한 이익이 무엇인가 광범위하게 논의될 수 있고, 그것이 외교정책에 반영되도록 해야 한다. 표현의 자유가 보장된 활발한 언론은 그 기능을 훌륭히 해낼 수 있을 것이다.

한일관계는 실질적으로 한국에 대해서 이익을 얻고자 하는 일본과 일본에 대해서 이익을 얻고자 하는 한국과의 관계로 볼 수 있다. 우리는 日本人들로 하여금 우방이 됨으로써 우리로부터 어떤 이익을 얻을 수 있는 강한 나라라는 이미지를 심어 주어야 하고, 그것을 입증해 주어야 한다. 그러히 못했을 때는 일본은 여전히 한국을 대륙진출을 위한 전략지기나 상품의 해외시장 정도로 생각할 뿐이다.

—끝

위 글을 쓸 무렵 대부분의 친구들은 취직이 결정되어 있었다. 반면 아직 나는 정해진 곳이 없었다. 조급한 상태인데 니 글이 게재되었으니 원고료를 수령해 가라는 것이었다. 달려가 원고료 1만 5천 원을 수령했다. 그리고 그 돈을 여비로 하여 나는 여수MBC PD 모집 시험에 응시했다. 원서 접수 마감 하루 전날이었다. 위 글을 쓴 대가로 받은 원고료가 나를 여수로 데리고 왔던 것이다. 그리하여 20년을 여수에서 방송 PD로 살아 오고 있다. 내 인생의 운명과 관련된 글이어서 여기에 꾸끔스럽게 전문을 적어 보았다.

노조가 앞장서서 변화와 개혁장애 제거하자!

여수MBC 노조 위원장 취임사
1993년 2월

조합원 여러분!

봄을 맞으면서 내내 주변에서는 변화와 개혁만이 우리 귀를 울렸습니다. 주변을 맴도는 그러한 단어들과 함께 저희 조합도 여섯 번째 집행부를 구성하게 되었고, 저는 조합장을 맡게 되었습니다. 신사옥이 준공되고 고락산으로 출근을 하던 우리 조합원들은 당시는 어떤 일도 해낼 수 있을 것 같이 열의가 대단했고 모두가 열심히 조직을 위해 힘써서 노력했습니다.

그런데 언제부턴가 새 집으로 이사온 것에 대한 기대와 희망은 사라지고 다시 이전의 상태로 풀이 죽어있는 듯한 모습으로 돌아갔고 무관심, 무소신, 냉소주의만이 우리 국면을 감싸고 말았습니다. 이런 때에 마침 서울 MBC에서나 청와대에서 '변화' '개혁' 이런 단어들이 구호처럼 울리자 이곳도 생기를 찾아가려는 것처럼 느껴지고 상대적으로 묘한 기대를 갖기도 합니다.

그런데 변화와 개혁을 구호로만 외칠 뿐 실천하지 못하는 사람도 있고, 처지와 상황이 도저히 해낼 수 없는 경우도 있습니다. 그러나 우리 조합은 망설일 필요가 없습니다. 구호로만 머물러서는 안됩니다. 회사측이 변화와 개혁을 긍정적으로 수용해 간다면, 그리고 그것이 발전적이라면 거기에 따른 어떤 장애가 있을 경우에는 그 장애를 막는데 오히려 조합이 앞장설 수도 있다는 점을 분명히 밝혀둡니다.

회사 운영의 전반적인 흐름에 몇가지 분명히 요구해야 할 점은 다음과 같습니다.

첫째, 소주주의의 철저한 배격입니다. 주총 때마다 거론되는 이 문제는 앞으로 그 방법을 달리해서 소주주측에서는 회사내의 인물을 선정해서 상임 임원을 요구할 수도 있을 겁니다. 여기에 회사의 어떤 간부가 나서는가, 그래서 어떤 형태로 결과가 나타날 것인지를 조합은 분명하게 보여줄 것입니다. 이 문제는 특수한 사안이어서 조합이 아니면 어떤 의견표출이 어렵기 때문에 조합에서 감히 말씀드린 것입니다.

둘째, 효율적이면서 변화와 개혁의 시대에 맞는 인사관리를 회사측에 요구할 것입니다. 회사에 보탬이 되지 않는 인사체제나 인사관리가 이루어진다면 사원 전체의 단합에도 저해가 됩니다. 효율적인 인사관리를 강력히 요구하고 거기에 따른 문제점을 꾸준히 제기할 것입니다.

셋째, 회사 전반의 문제점을 조합원의 시각에서, 패기 넘치고 의식있는 젊은이의 시각에서 투명하게 직시하고 거기에 따른 새로운 모델이 될 수 있는 대안을 제시하겠습니다. 여기어는 조합원들의 광범위한 의견제시와 수렴과정이 반드시 따라야 할 것입니다.

여수MBC에 진정한 의미에서의 변화와 개혁이 이루어지는 과정에서 조합은 견인차 역할을 담당하겠습니다.

　이러한 몇가지 굵은 사항이 제대로 잡혀간다면 자질구레한 노사관계의 문제점은 덤으로 해결될 수 있다고 봅니다. 이런 일을 할 수 있도록 자주 모이고 토론하고 힘을 합하고 자체 논리를 개발해 나갑시다. 일주일에 한 번 이상 조합에 들릅시다. 그래서 조합에서 무슨 일을 진행하고 있는지 자신의 일처럼 파악해 보고, 대안을 제시하고 같이 해결해 봅시다.

　조합원 동지 여러분!
　MBC가 특수한 위상에 놓여 있고, 여수MBC는 더 특수한 위상입니다. 그래서 저는 현재 여수MBC 안에서 우리의 미래를 담보할 수 있는 조직은 '노동조합'이 가장 유력하다고 감히 말씀드립니다. 조합과 함께 우리 어깨동무하면서 21세기 여수MBC를 준비합시다.

《여수MBC 노동조합 〈소리〉 제25호》

어떤 예의에 대하여

〈지리산 등정기〉
1997년 11월

높은 산은 하늘로 통하는 지름길이라고 한다. 그래서 지리산의 주봉을 천왕봉이라 하는 모양이다. 하늘에서 내려오신 분이 머무르는 봉우리이니 그곳은 곧 하늘로 통하는 길이리라. 천왕봉! 이름부터 외경의 대상이다.

우리 일행은 천왕봉에 대한 예를 갖추고 이번 등정에 올랐다. 누구는 일주일 동안 금주를 했고, 누구는 금욕을, 또 누군가는 조금이라도 꺼려지는 곳은 피하고 대신 산과 친해지려고 주변의 작은 산에서 전지 훈련을 했다고 한다. 이번 등정에 불참한 회원들도 실은 예의 때문이었다. 산은 함부로 접하는 대상이 아님을 알기에 자신의 몸 상태나 상황이 좋지 않은 이들은 감히 범접할 수 없어 포기한 것이다. 이는 지리산에 대한 예의요, 천왕봉에 대한 예의이며, 이미 예를 갖춘 회원들에 대한 예의다. 그런 그들에게 우리 또한 예의를 표한다.

우리 일행은 중산리 산중턱에서 하룻밤을 묵었다. 중산리 주차장 식당에서 식사를 마친 후, 숙소인 통나무집까지 15분쯤 걸리는 밤길을 우리는 은하수를 안내자 삼아 걸었다. 지리산 머리에 금방이라도 쏟아져 내릴 듯 가을 밤 하늘을 뒤덮고 있는 은하수가 내일의 산행을 반기는 것처럼 보였다. 아니 그것은 분명 환영 이상의 것이었다.

은하수를 향해 소원을 빌면 그곳이 어디든 상관없이 전해 줄 것 같았다. 그리고 그것은 사실이 되었다. 그 날 은하수는 우리의 염원을 우즈베키스탄까지 전해 주었던 것이다. 우즈베키스탄 알마타에 있던 축구 선수 최용수가 먼저 하늘의 별을 보았다. 우리의 소망대로 승리했다.

우리는 승리의 기쁨을 안은 채 잠자리에 들었다. 가슴속에 일렁이는 흥분을 잠재운다는 것은 생각보다 쉽지 않은 일이었지만 바로 코앞에 산행을 앞두고 있는 우리로서는 평정을 유지하지 않을 수 없었던 것이다. 그 효과는 이튿날 바로 나타났다. 아침 다섯 시 기상에도, 여섯 시 식사에도, 다른 준비를 끝내고 일곱 시에 똑같이 시작하는 산행에도 누구 하나 어젯밤의 흥분에 연연하지 않고 계획대로 진행할 수 있었다.

산행은 고행이다. 이번 산행은 중산리 경남 청소년 수련원을 지나 로타리 쉼터와 법계사 쪽 길을 택해 천왕봉에 오른 후, 천왕봉에서 다시 제석봉, 고사목, 장터목산장을 거쳐 계곡을 타고 칼바위를 지나 내려오는 장장 10시간의 코스다.

법계사는 왜 지리산의 제일 높은 곳에 자리하고 있는 것일까? 법계(法界), 우리가 사는 속세가 아니라 진리이며 이상이며 하늘에 속하는 세계 즉 법의 세계인 것이다.

법계사는 천왕봉의 검문소에 해당하는 곳이다. 우리는 모두 아무 말 없이 법계사에서 검문을 당한다. 호주머니에 담겨 있던 저 산밑에서의 번뇌, 질투, 시기심, 증오 등이 법계사 앞에 나와 앉는다. 호주머니 외에 배낭이나 모자나 바지 끝에 묻어 있는 잡념들까지 모두 검문소에 맡긴다. 다시 찾고 싶지 않은 것들이지만 내가 맡긴 것이니 내가 가지고 갈 수밖에 없는 것들이 법계사 마당에 산더미처럼 쌓인다. 조용히 쌓인다. 잠시나마 우리는 세상을 잊고 홀가분한 기분을 만끽할 것이다.

지척에 보이는 정상을 앞에 두고 '개선문'이 있다. 예전에는 음료수를 마시고 휴식을 취하며 별 생각 없이 지나갔던 곳이다. 잠시 숨을 돌리고 천왕봉을 향하여 오르는데 정상을 눈앞에 두고 언덕이 나타난다. '눈썹고개'라 부르는 언덕이다. 정상까지 오르기가 너무 힘이 든 나머지 눈썹마저도 빼놓고 가고 싶다는 뜻에서 지어진 이름이란다. 비소로 그럴 듯하게 서 있는 바위 사잇길이 개선문이라 불리는 이유를 알 것도 같다. 이곳을 지날 정도의 사람이라면 개선장군 대우를 받아도 마땅하다는 의미에서 우리 선조들이 붙여 놓은 이름인 것이다. 우리 일행은 모두 개선장군이 되었다. 눈썹고개에서 눈썹 하나씩 빼면서 또 한번 예를 갖춘다.

드디어 정상이다. 천왕봉! 북으로는 경상남도와 전라북도가, 남으로는 전라남도와 경상남도가, 서쪽으로는 전라남도와 전라북도가 갈라져나간 능선들이 보인다. 그 능선들을 모두 합한 길이가 장장 150km라고 한다. 천왕봉에서 남으로 가는 능선들은 가다가 구름을 만나고, 그 구름은 또 운해를 만들어 봉우리들을 섬으로 둥실 뜨게 만들었다.

태고의 신비가 이러했으리라. 차갑고, 아름답고, 싸늘하고, 경이롭다. 이제까지 보지 못했던 생명력이 가득 찬 비밀을 엿보는 듯하다. 위로는 하늘의 공간, 천왕의 공간, 우주의 공간이 가득하고 아래로는 내가 사는 세계가 아득히 펼쳐져 있다.

예에 대하여 생각한다. 자연에게도 인간에게도 각기 그에 따라 갖춰야 할 예가 있다.

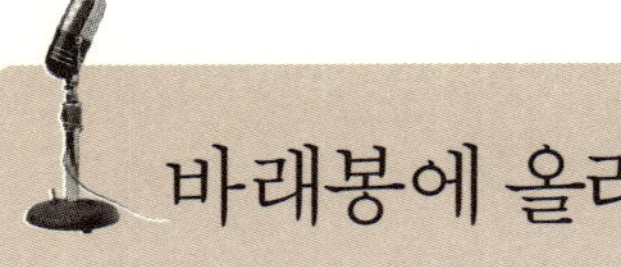

바래봉에 올라

지리산 바래봉 자전거 투어기
2002년 10월 20일

남원 육모정에서부터 자전거 페달을 밟으며 지리산을 오른다. 높이 오를수록 단풍은 절정을 향해 치닫는 듯하다. '초록에 지쳐' 라던 시인의 심정을 알 것도 같다. 산악 자전거 동아리 여수의 '두발로' 와 순천의 '백두대간' 회원들은 은륜 위에서 지리산 단풍을 즐기는 중이다.

운봉의 바래봉 등산로 입구 주차장에서 준비해 간 간식을 나눠 먹고 본격적인 산악길에 들어섰다. 처음 길은 시멘트 포장이 되어 있어 별 무리가 없었으나 운지사 삼거리부터는 비포장 길이었다. 지난 여름 태풍 루사가 남긴 흔적들이 대단하다. 등산로는 거의 계곡처럼 변해 있었다. 길 양쪽에서 하늘거리는 억새가 위로는 되었지만 주차장에서 정상을 기준으로 대략 7부 능선까지는 자전거를 탈 수 있는 구간이 얼마 되지 않았다. 정상이 2.4km 남았다는 안내판 옆에 '철쭉샘' 이라고 새겨져 있는 돌비석이 보인다. 그러나 마른 목을 적시려고 들여다보니 태풍 루사는 이곳 약수터의 물길마저 바꿔 놓았다.

어느 정도 올라가 자전거를 탈 수 있는 길을 만났다. 그러나 이번에는 날씨가 예사롭지 않다. 흐린 날의 고지대는 날씨 변화가 많다. 운봉읍과 멀리 남원시 시가지가 내려다보이는가 싶었는데 금세 안개에 휩싸인다.

여수 두발로 MTB회원들과 함께

바로 눈앞도 보이지 않을 지경이 되어 버린다. 잠시 여기 저기 지리산 봉우리들이 구름 속에 나타났다 사라진다. 이곳 지명이 운봉(雲峰)인 까닭이 저 속에 있다. 거센 바람이 불고 안개는 비가 되어 옷과 자전거를 적신다. 준비해 간 점퍼나 비옷을 챙겨 입는다. 웃옷에 달린 모자를 헬멧 속에 넣어 쓰는 대원도 있다. 일행 25명이 모두 안개비에 젖었다.

해발 1,165m의 바래봉. 우리 일행은 800m 고지에서부터 정상까지 계속 그런 상태로 올랐다. 봉우리와 봉우리가 연결되는 능선 양쪽 계곡에서 피어오르는 안개는 마치 대형 펌프에서 무대를 향해 뿌리는 드라이아이스 같았다. 나와 자전거를 삼켜버릴 것 같은 공포가 없지 않았지만 흐린 날의 1,000m 고지 바래봉은 내게 완전한 새로움이었다.

안개비는 계속 우리를 적신다. 이때 나무 한 그루 없이 풀만 덮여 있는 자리가 눈에 띈다. 그러나 더 이상 주변 산의 형태를 살피거나 근처를 조망하는 것은 불가능하다. 정상 가까운 곳에서 멋진 산길이 나타났다. 양옆에는 나무가 줄지어 서 있고 온통 낙엽과 풀로 덮여 있는 길은 안개 때문에 더욱 신비스러운 분위기를 자아낸다. 갈색의 나뭇잎과 녹색의 풀들이 만든 카펫 길이가 자전거를 붙잡는다. 가을 우수에 젖은 강한 고독감을 신비로움 속에 표현하고자 하는 어느 CF감독이 추천을 의뢰하면 흐린 날 안개 낀 10월에 바래봉에 가보라고 권하고 싶다.

안개와 폭풍으로 5m 앞을 볼 수가 없는 일기가 오히려 운치를 더해 준다. 나무는 없고 풀만 무성한 고산 지대의 구릉을 오르는 동안 나는 선사 시대 어느 부족의 커다란 왕릉을 올라가고 있는 것은 아닌가 하는 착각에 빠졌다. 무성한 푸른 풀밭이 말이나 소를 풀어두면 바로 목장으로 변할 것 같았다. 조금 더 경사가 완만한 비탈면에는 최근에 심은 듯 보이는 비자나무가 삼각 버팀목에 의지한 채 바람을 견디고 있었다.

내려오는 길에 약수터 겸 시멘트 벽돌로 세운 건물을 들여다보았다. 산 정상까지 길이 나 있는 이유를 알 수 있었다. 페인트가 벗겨져 더욱 볼품 없어 보이는 그 하얀 건물 벽에는 아직도 '국립종축원 남원지원 감시사' 라는 글씨가 선명하게 남아 있었다. 새마을사업이 한창이던 1970년대에 보았던 '자조, 자립, 협동' 과 같은 글씨체였다.

1971년, 정부에서는 호주와 함께 면양 목장을 설치 운영하기로 합의하고 바래봉 일대 206만 7천 평에 면양을 방목하였다. 국립종축원 남원지원이 들어섰다. 감시막사라는 뜻의 '감시사' 는 목동들의 산 속 거처로 쓰였다. 봉우리 7부 능선 이상의 높이에는 임도를 설치하지 않는 게 상식인데도 정상 부근까지도 트럭이 다닐 수 있도록 길을 낸 것도, 바래봉에 철쭉 군락지가 생겨난 것도 한때 목장으로 쓰였던 데 그 이유가 있었다.

철쭉으로 유명한 바래봉을 오르니 보이는 것이 철쭉이요 밟히는 것이 철쭉이다. 찬찬히 보니 철쭉들은 내년 봄을 위해 이미 이 가을부터 작은 눈을 키우고 있다. 내년 봄에 필 철쭉의 꽃눈은 스스로를 보호하며 이 겨울을 날 것이다. 5월에 피어날 철쭉의 향연을 상상한다. 바래봉 정상 부근에서 보았던 그 나무 없는 초원은 목장으로 쓰였으니 더 말할 필요도 없지만, 그 밖의 다른 곳들도 면양들이 헤집고 간 후라 먼저 자리잡아 자라느니 철쭉이었을 터다. 면양 덕분에 유명한 철쭉 군락지가 형성된 것이었다. 여수 영취산 또한 암모니아 등 공장의 배출 가스 덕에 생명력 질긴 관목 식물인 진달래가 다른 나무를 밀어내고 자리잡기 시작하면서 유명한 진달래 군락지가 되었다. 운봉의 바래봉 철쭉 군락지와 여수 영취산 진달래 군락지는 유사한 태생 설화를 갖고 있는 셈이다.

내리막길에서는 대원 각자의 자전거 타는 숙련도에 따라 편차가 심하긴 했지만 위험에 따르는 스릴을 느낄 수 있었다. 나는 팔이 얼얼하고 엉덩이를 몇 번이나 다쳤는지 모른다. 신음을 토하면서도 자전거가 넘어지지 않도록 균형을 잡는다. 끌다가 타다가를 반복하면서 겨우 산 아래 도착했다. 허벅지며 사타구니가 얼얼하다.

자전거 타기를 마치고 운봉읍에서 늦은 점심을 먹었다. 식사를 했던 방의 시렁을 올려다 보니 손 때 절은 소리북이 보인다. 소리의 고장 남원을 실감했다. 운봉 사람들이 소리 한마당을 걸쭉하게 벌일 때 장단으로 흥을 돋우었을 북이, 이제는 바래봉 자전거 타기를 마치고 나누는 얘기를 소리 삼아 조용히 장단을 쳐주는 듯하다.

더구나 자전거 타기의 출발지였던 남원 육모정은 판소리에 등장하는 춘향이의 묘소가 있는 곳이 아닌가. 남원 사람들은 판소리에 나오는 가상 인물의 묘를 만들어 놓고, 실제 인물처럼 '성춘향지묘' 라는 비까지 세워 대우해 주고 있다. 오늘 바래봉 자전거 타기의 시작과 마무리는 판소리 무대에서 한 셈이다.

아버지의 이름으로

나는 그들 두 사람이 어떤 일 때문에 거기에 있는지 대전 동부시외버스 터미널에서부터 알 수 있었다. 그을린 얼굴, 잘 다져진 몸, 간편한 스포츠 복장의 옷차림, 경쾌한 발걸음, 누구라도 편하게 맞아 줄 믿음직한 건강미. 그들이 마라톤 하는 사람이 아니라고 우긴다 해도 그들에게서는 마라톤 냄새가 났다.

그들 두 사람이 먼저 공주행 버스에 오르고, 여수에서 대전까지 온 나도 그들의 뒤를 따랐다. 버스에 오르자마자 우리는 서로 인사를 나누며 목적지가 같은 사람임을 확인하였다. 세 사람 모두 머리카락이 하얗다는 공통점을 가지고 있었다.

공주에서 내려 마라톤 풀 코스를 택시로 돌아보았다. 경치도 좋고, 금강변이어서 언덕이나 난코스가 적은 순조로운 코스임을 확인했다. 대회 참가 직전까지 우리는 한 팀이 되었다. '2004년도 백제큰길공주동아마라톤'에 참가하는 강릉, 포항, 여수 사람이란 것 외에는 아무 것도 모르지만 버스 안에서 마라톤으로 묶여지는 순간 우리는 서로 잘 아는 사람이 되었다. 그 시간 이후 관광에서부터 식사, 호텔 방까지 함께 쓰게 되었다. 이튿날 아침 식사도 같이 했으며, 한 택시를 타고 대회장에 들어서 헤어질 때까지

한 가족이나 마찬가지였다. 완주를 격려하며 운동장 입구에서 헤어졌다. 우리는 이제 각자의 풀 코스 대기선에 섰다.

25km까지는 연습 때 했던 달리기와 다섯 차례 치른 하프 대회와 별다른 차이점을 느끼지 못하고 순조롭게 달렸다. 1시간 50분대의 내 하프 기록에 맞게 시간당 10km씩 달렸다. 20km는 두 시간, 25km는 2시간 30분, 별로 힘들다는 생각 없이 매우 만족스러운 레이스가 이어졌다. 5시간 안에 완주하는 게 목표이니 안도하면서 시계를 보았다. 무리하지 않으려고 속도를 조절하면서 뛰었다. 풀 코스 첫 출전이라는 사실이 실감나지 않을 정도였다.

그런데 25km 이후부터 상황이 달라졌다. 31km 지나서 천천히 달리고 있는데 4시간 30분 페이스 메이커가 다가왔다. 이들과 함께 달릴 수 있을 것 같았다. 그들과 조를 맞추며 500m쯤 달리는데, 마음과 발이 엇나가고 있는 나를 발견했다. 무심한 그들은 나를 두고 점차 사라져 간다. 기를 써도 그들의 속도에 미치지 못하고 멀어져만 간다. 도저히 그들을 따라갈 수 없다는 사실을 깨닫자 온몸에 힘이 쪽 빠진다. 걷기 시작했다.

또 다른 위기가 찾아 왔다. 운동장으로 향하는 후반부, 백제 큰 다리 건너기 전이었다. 무령왕능과 공주박물관을 안내하는 대형 안내판이 만들어 주는 그늘은 그 날 내게 오아시스였다. 상체만 가릴 수 있을 정도의 그 작은 그늘에서 쉬고 있는데 본부 5호 회수 차량이 다가온다. 내 뒤에 서서 클랙슨을 울린다. 나는 작은 오아시스에서의 휴식마저 방해를 받게 되었다. 그런데 회수 차량은 그 자리에 서 있다. 내게 어서 회수 차량에 올라타라는 듯.

나는 다시 힘을 내서 달리기 시작했다. 이번 풀 코스를 달려야 하는 이유를 생각한다. 고등학교 3학년인 아들 진웅이와 3년 전에 약속했었다.

3박 4일간 제주도 자전거 일주 중에 아들 진웅이와 함께

"아빠는 마라톤 풀 코스를 완주할 생각이다. 나는 앞으로 3년 동안 준비하여 풀 코스 완주하고, 너는 3년 후에 원하는 대학에 합격하기로 하자. 나는 완주 증명서를 너에게 선물하고, 너는 아빠에게 네가 원하는 대학의 합격증을 선물했으면 한다."

아버지란 무엇인가? 열심히 사는 모습! 그것이 아버지의 전부이기도 하다. 그것은 말없는 가르침이요, 본보기 교육일 터다. 나는 나의 아버지에게서 최선을 다하시며 열심히 사시는 모습을 보고 자라왔다. 이제 나는 한 아이의 아버지로서 나의 아버지가 나에게 하신 것처럼 나도 내 아들에게 보여주어야 한다.

그러나 사무실에서 근무하는 나로서는 내 아이에게 열심히 사는 아버지의 구체적인 모습을 보여 주기가 쉽지 않다. 기껏해야 술 취한 모습으로 파김치가 되어 뒤늦게 귀가하는 모습이나 휴일에는 늦잠을 자고 소파에 비스듬히 앉은 채 텔레비전 채널 돌리는 모습을 보여주는 정도다. 때로는 어느 것 하나 아버지로서 제대로 보여주는 것이 없는 것이 아닌가 하는 생각이 들기도 한다.

그렇다고 내가 대충 사는 사람은 결코 아니다. 하지만 구체적으로 보여줄 수 없는 점이 안타까운 것이다. 직접 보고 배우는 것 만한 교육은 없기 때문이다. 생각 끝에 나는 달리기를 생각해 냈다. 평소 달리기 운동을 하는 내게 있어 달리기하는 모습이야말로 구체적인 아버지의 모습이 아닐까 하는 생각이 들었던 것이다.

위기의 순간을 넘기는데 떠오르는 일이 한두 가지가 아니다. 처음 달리기를 시작했을 때는 10km부터 시작하여 5차례 하프를 달렸다. 내가 흘린 땀방울과 내가 달리며 지나왔던 무수한 길들이 생각났다. 파도에 밀려 온 바닷물들이 빠져나가고, 쓸쓸하게 남아 있는 갯벌이 달리는 나를 덤덤하게 맞아 주곤 했던 길이다. 하루의 일과는 막을 내리고, 바닷새들도 날개를 접는 해거름에 일몰의 알 수 없는 쓸쓸함은 식은땀이 되어 내 몸을 휘어 감기도 했다. 어둠이 밀려오면 모든 것을 삼켜버렸고, 처음 출발했던 곳의 정적은 나의 도전을 더욱 자극했다.

나는 가볍게 달리기에 나섰다가

마라톤에 입문했다. 여수사이클연맹과 산악자전거 모임인 여수 '두발로' 회원들과의 만남, 이어 여수마라톤클럽 소속 고수들의 친절한 안내, 내가 소속한 여수좌수영클럽 회원들과의 달리기, 그리고 첫 하프 대회인 경주 동아마라톤대회 출전, 광양과 순천 남승룡마라톤 출전을 하며, 바로 오늘 꿈에도 그리던 마라톤 풀 코스에 첫 출전한 것이었다. 드디어 마지막 결승점을 통과하였다. 얼마만에 완주했느냐는 의미가 없다. 처음으로 도전한 풀 코스에서 완주를 한 것이다.

나는 40대 이후의 내 인생에서 구체적으로 수치화된 인생의 목표를 정하고 그것을 달성해 냈다. 달리는 과정에서의 만남과 도전을 통해서, 아들 진웅이와의 약속을 통해서 이룩한 일이라는 데 큰 의의를 두고 싶다.

지친 몸을 끌고 집에 들어서자, 아내의 포옹과 아들 진웅이의 꽃다발이 준비되어 있었다. 자신만만하게 받은 아내의 포옹과, 무릎을 끓고 축하한다는 말과 함께 전해 주는 아들의 꽃다발은 이 세상 무엇과도 바꿀 수 없는 최상의 선물이었다. 나는 그때 '아버지'였다.

그 순수의 시절 속으로

1997년 문수 초등학교 〈동백〉 6호
'다시 가고 싶어라, 나의 초등학교 시절'

나주 들판에 서서 바라본다. 황토빛 붉은 밭이 넓게 펼쳐져 있고, 교가에 등장하는 산이라야 채 100m도 되지 않는 구릉지대에 둘러 쌓인 채, 멀리 영암의 월출산만 우뚝하다. 저 농촌 마을에 내가 다니던 공산초등학교가 있다.

나는 졸업한 후에도 가끔 공산초등학교에 들르곤 했다. 상급학교에 다니면서 휴일이나 방학 때 혼자 미끄럼틀에 앉아 사색에 잠기기도 했고, 군 시절 휴가를 나왔을 때도 그랬다. 플라타너스 나무 사이를 지나 종이 걸려 있는 교무실과 관리인 아저씨가 사는 관사 옆으로 산책을 했다. 다른 곳에서 사귄 친구가 방학 때 나를 찾아오면 백엽상이 있는 교정 잔디밭에 앉아 함께 애길 나누기도 했다.

어른이 되어서도 나는 그 학교에 자주 들렀다. 아내와도 함께 간 적이 있다. 철봉대에 매달리기도 하고 시소를 타기도 하면서 나는 어린 시절 내 학교 생활에 대해 들려주면서 사랑을 쌓았었다. 그리고 지금은 내 아들 진웅이가 초등학교를 다니는데 진웅이와도 몇 차례 나의 학교에 놀러 갔다.

들를 때마다 학교가 몇 년을 주기로 변한다는 것을 느꼈다. 어느 날엔

공산초등학교 전경

청소 시간에 초를 칠해 광을 낸 복도에서 미끄러지곤 했던 목조 건물이 없어져 버리는가 하면, 또 어느 날엔 칠면조와 닭을 키웠던 사육장도 새롭게 단장돼 있었다. 또 어느 때는 겨울철 선생님들에게도 우리들에게도 따스한 물을 제공하던 결명자 차밭 자리에 교실 건물이 들어서 있기도 했다.

학교 행사가 있는 날에는 어김없이 비가 내렸다. 특히 소풍이나 운동회 때는 더욱 그랬다. 그럴 때마다 어디서 흘러나온 풍문인지 큰 구렁이 이야기가 등장한다. 학교를 처음 지으려고 터를 잡고 공사할 때 큰 구렁이가 이곳에서 또아리를 틀고서 살았는데 학교 짓느라고 쫓아내 버렸다고 한다. 구렁이는 후에 용이 되어 하늘로 승천하지만 학교 행사 때마다 비를 내리게 하여 자신을 쫓아낸 데 대한 복수를 한다는 것이다. 학교 행사 때마다 오는 비를 바라보며 구렁이를 쫓아냈던 어른들을 원망하곤 했었다.

그런 생각을 하던 내가 어른이 된 것처럼 나의 학교도 나이를 많이 먹었다. 사람도 예순 살이 되면 다른 생일 때와는 다른 축하를 해 주듯이 60주년을 맞은 학교에도 기념비가 교문 옆에 세워졌다. 3~4년 전에는 그 곁에 개교 70주년을 기념하는 비석이 세워졌다.

올해 학기초에는 진웅이와 함께 뜻 있는 방문을 했다. 내가 학교에 들를 때는 언제나 휴일이나 방학 때였다. 이번 방문도 휴일이었으니 어김없이 텅 빈 교실과 말없이 서 있는 나무들만이 나와 진웅이를 반겨 주었다. 진웅이는 2주일간 임시로 이 학교에 다닐 예정이어서 방문했던 것이다.

5월에 진웅이는 할아버지와 할머니와 처음으로 2주일간 함께 지내면서 내가 어렸을 때 다녔던 학교를 다녔다. 분명 나와는 다른 눈으로 학교 생활에 대처하고 바라보았겠지만 어쩌면 그래서 더 많은 것을 얻게 되었는지도 모른다. 새로운 체험과 색다른 경험은 우리에게 큰 자극이 되고 활력소가 된다. 우리 어린이들에게 아빠가 혹은 엄마가, 아니면 다른 친척이 다녔던 시골 학교를 경험해 보게 하는 것도 크나큰 체험이 아닐까 싶다.

이처럼 공산초등학교를 생각하면 나는 언제나 평화롭다.

마찬가지로 문수 어린이들에게는 문수초등학교가 영원한 마음의 고향이다. 졸업 후 청년이 되고, 어른이 되고, 할아버지 할머니가 되어도 문수초등학교를 생각하면 마음이 푸근해질 것이다. 언제 어느 때 찾아와도 문수는 여러분을 반길 것이다.

미래의 꿈을 위해 달리고 있는 문수 어린이들이여, 높이 날아라. 그리고 멀리 보아라. 문수의 교정에서 옛날 이야기 나눌 그 날을 위해.

깨복쟁이들의 대화

2002년 3월 2일

　내가 자랐던 시골 마을은 그 형상이 거북을 닮았다고 하여 윗동네는 상구(上龜)마을, 아랫동네는 하구(下龜)마을이랍니다. 또 거북이가 들어앉아 있는 형상의 옆 동네는 구석동(龜席洞)마을이라고 부릅니다.

　상구마을에서 크고 자란 친구들끼리 만든 동창 모임이 있습니다. 마을 유래가 이러하니 자연스럽게 모임 이름도 '거북회'라고 하기로 했습니다. 그러나 아직은 딱히 거북회라고 못박은 것도 아니고, 복잡한 회칙도 없으며, 자연스럽게 수 년째 모이기만 하고 있습니다. 모임 이름 같은 것이 그리 중요한 것은 아니기 때문일 것입니다.

　이 깨복쟁이 친구들이 내일 각자 아내를 동반하여 여수에서 모이기로 했습니다. 우리들의 면면을 소개하자면 이렇습니다. 농사지으며 이장을 지낸 친구, 소를 키우며 배나무 과수원을 하는 친구에 두 사람은 개인 택시 기사를 하고 있고, 광주시 공무원, 약사, 아스팔트 포장 전문 건설업자와 이 글을 쓰는 회사원인 나를 포함하여 모두 8명입니다.

　우리들은 6년간 같은 학교를 같은 마을에서 같이 다녔습니다. 지금도 두 사람은 고향을 지키고 있는데, 그들 두 사람이 상구 마을에서 가장 나이 어린 세대주입니다. 우리 이후의 후배들은 한 사람도 시골에 남아 있지 않습니다. 명절 때마다 만나는 친구들입니다만, 이 친구들이 여수에 온다고 하니 많이 설렙니다. 여수에 살고 있는 내가 그들을 초청했거든요.

깨복쟁이 친구한테서 전화가 걸려 왔네요. 우리 집에 오는 길을 묻고 있습니다.

"병종이 아재, 우리가 뭐 따로 준비할 것은 없으까?"
"그래. 나 병종이세! 따로 준비할 것은 없네. 낼 몇 시에나 출발하실랑가?"

우리 깨복쟁이 친구들은 8명 모두 성씨(姓氏)가 '나주 오가(吳家)'들입니다. 상구마을이 400년쯤 되었는데 친구들 모두가 나주 오씨 사정공파 후손들이기 때문입니다. 방금 전화는 조카뻘 되는 훈교한테서 온 것입니다. 훈교는 나를 '병종이 아재'라고 부릅니다. 내가 항렬이 높아 삼촌뻘이 되기 때문입니다. 또 우리 모임에서는 친구끼리라도 같은 항렬이면 나이나 생일로 엄격히 형과 동생을 구분합니다. 그리하여 친구 사이지만 '승철이 성' '종관이 동생'이라고 부르고 있습니다. 나 또한 아재(아저씨) 칭호를 듣다 보니 자연스레 윗사람 티를 내게 됩니다. 친구지만 나보다 한 살 많은 나이든 조카 훈교에게는 존칭과 함께 하게체를 사용합니다. 이런 대화를 들으며 아내가 빙그레 웃습니다.

나주 오가 양반들이라고 우리 깨복쟁이 친구들끼리도 법도가 있습니다. '너냐 나냐' 하면서 다소 심한 육두문자도 쓰곤 하는 게 깨복쟁이 친구들만이 할 수 있는 대화의 매력이기도 하지만 우리는 격식을 갖춰 대화합니다. 다른 친구들에게 양반 티 낸다고 핀잔을 듣기도 합니다. 특히 성인이 되기 전에는 더 많은 핀잔을 듣기도 했습니다. 하지만 나이가 든 지금은 우리에게 핀잔을 주었던 그 친구들이 우리의 이러한 대화체를 부러워합니다. 거기다 전라도 사투리와 어우러지니 들으면 들을수록 무척 감칠맛이 있다고 합니다. 그 친구들도 이제 나이를 먹어가나 봅니다.

이런 대화체는 자자일촌의 같은 성씨끼리 한 마을에 모여 사는 동안 어른들을 통해 어려서부터 받은 교육 덕택입니다. 나주에서 4대 성씨에 든다느니, 외지에 나가면 처신을 잘 해야 한다느니, 양반의 후예로서 몸가짐을 잘 하라느니…. 하지만 우리는 어려서부터 어른들의 그런 말씀을 싫어했습니다. 엄청난 자부심과 긍지를 심어 주는 교육이었지만, 귀가 아프도록 틈만 나면 들어야 하는 그 말들이 당시로서는 짜증이 났던 것입니다. 속으로는 '양반은 무슨! 양반이면 우리들한테 특혜를 주나요? 출세를 시켜 주나요? 지금이 어느 시대인데 그런 말씀을 하세요!' 하는 식으로 귀찮게 받아들이곤 했습니다.

지금도 많은 나이를 먹은 것을 아니지만 한 해가 더할수록 어르신들 얘기의 깊은 뜻을 이해할 것 같습니다. 전화에 대고 통화가 이어집니다. 기왕 여수에 오는 길이니 나 사는 모습도 보여줄 겸해서 우리 집 쪽으로 오는 길을 일러줍니다.

"어이! 알았네. 여수 진입하면 오동도 안내판만 보고 오시다가, 여수시 2청사 안내판 따라 오소. 2청사 근처에 도착하면 핸드폰 하시게. 그리고 내일, 거 질부들도 잘 모시고 안전하게 조심히 오시게! 어이, 그러면 낼 여수에서 보세!"

이별에도 연습이 필요하다

긴 여행을 앞두고 우선 고향에 계신 부모님을 찾아 뵙기로 했다. 주말인 토요일과 일요일만으로는 빠듯할 것 같아 그 다음 주 월요일 하루는 휴가를 냈다. 토요일 아침 고향집에 도착하자마자 집안 이곳 저곳을 정리하기도 하고, 마당 곳곳에 제초제를 뿌렸다. 이런 일들은 모두 아버지께서 하시던 일이다.

그렇게 정정하시던 아버지가 4년만에 저렇게도 약해지셨다. 여든 넷의 아버지께서는 현재 암 때문에 당신의 몸 하나 가누기에도 버거우신데다 전립선 질환으로 10분마다 소변을 봐야 하는 환자이시다.

일요일에는 집안 질녀 결혼식에 다녀왔다. 그리고 짬을 내어 어머니와 아버지 두 분께 함께 목욕하러 가시자고 제안을 했다. 처음에는 두 분 다 손을 내저으시더니 어머니가 먼저 속내를 비치신다. 아들과 함께 목욕탕에 가는 것이 못내 쑥스러우신 듯 누님과 함께 갔으면 하는 눈치시다. 하지만 내 설득에 못이기는 척 그러마고 답하신다. 그런데 아버지께서는 영 마음이 없다신다. 나는 아버지께 설득 섞인 애원을 한다.

"아버지, 제가 부축해 드릴 테니까 걱정 말고 갑시다. 이런 때 아들 덕

한번 보세요! 아버지, 이래봬도 저 비싼 아들입니다. 날이면 날마다 오
는 아들이 아니라구요. 그리고 아버지, 목욕하면 개운하시잖아요. 소
변 보시는 것도 훨씬 나아질 거예요."

겨우 허락을 받아낸 후 두 분을 모시고 목욕탕으로 갔다. 목욕탕에 도착
하여 여탕에 일하는 종업원에게 어머니 때를 밀어 달라고 부탁했다. 골다
공증 때문에 지난 겨울엔 입원까지 하는 고생을 하신데다 관절도 불편한
여든 두 살의 내 어머니.

3층에 있는 남탕에 가기 위해 나는 아버지와 함께 계단을 오르기 시작
했다. 아버지는 계단 중간 중간에서 난간을 잡고 쉬시기를 여러 차례 반복
한 끝에 목욕탕에 도착할 수 있었다. 목욕탕에 도착하여 탕 안에 들어 갈
때 아버지는 내 부축을 받아야만 했다. 뜨끈한 탕 안에서도, 탕에서 나와
쉬실 때도, 몸을 씻겨 드릴 때도, 면도를 해드릴 때도 아버지 곁에는 항상
내가 있어야 했다. 아버지의 다리는 이제 누가 봐도 앙상한 겨울나무 가지
다. 아버님의 육신은 이제 자식들을 위해 밝힐 만큼 밝히고 사그라져 가는
촛불이나 다름없다.

아버지는 기미독립선언 이듬해인 1920년 생이시다. 태평양전쟁 막바지
에 20대를 맞이한 아버지는 징용에 나가 군산, 영산포 등지에서 군수물자
를 나르는 마차 끄는 일을 하셨단다. 아버지는 또 가족들의 안전을 전제로
최남단 빨치산인 장흥 유치부대에 가담하여 고초를 겪기도 하셨다. 아버
지의 그 기개는 지금 어디에 있는가. 아버지는 자식들을 위해 그 기개에
불을 붙여 타고 계셨던 것이다. 그리고 이제는 그 불이 다 소진될 시기가
온 것이다. 나는 아버지의 몸을 어루만지며 기원한다.

다정히 산책길에 나서신 부모님

　아버지, 언제 다시 제가 아버지와 같이 공중 목욕탕에 올 수 있을까요? 이번이 아마 마지막이 될지도 모르겠습니다. 공중 목욕탕에서 아버지께 이렇게 면도도 해 드리고 등도 밀어 드리는 일이 수시로 가능하다면 좋겠습니다. 아버지, 누구나 한번은 먼 나라로 떠납니다. 헤어집니다. 우리도 언젠가 헤어지겠지요? 저는 요즘 들어 부쩍 아버지 생각을 많이 하게 되었답니다. 아버지와 함께 하는 것마다 그것이 아버지와 내가 함께 할 수 있는 마지막 일은 아닌가 하고 말입니다. 이런 모든 것이 아버지와 제가 헤어지는 연습을 하는 과정으로 보입니다. 사시는 기간 동안 고통이 조금이라도 덜어지셨으면 하는 바람뿐입니다.

　그렇다. 나는 지금 아버지와 헤어지는 연습을 하는 중이다. 그 연습은

월요일에도 이어졌다. 사실 월요일 휴가는 아버지를 모시고 병원에 다녀
올 생각이었다. 암도 암이려니와 빈뇨 때문에 수시로 화장실을 다녀오시
느라 잠 한 숨 제대로 들지 못하신 아버지를 모시고 비뇨기과에 들러야 하
는데 어머니도 시내 안경점에서 안경을 손봐야 한다고 따라나서신다. 아
들에게 맡겨도 될 일이지만, 어머니는 혼자 계시기가 적적하신 모양이다.
아들 차도 한번 타보고, 나갔다 오면 운동이 되어 좋을 것이고, 의사에게
서 영감 건강 상태도 들어보고…. 사실 어머니가 하실 일은 이처럼 한이
없었다.

　병원 역시 3층인데 계단을 올라가야 한다. 거동이 불편한 아버지를 모
시고 다니다보니 이 세상은 온통 계단으로 시작해서 계단으로 끝나는 것
만 같은 생각이 든다.

　병원 가는 일도, 함께 목욕하는 일도, 내게는 모두 헤어짐을 염두에 두
고 하는 일이 되어버렸다. 집으로 오는 차안에서 어머니가 말씀하신다. 당
신은 오로지 자식들에게 짐이 안되기만을 바라고 계신다.

“누구나 한번은 간다. 우리도 어서 가야 느그들 걱정이 없을 것인디….
이렇게 자주 아프기만 하고 느그들한테 짐만 되고 있구나. 건강이 제
일이다. 너는 지금 하는 운동 더 열심히 해라. 나도 가는 날까지 사지
육신만은 움직이다 가야 할 것인디, 그렇지 못할까 봐 걱정이다.”

　어머니도 아버지도 당신들의 죽음을 준비하고 계시다. 수의는 윤달에
준비해야 건강하게 오래 사신다며 당신들이 입고 가실 수의도 어느 해 윤
달에 이미 구입해 두셨다. 장례식은 어느 병원이 가깝고 불편하지 않아서
좋다, 죽은 후에는 화장하여 납골묘에 안치해 달라시며 묘지까지 마련해

두신 분들이다. 당신들께서도 이 세상과 헤어질 준비를 하나씩 해오고 계신 것이다.

병원에서 집으로 오는 길에 봄철이면 길가에서 흔히 파는 묘목을 몇 그루 구해 왔다. 집 서편 언덕에는 벚나무를 몇 그루 심고, 지금은 시금치를 가꾸고 있는 그 아래 텃밭에는 매화나무를 몇 그루 심었다. 이제 나는 이 집과도 헤어지게 될 것이다. 곁에서 지켜보던 어머니께서 한 말씀 하신다.

"이 집은 목수였던 니 할아버지가 직접 지으신 집이라고 들었다. 내가 시집왔을 때 성주한 지 3년 되었다고 하더구나. 내가 시집 온 지가 64년 되었으니까 이 집은 67살을 먹은 셈이다. 그 동안 우리 자식들 낳고 키우고 한 이 집도 우리 죽고 나면 곧 빈집이 되겠구나. 그렇더라도 자주 자주 휴가 얻어서 여기 다녀가거라. 저기 벚나무하고 목련, 대추나무, 자두나무, 동백도 다 니가 심은 것인데 벌써 저렇게 컸구나. 오늘 니가 심은 매화도 몇 해 안에 열매를 맺을 것이다. 휴가 와서 매실도 따 가고 그래라. 내가 매실 열 때까지 살아 있으면 좋겠다마는."

부모님과도 헤어지고, 어릴적 살았던 우리집과도 헤어지는 것은 변할 수 없는 사실이다. 막을 수도 없다. 다만 시기가 문제일 뿐이다.

어머니와의 하룻밤

2004년 1월 6일

　　지난 연말 고향집에 다녀왔습니다. 농촌 마을의 쓸쓸한 겨울밤을 어머니와 함께 보내고 싶어서였습니다. 작년 4월 창졸간에 64년 동안 동고동락해 온 남편을 저 세상으로 보내고 도회지의 자식들 집으로 오시라는 권유도 마다하신 채, 홀로 시골 본가를 지키고 계시는 어머니입니다.

　　마침 여수, 순천에서 활동하다가 서울 YMCA 사무총장으로 옮긴 시인 이학영이 최근에 그의 고향 마을을 다녀온 후 지인들에게 써 보낸 시를 제게도 보냈더군요. 여기 그의 시를 싣습니다.

또 하나 불 꺼지고

뒷동산 대나무 숲 위로
불 지핀 싸리비를 흔들어 댄 것처럼
별은 총총한데
그 아래 소처럼 눈감고 누워 있는 마을은

굴 속 같은 동짓달 밤을 나고 있다

농약을 마시고 마당귀까지 나와 쓰러진
고샅 끝 광주댁을 묻고 온 날
홍시처럼 몇 점 켜지던 불빛들
아예 초저녁부터 보이지 않는다

아마 검은 강 어느 어귀까지
환하게 길 비춰주려고
바램하러 갔는지도 모를 일이다
또 하나 마을에 불빛이 꺼졌다

- 이 학 영 -

　이 시의 여운이 깊게 남아서인지 우리 집 즈변도 똑같이 쓸쓸하게 느껴졌습니다. 뒷집은 몇 년째 비어 있었는데, 결국 그 고래등같던 기와집도 작년에 무너지고 말았습니다. 빈터에는 잡풀이 가득하더군요. 그 집을 지을 때 동네 어른들은 서까래용 소나무 껍질을 벗기고, 기와를 얹기 위해 메주 만하게 뭉친 흙더미를 릴레이식으로 지붕 위로 던지던 기억이 생생합니다.

　그 집은 여유 있는 집의 전형인 팔작 기와집이었습니다. 가족들이 하나둘 객지로 떠나고 나자 빈집이 되었습니다. 지붕에는 풀이 돋고, 몇 년이 지나자 그 튼튼한 기와집에서도 한쪽 귀퉁이에서 물이 새기 시작했습니다. 물이 샌 자리는 조그만 구멍이 생기더니 차근차근 허물어지기 시작했고, 도시에 사는 아들은 인부를 시켜 그 집을 포크레인으로 밀어냈습니다.

어머니가 사시는 집의 입구 오른쪽 집은 나이 든 총각이 혼자 지키고 있습니다. 절에 잘 머문다는 후배는 보이지 않고 대문만 열려 있었는데, 휑하니 비어 있는 집 담장 위로 고양이들이 넘나들고 있었습니다. 마당을 지키고 선 감나무의 빨간 감들은 아무도 손대는 사람 없어 떨어지거나 까치들이 쪼아먹다 남은 채로 달려 있었습니다. 돌아오는 설 즈음 다시 들러 만나게 된다면 더욱 쓸쓸한 모습일 것만 같습니다.

아랫집은 중풍으로 쓰러진 할머니와 안살림까지 도맡아 하시는 할아버지 내외가 살고 계십니다. 그 할아버지도 고단한 삶에 지쳐 허리가 자주 편찮으시다더니 결국 이 겨울에 입원하고 말았습니다. 잘 움직이지도 못하는 할머니를 침침한 시골 방 침대에 둔 채 말입니다. 장성하여 도시에 사는 아들과 며느리들은 사정이 있어서 자주 부모님을 돌볼 수 없다고 합니다. 병상에 누워 있는 할머니를 위해 동네 다른 할머니들이 교대로 밥과 국을 갖다 드린답니다. 이 동네서는 젊다고 하는 50대 아주머니들도 가끔씩 들러 돌봐드린다고 합니다.

밤에 마을길을 돌아보았습니다. 어렸을 때 뛰어 놀던 그 길. 긴 겨울밤 동네 형들은 요란스럽게도 겨울밤을 보내곤 했습니다. 지금은 후배인 늙은 총각이 혼자 살고 있는 앞집은 앞 들판이 거의 그 집 논이었고, 사랑채에 머슴이 둘이나 있던 동네에서 제일 큰 부잣집이었습니다. 그 머슴들과 동네 형들은 닭서리도 하고, 두부 내기 화투도 치면서 밤에도 시끌벅적하던 고샅길이었는데, 이제 아무도 없습니다. 머슴들이 묵었던 사랑채는 문짝이 나풀거리고 한쪽 귀퉁이가 무너져 가고 있습니다.

이런 저런 생각에 젖어 밤길을 걷는데 아무런 인기척도 없습니다. 어린아이 울음은 고사하고 개 짖는 소리도 들리지 않습니다. 불빛 한 점 새어

나오지 않습니다. 모든 게 사라져 가는 길을 걸으면서 내 추억들이 사라져 가는 것을 느낍니다.

이제 점점 비어 가는 집들. 라디오기행 프로를 하면서 여수의 섬 마을 이곳 저곳을 취재한 적이 있습니다. 섬에 가서도 나는 거기 그 자리에 '막막함'을 두고 왔는데, 어머니와 하룻밤 자고 오는 길에도 나는 여기 이 자리에 막막함을 심어둘 수밖에 없습니다.

이제 어머니께서 세상을 뜨시면, 그냥 훌쩍 우리 곁을 떠나시기만 하면, 이 집 지붕에도 서서히 풀이 나고, 빗물이 새고, 무너지고… 그러다 잡초 무성한 빈터가 되겠지요. 나는 하루하루 잊고 살다가 더 머리가 희어진 어느 날 문득 이곳을 찾고 싶은 날이 오겠지요.

개망초들이 마당과 기둥이 서 있던 자리를 뒤덮을 때, 당신은 빈터에 쓸쓸하게 서 있는 한 사람을 보실 것입니다. 유년 시절을 추억하며 잠시 인생을 뒤돌아보고 있는 한 남자를.

부록

여수문화방송 창사 33주년 특집 다큐멘터리 방송대본

우리의 소리 〈범종〉 '천년의 울림'

\# (종소리)

천년의 무게로 하늘을 장엄하게 울리는 소리,

천년의 진동으로 땅을 심오하게 흔드는 소리,

애끓는 인간의 고뇌를 재우느라

몇 번이나 뒤를 돌아보고 여운을 남기는

우리 한국의 종소리!

한국의 종소리를 대변하는 신라의 성덕대왕 신종,

모양은 산이 우뚝 서 있는 듯하고

소리는 용이 우는 듯한 이 종은

인간과 신이 함께 만들었다 해서 '신종' 이라 불린다.

봉덕사의 종 또는 에밀레종이라고도 하는

국보 제29호 성덕대왕 신종은

매년 한번씩 개천절에 경주 박물관에서 타종되고 있다.

(타종 현장 + 에밀레종 타종)

성덕대왕 신종은 무게가 19톤, 전체 높이가 366센티 미터인

세계에서 가장 아름다운 종이다.

효성이 지극한 신라 35대 경덕왕이

선왕인 성덕왕의 위업을 기리기 위해

동 12만 근으로 주조하기 시작해 그의 아들 혜공왕 7년, 771년까지

무려 20여 년에 걸쳐 만들어진 종이다.

에밀레종으로 더 알려져 있는 이 종의 소리는

듣는 이에게 청각을 넘어 가슴의 울림으로까지 애절하게 다가온다.

　(시민 인터뷰)

　'어린아이의 울음소리에 가슴 울컥 눈물날 것 같다.

　가슴을 울리는 소리, 자연과 어우러져 가슴에 와 닿는다.'

(종소리, 경 읽는 소리, 지심귀명례)

산사의 새벽은 청아한 종소리와 청정한 예불 소리에서 비롯된다.

비어있음으로써 능히 울림을 내는 종소리는

끊이지 않은 메아리로

세상의 티끌을 거두어 대자연의 본래 모습만 드러나게 한다.

　(스님 인터뷰)

　스님(1) 육도 중생을 위해서 범종을 치는 이유,

　　　　마음의 평화와 해탈을 위한 법문의 종소리

스님(2) 종지기 하면서 종소리와 함께 수행을 했고, 행자 과정을 무
       사히 마쳤다. 사찰에서의 하루는 종소리로 시작되고 종소리
       로 마무리한다.

\# (법고+타종)
종은 아름다운 소리가 생명이다.
아름다운 종소리란 잡음이 없고, 고음과 저음이 조화를 이루면서
긴 여운을 남긴다. 그런 소리라야만 저 하늘을 향해, 저 땅 속까지,
그리고 인간의 마음에까지 들릴 수 있게 한다.

소리가 탁월하게 아름답다고 인정받고 있는 우리 한국의 범종은
이미 종교적 차원을 넘어 세상에 널리 알려져 있다.
한, 중, 일 삼국 종 비교연구 권위자인 범종연구가 동국대 곽동해 교수는
우리의 종이 국제적으로 '코리안 벨' 이라는 학명으로 통한다고 말한다.

　(곽동해 박사 인터뷰)
　'코리안 벨' 이라는 학명이 갖는 의미

그 코리안 벨을 대표하는 한국의 성덕대왕 신종 소리는 어떠한가.
경주 국립박물관에서 관광객에게 판매하는 테잎에 담긴 소리이다.

\# (성덕대왕 종소리)
긴 여운의 한국 종소리, 끊어질 듯 하다가 다시 솟구치고
커지는 듯 하다가 다시 사라진다.

그러면 차이니스 벨을 대표하는
세계 최대의 중국 영락대종 종소리는 어떠한가.
북경 대종사에서 역시 관광객에게 판매하는 테잎에 담긴 소리로 들어보자.

(영락대종 종소리)
큰 북을 그냥 때리는 듯한 중국의 종소리,
끊어질 듯 이어지는 여운이 있는 맑은 우리의 종소리와는
분명한 차이가 있다.
국립 경주박물관에서는 소리의 주파수, 화음도, 질량도를
수학적으로 계산해서 각 종소리마다 점수를 매겼다.
여기서 중국 영락대종은 42.3점을,
우리의 성덕대왕 신종은 89.6점을 받았다고 한다.

그렇다면 성덕대왕 신종이 그렇게 높은 점수를 받게 된 이유는 무엇인가.
오랫동안 종소리 분석에 천착해 온
종소리 연구 전문 음향학자 숭실대 배명진 교수로부터
에밀레 종소리 분석 결과를 들어보자.

　(배명진 교수 인터뷰)
　분석결과 두가지 소리의 특성 설경
　1) 심금을 울리는 소리 2) 애끓는 소리

심금을 울리고 애끓는 느낌이 드는 특징과 더불어
에밀레종으로 대표되는 우리 종소리에는
여운으로 사람의 마음을 평안케 해주는 맥놀이 현상도 있다.

(에밀레 모형종 타종)
에밀레종을 20분의 1로 축소한 모형종의 맥놀이 음이다.

맥놀이란 서로 다른 두 개의 주파수가 뚜렷한 주기로 끊어졌다
이어지면서 긴 여음을 내는 소리이다.
이 맥놀이의 현상은 우리 한국 종에만 있는 특징이다.
그런 맥놀이 때문에 우리의 종소리가 신비스럽고 탁월하다는
평을 받고 있는 것이다.

　(진조 스님 인터뷰)
　서양 종소리와 차이가 있음, 외국인에게는 받아들여지지 않음

(음악)
종소리가 심금을 울리고 깨달음에까지 이르게 하는 데는
우리 종만이 갖고 있는 특별한 소리전달 구조 때문이다.
그 소리전달 시스템은 우리 한국인의 전통사상과 맥을 같이 한다.

성덕대왕 신종 음향측정을 과학적으로 조사해서 발표한 바 있는 음향학
자 경희대 진용옥 교수는 우리종의 소리전달 시스템을 이렇게 설명한다.

　(진용옥 교수 인터뷰)
　천 · 지 · 인 3분법 기초사상으로 종이 주조되고 설계됨

(음악)
하늘로, 땅으로, 인간에게로,
이 세 곳 모두에게 소리를 전달하기 위한 우리의 종.

우리 종의 지붕에는 한 마리의 용이 종의 몸통을 움켜쥐고
하늘로 치켜올리는 듯한 형상의 종고리가 있다.
그 용의 몸통 사이로 대나무를 박은 것 같은 관이
굴뚝처럼 종의 천정을 관통하고 있다.
그 관을 사운드 파이프, 음관 혹은 음통이라고 부른다.
이 관이 소리를 하늘로 전달하기 위한 독특한 구조다.

미술사학자 곽동해 교수는 중국이나 일본 종에는 없는
이 음통을 만파식적 설화와 연결시키고 있다.

　(곽동해 박사 인터뷰)
　대나무로 조형된 음관, 음통, 진즈 삼선암종, 화엄사종

(대금 연주)

만파식적이란 신비한 피리로 모든 파도를 잠재워서
천하를 소리로써 다스린다는 것,
그것은 바로 하늘을 향해 기도하는 의미를 지니고 있다.

또한, 만파식적이라는 상징적 의미 외에도
이 음관은 음향학적 기능으로 분석되기도 한다.

한국 범종 연구 논문을 세계 각국에 발표해 외국 학계에서는
'코리안 벨 박사'로 통하는 한국 과학기술원 김양한 교수는
음관이 직접 고주파를 빼내는 필터 역할을 함으로써
종의 소리를 더 맑고 청아하게 만든다고 주장한다.

　　(김양한 교수 인터뷰)
　　고주파음을 음관이 걸러주는 역할을 함

하늘로, 땅으로, 인간에게로,

우리 종소리는, 심금을 울리고 가슴에 와 닿는,
인간을 가장 많이 닮은 음색을 지녔다.
인간에게도 잘 전달되도록 해야 하기 때문이다.

(파도 소리 + 풍경 소리)
우선, 우리는 자연과 잘 어우러지는 곳에 종을 걸었다는 점에
유념해야 한다. 종을 어디에 걸었느냐에 따라
사람에게 종소리가 제대로 전달되느냐 여부가 결정된다.

50년간 전국 유명 사찰 종소리 녹음에 참여한 바 있는
음향효과 전문가 박용기 옹의 애기다.

(박용기 옹 인터뷰)
금산사와 낙산사 절 특성을 고려하여 종을 제작

박용기 옹이 가장 잘 녹음해 놓았다는 오대산 상원사의 종소리.
이는 자연과 조화를 잘 이룬 음색을 지녔다는 평을 받고 있다.

(상원사 종소리)

우리 범종은 구리로 만든 쇠붙이에 나무로 만든 당목으로
정확한 지점을 때려서 울린다.
타격할 당목과 종이 마주치는 타격지 점을 당좌라고 하는데,
당좌는 설계부터 아주 치밀하게 계산돼 주조된다.

한국 종의 개괄서 〈범종〉 저자인
이호관 한국 범종학회 회장은 당좌의 중요성을 이렇게 말하고 있다.

(이호관 회장 인터뷰)
치밀한 계산에 의해서 당좌 자리를 만든다.

40년간 종을 제작해 온 인간문화재 제 112호
주종 장인 원광식씨도 당좌의 중요성을 강조한다.

(원광식 주종 장인 인터뷰)
미적인 차원은 당연하고, 몸체의 중심과 중량의 중심
신라 종이 오늘날까지 존재하는 이유임

(효과음 - 홈런과 동시 관중 함성)

　(이장무 박사 인터뷰)
　스위트 스팟과 당좌의 위치 설명

수년간 우리 범종 설계를 맡아 온 서울대학교 정밀기계 설계 연구소
한국 종 연구팀 이장무 교수의 설명처럼 당좌 위치는
과학적으로도 이렇게 근거를 갖고 있는 것이다.

(음악)

하늘로, 땅으로, 인간에게로,

우리 범종은 땅 속까지도 소리를 전달하려는 구조를 갖고 있다.
종의 여음과 떨림을 오래도록 품고 아우르다가
땅속까지 소리를 전달하려는 의도에서 종 밑에 구덩이를 파놓았다.
이 공간을 명동, 음혈 또는 공명통, 음통이라고 한다.

국립 중앙박물관 전 미술부장 이호관씨는
종 밑의 구덩이를 이렇게 설명하고 있다.

　(이호관 인터뷰)
　종소리는 지옥중생을 제도하는 소리이다.

최근 주조된 범종 중 아름다운 소리를 인정받아

서울 올림픽 때는 전 세계인에게 그 소리를 전한 바 있는
경기도 용인의 와우정사 종소리.

(와우정사 종소리)

이 곳 와우정사는 종 밑에 명동 역할을 하도록 대형 항아리를 묻었다.
명동이 있는 종소리, 명동이 없는 종소리
이 두 소리에는 차이가 있다.
와우정사 종의 명동에 모래를 채우고
명동이 있을 때와 없을 때의 음향 분석을 위해
숭실대학교 배명진 교수팀에 의뢰해서 직접 실험을 했다.

　(배명진 교수 인터뷰)
　비교분석한 실험 내용 설명

(음악)

진리의 소리는 둥그런 원음이다.
둥그런 원음(圓音)으로 들어야 깨달음을 얻을 수 있는데,
그 원음이 전달 도중에 오류가 있으면
진리의 소리는 들리지 않는다.
진리의 소리를 왜곡하지 않고,
제대로 천 · 지 · 인에게 전달해야 하는 절묘한 정보 통신 구조,
그것이 바로 우리 범종만의 특색이다.

종의 천정에 음관을 박고,
정확한 타격지점인 당좌를 지정하고,
땅 밑에 구덩이를 파 명동을 만든,
우리 범종만의 소리전달 시스템을 갖추고 있는 것이다.

이러한 우리 범종에는 우리의 기술, 우리의 예술, 우리 민족의 혼이 깃
들어 있다.

　(이호관, 김양한 교수 인터뷰)
　민족의 혼이 서려 있는 종이다.

(주종 장인 종 만드는 과정 현장음)

하늘로, 땅으로, 인간에게로,
어떻게 하면 우리 종소리를 더 아름답게 전할 수 있는가.

종 만들기 외길 인생을 살아 온 한국의 주종 장인들.

　(박한종 인터뷰)
　종 제작은 종소리에 중점을 둔다

주종 장인 박한종씨 얘기처럼 천년을 이어 온 푸르른 종소리는
장인의 고도한 기술과 탁월한 영감으로 잉태되고 있다.
다시 새 천년을 이어갈 우리의 종소리,
오늘도 용광로에서 끓고 있다.

(용광로 끓는 소리, 찌징~)
새로운 역사를 이어갈 소리 창조를 위해
두드리고, 아우르고, 새기고, 붓고 있다.

주종 장인 원광식씨 역시 그의 화두는 소리의 계승이다.

　　# (종소리＋원광식 인터뷰)
　　역시 종 제작에 있어서 핵심은 소리다.

(음악)

천 년의 울림으로 다가왔던 우리의 종소리,
앞으로도 영원한 울림으로 남아야 할 소리.
천년 넘는 우리 문화재 중 소리를 내는 문화재는 범종이 유일하다.

천년의 울림, 그 종소리가 갖는 진정한 문화재적 가치를
진용옥 교수로부터 들어보자.

　　(진용옥 교수 인터뷰)
　　종의 겉 모양만 문화재로 지정이 되어 있는데
　　사실은 종소리를 무형문화재로 지정해야 한다.

〔에필로그〕
도도히 흐르는 장구한 역사의 강에서
오늘도 우리 한국의 범종은 끊어질 듯 이어지는 울림의 여운으로

천년의 소리를 지켜가고 있다.
오묘한 울림으로 하늘을 비상한다.
장중한 진동으로 땅속으로 잠영한다.
애끓는 고뇌를 담은 애절한 목소리로 인간의 가슴에 닿는다.

일승 원음의 수레를 타고 이렇게
하늘로, 땅으로, 인간에게로 나아가면서
그 울림으로 신과 인간과 지연을 연결시켜 주고 있다.

(사물 + 종소리, 음악)

이 프로그램을 위해서 도와 주신 분들입니다.

한국 범종 연구회, 한국 음향 학회,
한국 오디오 공학회, 경주 국립박물관,
숭실대학교 배명진 교수팀, 서울대학교 정밀 기계설계 연구소,
한국 과학기술원 소음 및 진동제어 센터,
구례 화엄사, 용인 와우정사,
경북 김천시 관계자 여러분께 감사드립니다.

지금까지
구성 정 숙, 녹음기술 이 준, 음악 김 현,
연출 오병종, 해설 김종성이었습니다.

— 글 : 정 숙